Prolo

Alles begann am 1. Juni 1994. Die Familie Lynch lebte in einem abgelegenen Haus im Wald von Hyperville. Hyperville war ein verborgenes Tal, weit hinter Bergen und Hügeln, versteckt vor neugierigen Menschen und unerwünschten Gesellen.

Jeder kannte die Familie und deren Vorfahren. Man fürchtete sich oft vor ihnen, da es viele Gerüchte darüber gab, sie seien Mörder und hätten die bekannte Milads Miller getötet. Sie war eine wunderschöne Frau, von Ruhm und Reichtum übergossen und liess sich einst nieder in Hyperville. Zuerst verachtete man sie, da man nicht verstand, weshalb eine Frau aus feinstem Hause sich in einem schmuddeligen und alten Tal niederliess. Später stellte sich heraus, dass sie einzig und allein Zuflucht suchte. Es war nicht sicher aus welchen Gründen eine Schönheit wie sie Zuflucht suchen musste, doch sie schien nicht weggehen zu wollen. Allmählich wurde es den Bewohnern von dem ganzen Stolz und der Arroganz, die sie zur Schau stellte, zu viel. Auch der Familie Lynch, die sich nur hie und da im Dorf aufhielt, wurde es zu mühsam. Sie waren die einzigen, die sich laut und deutlich darüber beklagten, dass Mrs Miller eingetroffen war. Es scherte sie nicht im Geringsten, dass andere Leute sie erschrocken und widerwillig anstarrten und langsam zu tuscheln begannen.

Wenige Wochen später hatte man Milads Miller tot im leeren Brunnen in der Mitte des kleinen Dorfes vorgefunden. Es war ein trauriger Anblick. Ihr schönes,

gewelltes blondes Haar war mit Blut und Schmutz bekleckert, ihr sanftes, in hellem rosa gefärbtem Rüschenkleid zerrissen und zerfetzt. Schmuck und Accessoires waren allesamt verschwunden. Man wusste, dass sie nur echtes Gold an sich trug. Sie meinte, es wäre eine Schande, etwas Unechtes zu tragen.
Der Brunnen war tief. Es war kaum möglich, sie nach oben zu holen. Man hatte das Wasserholen im Brunnen schon vor langer Zeit aufgegeben und ging stattdessen runter zum See. Irgendwann aber, als sie nach mehr als sechzehn Stunden versuchten sie nach oben zu holen, gelang es ihnen endlich. Ihre blauen Augen waren ausgekratzt, ihr Gesicht war kaum mehr zu erkennen von all den Schnitten und Wunden die ihr zugefügt wurden. Es brach ein riesiger Tumult aus und jeder verdächtigte sofort die Familie Lynch. Die bekamen nichts mit von ihrem Tod und machten sich so noch verdächtiger.
Arnold Lynch, ein älterer, griesgrämiger Mann mit leeren Augen und mausgrauem Haar erschien einige Tage nach dem Vorfall im Dorf. Er stützte sich auf einen zerbrechlichen Gehstock und hielt mitten in der Menge der schimpfenden Leute an. Er starrte auf die daliegende Leiche und musterte sie genau. Er kümmerte sich jedoch nicht weiter darum und liess sie so liegen, wie sie war. Der Tumult brach wieder aus und sie verfolgten ihn. Einige glaubten, er wäre auf dem Weg jemand anderes umzubringen, stattdessen unternahm er einen gewöhnlichen Spaziergang.
Monate vergingen und niemand machte sich auch nur die geringste Mühe, die Leiche wegzuschaffen. Theorien kursierten, dass Arnold nicht mehr ins Dorf kommen

wollte, da die Leiche noch hier lag und er keinen Verdacht auf sich lenken wollte. Der Grund aber war nur, dass er es widerlich fand, eine Leiche auf einem Dorfplatz liegen zu lassen, als wäre sie ein Stein. Und statt selber einige Einkäufe zu erledigen, schickte er seine Frau, Timela Lynch. Sie war ebenfalls sehr hübsch und vor allem noch sehr jung. Man erzählte, dass sie sehr neidisch auf Milads Miller gewesen war und deswegen an ihrem Mord mindestens beteiligt war. Sie versuchte, die anderen zu überzeugen, dass sie nichts damit zu tun hatte. Auch aus ihren Einkäufen wurde bald nichts mehr. Man bewarf sie mit Steinen und beschimpfte sie für etwas, dass sie nicht getan hatte. Keiner der Lynchs kam mehr aus dem Haus. Arnold und Timela mussten ihre damals dreijährige Tochter Nayara davor beschützen, was auch immer kommen mochte.

Es dauerte kaum mehr eine Woche, als die Staatspolizei von der anderen Seite am 28. Dezember 1994 an der herausfallenden Holztür der Lynchs klopfte. Sie wussten genau, was ihnen bevorstand und liessen sich ohne jeglichen Protest abführen. Danach ging alles sehr schnell. Das Haus wurde sofort abgerissen und man bemerkte erst kurz bevor man eine riesige Metallkugel gegen das Haus schmetterte, dass darin noch eine kleine Dreijährige sass. Man alarmierte erneut die Staatspolizei, die dann sofort eintraf und das Mädchen mit ins Dorf nahm. Viele starrten sie mit grossen Augen und verächtlichen Blicken an. Man merkte, dass ihr unwohl dabei war. Einer der Polizeioffizier fragte in die Runde, ob jemand dieses Mädchen kenne, denn sie redete nicht. Alle schüttelten den Kopf. Niemand schien sie jemals zuvor gesehen zu haben. Arnold und Timela schienen das Ganze gut bedacht zu haben. Der Polizeioffizier schaute sie fragend an und musterte sie genau. Im Hintergrund war nerviges und undeutliches Geflüster zuhören. Der Polizeioffizier beschloss, sie mitzunehmen, da sie hier niemand kannte. Man musste herausfinden, wer sie war und weshalb sie noch in diesem Haus gewesen war. Durch den Vorfall mit dem Mädchen wurde der Abriss des Hauses unterbrochen. Man wusste, dass das Haus dem Mädchen gehörte und da sie nicht sprach und erst drei Jahre alt war, konnte man keine Entscheidungen darüber treffen, ob das Haus abgerissen werden sollte oder nicht.

Elf Jahre später

Nayara Lynch, die mittlerweile vierzehnjährige, lebte weit weg von ihrem Heimatdorf. Sie wurde nach Frankreich in ein kleines Dorf nahe Paris gebracht und dort zu einer Pflegefamilie. Sie hatte dunkelbraune, gewellte Haare, dunkle Augen, ein schönes Lächeln und ein zufriedener Charakter. Sie ging ungern zur Schule, da sie unter dem Durchschnitt war und ihre Pflegeeltern deswegen Probleme bereiteten. Sie war ein Einzelkind. Ihre Pflegemutter, Alice Henderson, war nicht zufrieden mit ihr. Sie fand, sie sollte mehr Leistung zeigen und sich mehr für die Schule, statt für anderes Zeug interessieren. David Henderson, ihr Pflegevater, arbeitete täglich. Er war Journalist und bewegte sich leidenschaftlich gerne so viel er konnte. So war er kaum zuhause und Nayara verbrachte ihre Zeit, wenn nicht in der Schule, allein mit Alice.
Es war acht Uhr morgens. Wie üblich, wenn der Wecker klingelte, drehte sie sich um und versuchte weiter zu schlafen.
«Aufstehen!», höhnte Alice und stand auf dem Treppenabsatz.
«Komme», murmelte Nayara leise und begann sich zu recken.
Sie mochte die Art und Weise, wie Alice sie behandelte, nicht. Sie mochte ganz Frankreich nicht.
Alice wartete mit verschränkten Armen angelehnt am Türrahmen.
«Was hast du so lange gemacht? Angezogen bist du auch nicht!», bellte sie und gab ihr einen Klaps auf den

Hinterkopf. Sie eilte zu Tisch und setzte sich deprimiert hin.

«Ich habe keinen Hunger», sagte sie matt und starrte auf den davorliegenden Toast im Teller.

«Iss. Du bist schon total mager!», meinte Alice und funkelte sie mit ihren grünen Augen an.

«Ich habe keinen Hunger», wiederholte Nayara und rührte keinen Muskel. Alices Augen verengten sich.

«Iss!», forderte sie nochmals und starrte sie mit einem wuterfüllten Blick an. Nayara liess sich das nicht gefallen, stand auf, verliess die Küche und marschierte geradewegs hoch in ihr Zimmer. Es war ihr egal, dass Alice höchst wahrscheinlich nach oben kommen würde um sie erneut zu zwingen, etwas zu essen, doch sie hatte erneut dieses Brennen im Magen, welches ihr in letzter Zeit immer öfter Beschwerden bereitete.

«Nayara!», schrie Alice und stampfte mit ihren Würstchenbeinchen die Treppe hoch.

«Ich habe keinen Hunger! Okay?», brüllte Nayara zurück, als sie auf den Flur gerannt kam.

«Ich werde jetzt in die Schule gehen und danach mit meinen Freunden abhängen», sagte sie, in etwas ruhigerem Ton.

«Welche Freunde?», fragte Alice provokativ mit einem breiten Lächeln.

«Hrmpf», machte Nayara und zwängte sich an ihrer Pflegemutter vorbei, die Treppe hinunter und hinaus in die kühle Morgenluft. Sie liebte jeden Moment, den sie auf dem Weg zur Schule verbringen konnte, denn nur auf diesem Weg war sie wirklich glücklich.

Freunde hatte Nayara wirklich keine. Viele wussten, dass sie ohne Eltern aufgewachsen war und dass sie nur bei Pflegeeltern lebte. Man kannte die Familie Henderson in der Umgebung. Sie waren ein griesgrämiges, charakterloses Ehepaar, das keine Kinder mochte. Man fragte sich heute noch, weshalb sie die damals Dreijährige aufgenommen hatten. Es blieb allen ein Rätsel.

Nayara erreichte ihr Klassenzimmer zehn Minuten nach Schulbeginn. Seit sie auf dieser Schule war, hatte sie es vielleicht drei Mal geschafft, pünktlich zu erscheinen. Die Lehrer meckerten auch nicht mehr, da sie sich offenbar daran gewöhnt hatten.
«Guten Tag», murmelte sie, als sie das Klassenzimmer zur Biologiestunde betrat. Sie hasste alle Fächer und insbesondere Biologie. Es interessierte sie nicht im Geringsten und deswegen scherte sie es auch nicht, zu spät zu kommen.
«Bonjour!», fauchte die Lehrerin und sah sie noch bissiger an als Alice heute Morgen. Nayara setzte sich an ihren Platz neben einem schwarzhaarigen Mädchen. Dieses Mädchen schwieg den ganzen Tag. Niemand wusste, wie ihre Stimme klang. Ihr Blick richtete sich auf die schwarze Tafel, die mit weisser Kreide beschriftet war. Ihre Augen quollen hervor, so dass Nayara ein wenig an den rechten Tischrand rückte.
«Alles in Ordnung?», fragte Nayara, so wie sie es sehr oft tat, auch wenn sie wusste, dass keine Antwort zurückkam.

Du wirst verschwinden und niemand wird es wissen. Ich habe es erlebt, sei gewarnt.

Nayara las die beiden Sätze mehrmals durch. Das Mädchen glotze immer noch auf die Tafel.
«Was soll das?», flüsterte Nayara und bemerkte, dass sie Englisch konnte. Als Antwort bekam sie dieselben Sätze wieder zurück. Sie konnte sich nicht mehr konzentrieren. Ihre Gedanken kreisten einzig und allein darum, was das Mädchen wohl damit gemeint hatte.
«Mademoiselle Lynch?», fragte die Lehrerin und starrte süss lächelnd zu Nayara.
«Je ne comprends rien», sagte sie und starrte wieder hinunter zum Zettel.
«Aber, aber! Du bist in Frankreich! Du solltest Französisch können!», versuchte die Lehrerin es auf Englisch.
«Gewiss», antwortete Nayara und verstummte wieder.
«Zum Schulleiter!», schrie die Lehrerin und wies mit dem verschwundenen süssen Lächeln und jetzt bissigem Blick zur Tür. Ohne Widerrede schlenderte Nayara zur Tür. Ganz langsam.
«'Opp, 'opp!» Nayara schaute zurück zum schwarzhaarigen Mädchen. Sie lächelte leicht, den Blick immer noch auf die Tafel gerichtet.
Die Flure waren menschenleer. Alle sassen in den langweiligen Schullektionen und hörten den Lehrern zu. Nayara fand die Schule schon unnötig, als sie in der Grundschule war. Sie war schon immer der Meinung, dass sie es nicht nötig hatte, dass Wissen der Lehrer ebenfalls wissen zu müssen. Irgendwann bekam sie einen

Zettel mit nachhause, auf dem etwas von Taktlosigkeit gestanden hatte. Ihre Pflegeeltern lehrten sie dann haargenau, warum sie das Wissen der Lehrer zu wissen bräuchte.

«Ich habe gehört, dass Sie in mein Büro kommen sollen», meinte Professor Morrow. Er kam ursprünglich aus Amerika, sprach jedoch mittlerweile so perfekt Französisch, dass man meinen konnte, er wäre ein waschechter Franzose.

«Richtig», antwortete Nayara matt.
«Weswegen?», fragte er, seine Hände zusammengefaltet.
«Keine Ahnung»
«Keine Ahnung?»
«Ja. Sie hat mich einfach hierhergeschickt.» Sie lehnte zurück und hoffte insgeheim, den ganzen Morgen hier bleiben zu können, auch wenn die Momente mit einem Schulleiter nicht die sind, die man sich eigentlich wünscht.
«Verstehe. Und Sie sind sich dabei ganz sicher?», er starrte sie leicht böse an. Nayara nickte schwach.
«Nun. Ich habe hier viele Dokumente über Sie», er drehte sich um und schnappte aus einer Schublade eine Beige von Blättern.
«Was sind das für Dokumente?», fragte Nayara und rückte nach vorne.
«Das...», begann er und knallte sie auf den Tisch, «das sind Dokumente, in denen berichtet wird, wie es mit Ihnen in der Schule zu und hergeht», er setzte sich wieder.

«Natürlich, super», sagte Nayara und sie wusste selber sehr genau, dass diese Aussage nicht einmal auf dem Mond korrekt wäre.

«Falsch!», brüllte er.

«Sie sind jeden Tag zu spät, erledigen Ihre Hausaufgaben nicht, konzentrieren sich nicht im Unterricht, sind mit den Gedanken immer woanders, ihre Eltern -», Nayara unterbrach ihn, bevor er weitersprechen konnte.

«*Pflege*eltern», sagte sie betont.

«Ihre Pflegeeltern...», eine peinliche Stille trat ein. Sie musterte ihn scharf, er dachte nach.

«Es sind meine Pflegeeltern und sie werden es auch immer bleiben», sagte sie steif.

«Gewiss», murmelte Professor Morrow und packte die Dokumente weg.

«Ich gehe», sagte Nayara und stand auf.

«Miss Lynch! Sie werden diesen Raum erst verlassen, wenn ich es Ihnen gestatte!», schrie er ihr hinterher doch sie war bereits im Flur verschwunden.

Die Pause begann. Schüler rannten durch die Flure um pünktlich zur nächsten Lektion zu kommen. Nayara fragte sich jedes Mal, weshalb die solch einen Stress verbreiteten und somit andere ansteckten und schlussendlich die ganze Schule unter gestressten Schüler stand. Sie kicherte jedes Mal bei diesem Gedanken und dachte daran, dass sie die einzige war, die die Schule retten konnte, doch das wollte sie nicht tun.

Sie schlenderte und wankte hin und her. Es war ihr zum Sterben langweilig. Seit sie den Kindergarten zum letzten Mal besucht hatte, hing sie darin fest. Sie wollte nicht in die Realität ins Hier und Jetzt und liess alles so laufen,

wie sie es gerne hätte. Es war ihr seit damals nicht
gelungen, überhaupt etwas richtig zu lernen oder zu
verstehen. Sie hing so sehr in der damaligen Zeit fest,
dass sie nicht bemerkte, was tatsächlich um sie herum
geschah.

Der Flur leerte sich schnell. Die Schüler verschwanden in
den Klassenzimmern und lernten von Neuem. Nayara
beschloss, die nächste Stunde nicht zu besuchen. Auch
wenn ihre Pflegeeltern sauer sein würden, sie würde die
nächste Stunde nicht besuchen.
Sie legte die Tasche in ihren Spinnt und verliess das
Schulgebäude. Es tat ihr gut, draussen zu sein. Sie
mochte es. Früher, bevor sie den Kindergarten besuchen
musste, verbrauchte sie sehr viel Zeit draussen. Sie
sammelte Pilze, malte mit Kreide oder ging in Wälder
und besuchte Freunde. Sie liebte diese Erinnerungen und
wollte sie nicht verlieren.
In der Nähe der Schule war ein Wald. Sie würde das erste
Mal in diesen Wald gehen. Man hatte ihr geraten, keine
ihr unbekannten Wälder einfach so zu betreten, da man
nie wirklich wusste, welche Tiere sich darin versteckten.
Jedes Mal, wenn solche Aussagen von anderen Menschen
gemacht wurden, sagte sie: «Ja, das weiss man wirklich
nicht.»
Der Wald schien in einem satten Grün bis zu den Hügeln
hinauf, wo sich Nayara befand. Lächelnd ging sie
langsam auf ihn zu und betrachtete die hohen, dicken
Bäume, die bis in den Himmel ragten.
«Wunderschön», murmelte sie und betrat den feuchten
Waldboden. Wurzeln wucherten über die Wege und

Blätter fielen hinunter. Dickes Gestrüpp zwängte sich zwischen den Bäumen hindurch und schuf sich freien Platz. Sie mochte die Wälder am allerliebsten. Es war eine angenehme Atmosphäre, eine erfrischende, kühle Luft aber dennoch warm, da hie und da das goldene Sonnenlicht zwischen den Baumkronen hindurch schien. Sie behandelte die Wurzeln und die Bäume liebevoll. Ab und an strich sie mit glatter Hand über eine raue Rinde und lächelte oder sie hüpfte geschickt über eine Wurzel. Drauftreten käme ihr nie in den Sinn.
«Schön, euch besuchen zu können», sagte sie und drehte sich einmal um dreihundertsechzig Grad. Es kam ihr vor, als wäre sie wieder einmal dort, wo sie schon so lange nicht mehr gewesen war. Sie nannte Wälder ihre zweite Heimat und da -irgendwo, weit draussen in der Welt war ihre wahre Heimat. Nicht in Frankreich, wo man sie für verrückt hielt, sondern dort, wo man sie verstand. Sie hoffte sehr, eines Tages diesen einen Ort zu finden und damit ihre wahre Familie zurückzugewinnen.

Nachdem sich Nayara widerwillig nachhause schleppte und die Schwelle betrat, hörte sie bereits Alice anmarschieren.
«Rein da!», rufte sie und packte sie am linken Oberarm. David wusch bereits das Geschirr ab und warf ihr nur einen gehässigen Blick zu. Als Nayara die Uhr in Augenschein nahm, bemerkte sie, dass sie fünfunddreissig Minuten zu spät gekommen war.

«Du schuldest uns eine gute Erklärung!», fauchte sie, doch die Wörter prallten so schnell an Nayaras Kopf ab, wie sie gekommen waren.
«Wofür denn?», fragte sie und kniff die Augen zusammen.
«Du fragst wofür! Dafür, dass du die Schule nicht besucht hast und fünfunddreissig Minuten zu spät gekommen bist!», bellte Alice und verschränkte die Arme. Sie schien auf eine gute Antwort zu warten.
«Ist ja nicht so tragisch. Ich hatte sowieso keinen Hunger und ich war im Wald. Der gehört zur Schule, falls du das nicht weisst», sagte sie provokativ als Antwort und wollte gehen.
«Du bleibst schön hier Mademoiselle!», kam nun David von dem Spülbecken her.
«Ich dachte du sprichst kein Französisch?», fragte Alice gereizt.
«Ich lebe seit einundzwanzig Jahren hier!» Nayara rollte mit den Augen. Jeden Tag erlebte sie dieselbe Leier und sie hatte es allmählich satt. Sie wusste genau, was sie nun kam und wollte es sich nicht jedes Mal erneut anhören müssen.
«Sonst noch was?», gelangweilt neigte sie sich nach links. Alice und David starrten sich an und liessen sie zurück. Sie schlenderte in ihr Zimmer, warf die Tasche auf den Boden und begann zu zeichnen.
«So kann es nicht weitergehen», sagte Alice und stützte den Kopf in die Hände.
«Ich weiss. Aber wir müssen sie behalten. Du weisst.», entgegnete er und hielt seiner Gattin den Arm.

«Natürlich! Aber wie lange müssen wir sie noch ertragen?» Sie schien verzweifelt zu sein. David wusste darauf keine Antwort und liess den Arm seiner Gattin los. Er stand auf und setzte sich in den braunen Ledersessel im Wohnzimmer.

«Morgen ist Schulfrei», murmelte er nach einigen Minuten.

«Morgen ist *was!*», rief Alice und war von null auf hundert aufgestanden.

«Morgen ist Schulfrei. Steht hier in der Zeitung: *Morgen wird für alle Schüler und Schülerinnen die Schule ausfallen. Die Gründe dafür sind mehrere Komplikationen mit der Schulleitung und anderen Beteiligten. Auch haben sich einige Eltern über gewisse Dinge beschwert, die schnellst möglichst geklärt werden sollten. Wir bitten um Verständnis und falls sie tagsüber arbeiten sollten, können sie ihr Kind gerne in die Beaufsichtigung hier bei uns in Loorbrunn schicken. Weiteres finden sie auf Seite 12*» Alice blieb starr vor Entsetzen.

«Werden wir sie hinschicken?», fragte David und las den Bericht erneut.

«Natürlich werden wir das! Ich lass dieses Kind nicht allein in meinem Haus!», im selben Moment erschien Nayara auf der Treppe.

«Wohin werdet ihr mich schicken?», fragte sie neutral.

«Ins Loorbrunn», entgegnete Alice matt.

«Ach, weil morgen Schulfrei ist?», sie kicherte und betrat das Wohnzimmer.

«Gut erkannt.»

«Ich werde dort nicht hingehen, auch wenn ihr mich hinschicken wollt», sagte sie und ging an den Kühlschrank.
«Was meinst du damit?», fragte David und erhob sich.
«Ich werde dort nie hingehen, auch wenn ihr mich dort hinschickt. Das meine ich damit», wieder lächelte sie und bediente sich einiger Erdbeeren und einem Orangensaft.
«Warte! Ich dachte, du hättest keinen Hunger?», fragte Alice mit einem Hauch von Verwirrung.
«Bei deinem Essen vergeht einem der Appetit rasch, weisst du», antwortete Nayara kühl, warf den beiden einen finsteren Blick zu und ging nach oben.
«So kalt war sie noch nie», stellte David bedrückt fest.
Alice nickte und schaute ihr nach.
«Denkst du... meinst du, sie weiss, dass wir ihr so ziemlich ihr ganzes Leben verschweigen?», wollte Alice wissen und setzte sich neben David auf die Couch. Er schaute sie trübselig an.
«Ich weiss es nicht.»
Nayara verliess ihr Zimmer nicht mehr bis Alice sie zum Abendessen rief.
«Ich werde immer noch keinen Hunger haben», sagte sie niedergeschlagen und setzte sich an die Front des Tisches.
«Du musst nichts essen», meinte David und warf einen raschen Blick zu Alice, die ihn anfunkelte.
«Warum muss ich dann hier sitzen?» Ihre Gedanken schwebten woanders. Sie wollte zurück in den Wald und dort mit ihren Freunden alles bereden.

«Wir ähm...», den beiden fiel nichts Gescheites ein. Sie senkten die Köpfe und Nayara verliess den Tisch mit einem Brummen.
«Wohin gehst du?», fragte Alice streng und in diesem Moment wurde sie wieder die Alte.
«Ich werde meine Zeit bestimmt nicht in meinem Zimmer verschwenden», gab sie als Antwort und verliess stur die Wohnung.
«Wohin geht sie?», fragte David und schaute besorgt zur Tür.
«Du machst dir doch keine Sorgen?», erschrocken schaute Alice ihr Gatte an.
«Natürlich nicht. Aber du weisst, wenn wir sie verlieren, geht das auf unsere Kosten», Alice verstummte.
«Ich hätte nie gedacht, dass ich jemals so viel Acht auf ein Kind geben muss», meinte David und erhob sich.
«Ich auch nicht.»
In der Zwischenzeit befand sich Nayara bereits auf denselben Hügeln, auf denen sie diesen Morgen schon gestanden hatte. Sie blickte hoch zum finsteren Wald und überlegte sich, ob sie nochmals hineingehen sollte.
Das Gras war schlammig und nass. Die Luftfeuchtigkeit breitete sich schnell aus und es wurde frisch. Sie beeilte sich und rannte, ihre Arme dicht um ihren Bauch geschlungen, hoch an den Waldrand.
«Ich hatte schon gedacht, du kommst nicht mehr», murmelte Jemand.
«Hallo», sagte Nayara und kniete auf den Boden. Es war nichts zu sehen, dennoch war da etwas. Es war unsichtbar für all die Menschen, die es nicht zulassen, es sehen zu wollen. Nayara konnte es mit ihren Augen sehen, mit

ihren Händen fühlen und mit ihren Ohren hören. Sie hatte
eine der seltensten Gaben, die es in der Weltgeschichte
gab. Sie wuchs damit auf und empfand es als
selbstverständlich, so zu sein. Sie wusste allerdings nicht,
woher sie es konnte oder von wem sie es hatte. Sicher
war, dass sie es herausfinden wollte und das würde sie
auch. Das hatte sie sich geschworen.
Vor ihr stand ein kleiner Wicht. Er trug ein braunes,
leicht zerfetztes Hemd und eine enge, kurze Hose. Er war
knapp fünfundfünfzig Zentimeter gross und hatte einen
doppelt so grossen Kopf wie sein ganzer Körper. Er hatte
lange, elfenähnliche Ohren und eine matte, helle Haut.
Seine kurzen, schwarzen Haare konnte man locker
zählen. Es waren dreiundzwanzig.
«Wo hast du so lange gesteckt?», fragte er und tippte mit
dem langen Fuss auf und ab.
«Ich war Zuhause», antwortete sie, ohne zu überlegen.
«Dein», er hüstelte, «dein *Zuhause?*», sein Blick wurde
finster.
«Nein, natürlich nicht. Ich meinte, ich war bei den
Pflegeeltern», sie brachte es nicht über die Lippen, *meine*
Pflegeeltern zu sagen und liess es dabei.
«Pflegeeltern. Natürlich», er nahm ein winziges Büchlein
hervor und notierte darin etwas.
«Was schreibst du hinein?»
«Ach, nur so einige private Notizen für mich», stolz, wie
er war, marschierte er in den Wald hinein. Nayara folgte
ihm unsicher.
«Nicht so scheu, nicht so scheu. Du kennst mich doch»,
er zwinkerte ihr zu.

«Ja, schon. Aber du verhältst dich anders», murmelte sie und duckte sich unter einem Ast durch.
«Tu ich das?», fragte er höhnisch. Sie verstummte und blickte um sich, als wollte sie die Frage umgehen.
«Wo ist Penelope?», fragte sie stattdessen und lächelte bitter.
«Penelope? Die ist nicht mitgekommen. Wollte bei ihrer Herde bleiben. Scheint einige Probleme zu geben. Aber ich kenne mich mit Einhörnern nicht aus», er ging stur weiter und beachtete die Mühe, die Nayara hatte, um mit ihm mitzuhalten, da sie einiges grösser war als der Wicht, nicht.
«Wohin gehen wir eigentlich? Ich habe nichts getan, dass du mich gleich derart tief in diesen Wald bringen musst», sagte sie entschlossen und blieb blindlings stehen.
«Komm schon! Ich habe dich so lange nicht mehr gesehen! Ist ja nicht meine Schuld, dass du bei den Pflegeeltern unterkriechst und nicht rauskommst», meinte er und grinste.
«Tu nicht so. Du weisst schliesslich mehr als ich», antwortete sie und lehnte an einen Baum. Der Wicht blieb stumm.
«Sag mal Darrs, weisst du etwas über mich?», fragte sie einige Minuten später, als sie auf einer Lichtung innehielten.
«Klar weiss ich etwas über dich», sagte er und setzte sich in den Schneidersitz.
«Erzähl mir alles!», Nayaras Augen glänzten.
«Du bist nett», sagte er, kaum glaubwürdig.
«Ich hätte es wissen müssen. Ihr Wichtel seit einfach nicht fähig, Komplimente zu machen», sagte sie trostlos.

«Gar nicht wahr! Lillian ist total fähig!», brummte er und stand mit verschränkten Armen vor Nayara.
«Lillian, Lillian, Lillian. Dieser besserwisserische, hochnäsige, zickige Wicht musst du mir erst gar nicht unter die Nase reiben!», genervt starrte sie ihn mit ihren dunklen Augen an.
«Wusste ich, dass du solch einen Hass auf sie hast?», fragte er unschuldig. Sie gab keine Antwort und legte sich mit dem Rücken auf den Boden.
«Also Darrs. Was willst du von mir?», fragte sie ernst.
«Nichts! Ich wollte dich einfach wieder einmal sehen», meinte er und grinste.
«Sicher», sagte sie ironisch.
«Nein, wirklich.» Er schien es tatsächlich ernst zu meinen.
«Nun, nehmen wir einmal an, es stimmt, was du da sagst. Warum bist du dann nicht früher gekommen? Ich lebe seit ich denken kann hier.» Darrs überlegte und schien gerade keine Antwort darauf zu haben.
«Ich, nun… Ich war bei Penelope», sagte er nach einem langen Zögern.
«Ich dachte du verstehst nichts von Einhörnern?», mit einem prüfenden Lachen setzte sie sich auf.
«Gut!», sagte er und erhob sich, «ich war schlicht und einfach beschäftigt», er atmete tief ein und setzte sich zur Beruhigung.
«Schlicht und einfach beschäftigt, ja?», sie kicherte, Darrs schien es allerdings nicht als Spass zu empfinden.
«Du als einsames Menschlein hast es ja noch sehr einfach! Ich muss Aufträge ausführen und vieles mehr!»,

zornig zog er eine Grimasse, die Nayara nicht wirklich davon abhielt, nicht mehr zu lachen.
«Wessen Aufträge?», wollte sie wissen und das Lachen verging ihr.
«Top-Secret», antwortete er schlicht.
«Du bist fies. Immer tust du so, als wärst du der beste Kerl, den Mumm etwas zu erzählen hast du dann doch nicht.» Er sagte nichts und sein linkes Ohr zuckte kurz. Er führte seinen Zeigefinger an die Lippe und deutete Nayara darauf hin, still zu sein. Mit einem leichten Kopfschütteln wollte sie fragen, was denn los sei.
«Wir sind nicht allein», flüsterte er und rollte seine Augen zuerst nach rechts, dann nach links. Seine Ohren bewegten sich mit. Es sah witzig aus, dass fand Nayara schon beim ersten Mal, als sie ihn traf.
«Ist bestimmt nichts Wildes», meinte sie locker und stützte sich mit den Handballen im kühlen Moos ab.
«Da wäre ich mir nicht so sicher», er rannte auf Nayara zu, packte sie an der Hose und riss sie mit.
«Was ist denn los?», fragte sie und da sie grösser als Darrs war, musste er sie nicht ziehen. Er gab jedoch keine Antwort.
«Hör mir zu. Ich kann nicht mehr lange bleiben. Meine Pflegeeltern werden so oder so ausrasten», sie blieb stur stehen und schaute ihren Freund an, wie er noch einige Schritte weiterrannte.
«Gewiss», sagte er ruhig, als wäre er stundenlange gesessen, «ich lass dich auch gehen. Sei dir einfach im reinen, dass du nicht mehr alleine sein wirst.» Nayara wollte gerade noch Fragen ob in gutem oder im schlechten Sinne doch Darrs war bereits verschwunden.

Sie wusste nicht genau, wo sie sich nun befand. Sie waren nicht weit gerannt, jedoch genug, um nicht mehr zu wissen, aus welcher Richtung man gekommen war. Sie ging einige Schritte und plötzlich wurde ihr furchtbar übel. Es war, als hätte sie zu viele Tortenstücke gegessen und wäre danach auf eine Achterbahn gegangen. Sie setzte sich hin und schaute mit zusammengepressten Lippen in den Himmel. Es begann zu regnen, jedoch nur sehr leicht. Sie erhob sich und schlurfte durch den Wald.
«Schliess mich nicht aus», sagte eine ruhige und sanfte Stimme.
«Du wirst mich brauchen», es forderte höchste Konzentration und Geduld, die Stimme zu ignorieren. Die Wesen wussten, dass sie fähig war und versuchten sie immer wieder zu kontaktieren.
Nayara blieb stehen. Sie wusste, dass es zu anstrengend war, die Stimme auszublenden.
«Wer ist da?», fragte sie müde.
«Schade, dass du mich nicht einmal mehr erkennst. Darrs hat dich angelogen.» In der Dunkelheit erschien ein helles Licht. Es war schneeweiss und blendete. Nayara hielt sich die Hände vor die Augen und aus dem hellen Licht erschien ein Pferd. Es war schneeweiss, hatte ein Horn aus Silber und seine Mähne langte knapp bis zum Boden. Es sah wunderschön aus und seine königsblauen Augen schimmerten.
«Penelope?», lächelnd rannte sie auf das Einhorn zu und fiel ihm um den Hals. Es war kräftig und legte sanft den Kopf auf Nayaras Rücken.
«Wo bist du gewesen?», fragte sie und lächelte immer noch.

«Ich war beschäftigt, weisst du?», Penelope lächelte, «Darrs hat dich angelogen. Ich war nicht bei meiner Herde.» Sie brach ab und senkte den Kopf.
«Was ist passiert?», erschrocken wich Nayara zurück.
«Nun, das spielt im Moment keine Rolle. Viel wichtiger ist, dass du jetzt nachhause gehst», meinte Penelope und marschierte los. Ihr Fell schien so hell, dass sie nach einigen Metern immer noch bestens zu sehen war. Nayara folgte ihr zögernd, sagte jedoch nichts mehr.
Stille herrschte zwischen den beiden. Nur das Knacksen einiger Äste die unter ihnen lagen war zu hören. Am Waldrand starrte Nayara auf das kleine Dorf, indem sie lebte. Als sie sich umdrehte um sich von Penelope zu verabschieden, war sie verschwunden.

Die Geschichten des Feuers

Zuhause sassen Alice und David besorgt am runden Tisch neben dem lodernden Feuer im Steinkamin. Sie blickten rasch hoch, als sie Nayara zwischen dem Türrahmen bemerkten.
«Ihr braucht mich nicht anzuschreien», sagte sie matt und schlurfte an ihnen vorbei zur Treppe.
«Das hatten wir auch nicht vor. Bitte setz dich einen Moment», sagte Alice ungewöhnlich ruhig.
«Ich habe nicht viel Zeit», murmelte Nayara und setzte sich launisch gegenüber von David und Alice hin.
«Wir müssen dir etwas erzählen», sie seufzte und schaute besorgt zu ihrem Gatten.
«Es ist so, dass», begann er doch Nayara unterbrach ihn: «Ich weiss, was ihr sagen wollt.» Die beiden starrten sie an.
«Das tust du?», fragten beide im Chor.
«Ja. Ihr hält mich für verrückt. Ihr denkt, ich wäre total übergeschnappt. Aber keine Sorge. Jeder in der Schule denkt so.» Sie stand auf und ging in ihr Zimmer.
«Nayara!», schrie Alice und wollte ihr hinterher doch David hielt sie am Arm fest und drängte sie wieder auf den Stuhl.
«Was meint sie damit?», wollte Alice wissen und sah besorgt drein.
«Ich weiss es nicht», David wirkte genauso niedergeschlagen wie Alice.

Unterdessen sass Nayara an ihrem Schreibtisch und hielt ein Buch bereit. Keine Seite war beschriftet, dennoch redete sie damit.
«Es ist schwer, die einzige zu sein, weisst du? Viele denken ich wäre verrückt aber das bin ich nicht. Alle anderen sind verrückt. Sie verabscheuen eine wunderbare Welt», sie hielt kurz inne und atmete schwer.
«Wusstest du, dass es bald keine Menschen mehr geben wird? Und wir sind sogar selbst schuld daran! Dadurch dass wir unsere weisen Bäume fällen und die Natur zerstören, zerstören wir die Lunge der Erde», sie stöhnte. Ihr war nicht ganz klar, was sie da eben gesagt hatte. Es kam ihr nicht so vor, als hätte sie es gesagt. Sie murmelte noch etwas Undeutliches vor sich hin und schloss das Buch. Sie lächelte und versteckte es in einer Schublade unter dem Schreibtisch.
«Nayara?», Alice klopfte an der Tür.
«Was willst du?», fragte sie und sputete auf ihr Bett.
«Mit dir reden», Alice trat ein.
«Wieso seid ihr so nett? Warum schert ihr euch so darum, mit mir zu reden? Wo sind das alltägliche Geschrei und Gebrülle? Ich vermisse es beinahe», der letzte Satz versank in einem Flüstern.
«Es ist kompliziert, Nayara. Es ist wichtig, dass du Dinge weisst, die wir dir vorher nie erzählt haben», ihre Stimme klang besorgt.
«Ihr habt mir nicht einmal zu meinen Geburtstagen gratuliert. Wie wäre es, wenn ihr damit beginnt?» Sie war gereizt und schlecht gelaunt. Nayara hatte keine Lust auf die Gesellschaft von Alice und wünschte sich nichts mehr, als sie aus ihrem Zimmer zu haben.

«Nayara», verzweifelt fuchtelte Alice mit ihren Händen herum «es tut uns leid, okay?», Die Nachricht kam bei Nayara nicht ganz an. Sie gähnte provokativ und baumelte mit den Beinen.

«Ich war euch schon immer egal gewesen. Mein ganzes Leben wurde eine Lüge. Ihr habt mir nie die Wahrheit erzählt. Ich wusste, dass ich nicht eure leibliche Tochter bin aber nicht einmal das konntet ihr mir sagen. Ihr wart feige die ganzen Jahre über, in denen ich hier bin.» Ihr Gesichtsausdruck kalt, ihre Stimme kalt und ihre Körperhaltung kalt. Sie hielt es nicht mehr aus, in einem Meer voller Lügen und erfundenen Geschichten leben zu müssen. Sie hatte es satt, das unwissende und verrückte Mädchen zu sein. Sie wollte die Wahrheit.

Alice war nicht mehr imstande, etwas zu sagen. Sie bewegte ihr Mund als würde sie zu schreien beginnen doch kein Ton war zu hören. Nayara starrte sie eiskalt an und vertrieb Alice so aus dem Zimmer. Sie liess die Tür ein wenig offen.

«Was ist passiert?», hörte sie David fragen.

«Sie will die Wahrheit und ist stinksauer», antwortete Alice jammernd.

«Nicht gut. Wir können ihr noch nichts erzählen. Es ist zu riskant», er senkte den Kopf und nahm die Hand von Alice.

«Was wollen wir machen? Bitte lass es uns vergessen», jammerte sie weiter und Nayara unterdrückte ein Lachen.

«Können wir nicht», antwortete David kaltherzig, «das können wir nicht und das weisst du.» Sie verstummten. Nur das leise Knacksen des Kaminfeuers war zu hören. Nayara schloss die Tür. Sie hatte ihre Haare zu einem lockeren Knoten gebunden und baumelte auf dem Bett herum.

«Warum muss alles so kompliziert sein?», fragte sie laut und starrte an die Decke.

«Vielleicht wirst du es eines Tages verstehen», eine helle und sanfte Stimme erschien in ihrem Zimmer. Sie schreckte hoch und sass dicht an der Wand.

«Du erschrickst jedes Mal, wenn ich dich besuche», ein hübscher Junge erschien. Er hatte dunkles, kräftiges Haar, blaue Augen, einen starken Kiefer und Muskeln. Er hatte ein süsses Lächeln, jedoch verbarg sich etwas Geheimnisvolles dahinter.

«Adam!», schrie Nayara und stand auf. Sie konnte ihn sehen, jedoch nicht berühren, da er einzig und allein eine Seele war.

«Wie geht es dir?», fragte er und schaute sie immer noch lächelnd an.

«Nicht so», antwortete sie matt und liess sich wieder aufs Bett fallen.

«Ich sehe jeden Tag, dass du einsam bist...», murmelte er und setzte sich neben sie, «rede mit mir.» Er rückte näher.

«Es kommt mir immer wieder so merkwürdig vor, mit einem Toten zu reden», sagte sie lächelnd und schaute ihn an.

«Es ist auch merkwürdig. Alle Menschen sind dazu fähig, solange sie daran glauben. Du hast jedoch die Gabe, die Dinge mit deinen Augen sehen zu können. Du solltest dankbar dafür sein», seine Stimme war angenehm. Auch wenn er tot war, sah er wie ein ganz gewöhnlicher Junge aus.

«Das bin ich auch! Sehr sogar. Ohne sie müsste ich in dieser Welt gefangen bleiben», Adam antwortete darauf nicht.
«Denkst du wirklich, dass alle dazu fähig sind?», fragte sie nach einer kurzen Schweigepause.
«Gewiss. Es braucht viel Zeit und Geduld, mit Verstorbenen Kontakt aufzunehmen. Dennoch ist es möglich. Du musst es nur zulassen», er lächelte. Er schien ein glücklicher Toter zu sein.
«Ich kann es überhaupt nicht kontrollieren»
«Solche Fälle wie dich gibt es kaum drei Mal»
«Muss ich mir wegen etwas Sorgen machen?», fragte sie scheu.
«Nayara. Ich kann dir nicht die Zukunft vorhersagen. Ich kann nichts ausser deinem Freund sein», er stand auf.
«Gehst du etwa schon?», sie stand auch auf.
«Es wird Zeit. Wie du weisst, kann ich nicht lange hier sein. Es war schön, dich wiederzusehen», er lächelte und war dabei, zu verschwinden.
«Du bist mein einziger Freund, Adam!», schrie sie ihm noch nach, bevor er sich voll und ganz aufgelöst hatte. Sie schaute noch lange auf den Ort, an dem Adam gestanden hatte. Als sie sich schliesslich davon löste, legte sie sich wieder hin und starrte zurück an die Decke. Sie fand sie faszinierend. Als sie klein war, malte sie verschiedene Punkte darauf, denn sie hatte das Gefühl, dass sie das Muster irgendwann wieder begutachten würde. So war es auch. Sie musterte die Punkte und erinnerte sich daran, wie sie sich damals gefühlt hatte. Sie fühlte sich einsam, genauso wie Adam gesagt hatte. Er hatte ihr nicht die Zukunft gesagt, sondern die

Gegenwart. Nayara wollte schon immer einmal jemanden kennenlernen, der die Zukunft kennt. Nun aber ist sie froh, dass sie das nicht tat. Sie wollte es erleben und nicht bereits wissen. Sie wollte die Dinge ohne Ahnung geschehen lassen und sie wollte das Leben ohne Vorhersage leben.

Nayara ging nach unten. Ihr war bewusst, dass Alice und David grosse Sorgen haben. Das erste Mal in ihrem Leben hatte sie ein wenig Mitleid mit ihnen. Sie wusste selber genau, dass sie kompliziert und nicht immer einfach war. Sie hatte den beiden das Leben ganz schön schwer gemacht.
«David?», fragte sie ruhig und fand ihn am Kaminfeuer. Alice war nirgends zu sehen und schien schlafen gegangen zu sein.
«Alles in Ordnung?», fragte er, den Blick fest auf das knisternde Feuer gerichtet.
«Ja, schon», antwortete sie leise und setzte sich zu ihm.
«Findest du auch, dass im Feuer so viele tolle Geschichten erzählt werden?», sie lächelte und David lugte sie von der Seite her an.
«Natürlich denkst du nun, ich wäre verrückt. Doch schau doch mal genau hin. Siehst du, wie die Flammen flackern und die Lichter sich bewegen?» Nayara redete sanft.
David schien es zu versuchen und meinte dann tatsächlich, dass er verstehe, was Nayara mit den Geschichten meinte. Es machte sie glücklich zu hören, dass er es begriff.

«Seit wann lässt du dir diese Geschichten erzählen?»,
wollte David nach einer Weile wissen und schaute sie
interessiert an.
«Ich weiss es nicht. Ich habe damals, als ich von Zuhause
weggebracht wurde, ein Feuer im Wald gesehen. Es
erzählte mir, dass ich zurückkommen kann», wieder
verlor sich ihr Blick im Feuer sie setzte ein Lächeln auf.
David jedoch verging das Lachen.
«Du erinnerst dich daran?», fragte er.
«Ich erinnere mich an sehr viel, weisst du», murmelte sie
und neigte den Kopf nach links.
«Wirklich? Normalerweise vergessen Kinder doch, was
sie in jungen Jahren getan oder gesehen haben», David
schien verunsichert.
«Ich glaube, Kernerinnerungen bleiben für immer.» Die
beiden schwiegen sich an und liessen ihre Blicke im
knisternden Feuer ruhen. Nayara gefiel es, mit David dem
Feuer zu gehorchen und seine Geschichten anzuhören.
Auch wenn sie ziemlich sicher war, dass David nicht
genau verstand, was das Feuer meinte, war sie froh, dass
er blieb.

David ging eine halbe Stunde vor Nayara schlafen und
hoffte, dass sie nichts Dummes anstellte. Er hatte ihr
gesagt, sie sollte das Haus nicht mehr verlassen. Sie hielt
sich daran. Schliesslich hatte sie einen schönen Abend
mit David verbracht, also kann sie auch ihm etwas
zugutetun.
Sie schaute sich eine Dokumentation über
Wirtschaftskunde an. Sie erinnerte sich, dass sie dies
einmal in der Schule hatte, jedoch hatte sie nie

aufgepasst. Sie fand, dass es im Fernseher viel spannender war, als bei ihrem Lehrer und schaute die ganze Sendung zu Ende.
Nachdem ein lauter Krach zu hören war, zuckte sie so gewaltig zusammen, dass sie auf dem Boden landete. Draussen begann es zu regnen und der laute Knall wiederholte sich. Es wurde ihr allmählich unwohl, obwohl sie wusste, dass sie keine Angst zu haben brauchte.
«Hallo?», fragte sie und schlich zur Tür. Es war nichts zu hören, ausser dem stürmischen Regen, der gegen die Fensterscheiben peitschte.
«Nayara alles in Ordnung?», David kam die Treppe hinunter gesaust und stürmte zum Fernseher, um ihn auszuschalten.
«Was? Oh, ja», sie erschrak ein wenig, als sie David sah. «Hast du den Knall auch gehört?», fragte sie und schaute sich prüfend um.
«Ja. Das habe ich. Weisst du, was das war?», er schaute sich genauso um.
«Nein. Keine Ahnung...», ihr Blick wanderte die Treppe hoch zum Schlafzimmer, wo Alice lag.
«Hat ihn Alice nicht gehört?», ihre Augen verengten sich.
«Ich glaube nicht», murmelte David und schaute ebenfalls zum Schlafzimmer.
«Ist sie wohlauf?», Nayara wies David an, nach ihr zu sehen. Es dauerte eine ganze Weile, bis er wiederkam.
«Und?», wollte Nayara wissen. David brachte keinen Ton heraus. Er starrte wie gelähmt auf den Boden.
«Sie ist weg», erfasste Nayara besorgt das Wort. Nickend bestätigte David ihre Aussage.

«Wo ist sie hin!», schrie er laut.
«Ich weiss es nicht! Ich habe keine Ahnung!», erschöpft liess sich Nayara in einen Sessel sinken. Das Feuer war erlöscht.
«Du kannst doch diese Geschichten lesen. Was hat das Feuer erzählt!», forderte David sie auf, jedoch ohne Erfolg.
«Ich... ich kann mich nicht erinnern», murmelte sie leise und fasste sich an die Schläfe.
«Wie du kannst dich nicht erinnern? Du weisst, was passierte als du drei warst, erinnerst dich aber nicht, was vor einigen Stunden geschehen ist?», voller Zorn ging er auf sie zu.
«Ich weiss nicht, was los ist... Jemand will nicht, dass ich mich an die Geschichte des Feuers erinnere», sagte sie nachdenklich. Schwache Kopfschmerzen taten sich in ihrem Hinterkopf auf.
«Sicher. Und wer? Ein Phantom?», fragte David spöttisch.
«Möglich», sie stützte ihr Kinn mit dem rechten Arm ab.
«Ein Phantom? Wirklich? Etwas Besseres wäre sogar mir eingefallen», er lachte. Er schien nicht zu verstehen, worum es wirklich ging.
«David. Alice ist verschwunden. Es gab wiederholt laute Knalle, es regnete auf einmal in Strömen und das Feuer löschte von alleine aus. Erkläre mir bitte, wer dafür verantwortlich ist, wenn du es besser weisst», Nayara war in solchen Fällen sehr ernst und nicht zum Spass aufgelegt. Sie hatte solche Situationen noch nie erlebt, auch wenn sie schon viel mit ihren Freunden durchgemacht hatte.

«Nun, du bist doch die Verrückte. Bring mir meine Frau zurück!», er ging in die Küche und schaltete das Licht an. Nayara blieb im Sessel sitzen und starrte auf die Stelle, wo das Feuer einst aufflammte.
«Was hast du mir so wichtiges erzählt, woran ich mich nicht mehr erinnern sollte?», flüsterte sie und schloss die Augen.

Grames Erscheinung

Der fünfzehnte Geburtstag von Nayara stand bald vor der Tür. Sie wusste genau, dass sie keine Geschenke bekommen würde, aber darüber machte sie sich keine Gedanken, denn Alice war immer noch verschwunden. Es kümmerte sie schon, dass sie weg war, auch wenn Alice nicht die Allerliebste gewesen war.
David war immer noch sauer auf Nayara und behauptete, sie hätte Alice verschwinden lassen. In der Nacht als Alice verschwand, dachte Nayara, sie hätte endlich David ein wenig überzeugen können.
«Geh zur Schule!», befahl er an einem Dienstagmorgen, als Nayara ihre Schale mit Müsli aufräumte.
«Warum?», fragte sie launisch.
«Erstens weil ich dich nicht die ganze Zeit hier im Haus haben will und zweitens, weil du die Schule besuchen *musst*.» Er war seit jener Nacht total entnervt und verärgert. Nayara rollte bloss mit den Augen und meinte daraufhin: «Niemand sagt mir was ich tun soll und was nicht.» Anscheinend schien das David nicht mitbekommen zu haben. Er sauste in den Keller und kam einige Minuten später wieder.
«Geh endlich!», krächzte er und liess sich erschöpft auf das Ledersofa fallen. Nayara blieb keine andere Wahl. David war zweifellos verzweifelt, da wollte sie ihn lieber für sich lassen.

Viele Kinder waren bereits auf dem Weg die Strasse hinunter zur Schule. Das brachte ihr das gute Gefühl, dass sie noch nicht zu spät war, wobei ihr das eigentlich egal gewesen wäre.

Die Stunden vergingen nicht besonders schnell. Nayara konnte sich in der Schule noch nie konzentrieren, da sie mit den Gedanken tagtäglich woanders weilte. Die Lehrer aber hatten sie im Auge behalten. Sie wollten nicht riskieren, dass sie sich wieder davonschlich.

Nayara sass immer an einem riesigen, runden Tisch. Eigentlich sass sie immer alleine, doch heute war es anders. Ein Mädchen setzte sich neben sie. Sie hatte schwarze, eisglatte Haare, dunkle Augen, Sommersprossen, ein süsses Lächeln und einfache Klamotten. Nayara hatte sie zuvor noch nie gesehen, hatte jedoch kein Problem damit, dass sie sich neben sie setzte.

«Hi», sagte Nayara genüsslich und trank einen Schluck aus ihrer Wasserflasche.

«Tag.» Nayara begriff noch nicht ganz, warum sich das Mädchen zu ihr gesetzt hat.

«Mein Name ist Lucia. Ich habe einige wichtige Dinge, die ich dir erzählen muss», ihre Stimme wurde von Wort zu Wort immer leiser.

«Ach ja?», verwundert liess sie ihre Gabel sinken.

«Ja. Ich weiss ziemlich viel, dennoch zu wenig. Ich kann dir hier und jetzt nicht wirklich viel mitteilen», sie schaute umher, «zu viele Menschen. Aber hier ist meine Adresse. Besuche mich bald.» Sie packte ihre Sachen und eilte davon. Kurze Zeit danach war sie nicht mehr zu sehen.

Auf dem Zettel der Lucia Nayara übergeben hatte stand:

Rue du Générale de Gaulle 13
Joins moi - à bientôt

Auch wenn sie seit fünfzehn Jahren in Frankreich lebte, bedeutete das nicht, dass sie auch französisch konnte. Dennoch schienen hier alle Englisch sprechen zu können, was sie ziemlich verwunderte.
«*Chrm, chrm*», eine tiefe Männerstimme räusperte sich hinter Nayaras Rücken. Sie drehte sich rasch um und erkannte den Schuldirektor hinter sich.
«Sofort zurück in deine Klasse!», launisch wendete er sich ab und ging wieder fort. Sie blieb noch kurz sitzen, las den kleinen Zettel nochmals durch und begab sich dann zu ihrem Klassenzimmer. Zufälligerweise war Lucia auch da. Es verwunderte Nayara, sie wiederzusehen, da sie diesen Unterricht vorher nie besucht hatte.
Nayara betrachtete sie aus dem linken Augenwinkel. Sie tat nichts. Lucia sass auf ihrem Stuhl, als wäre sie kurz davor herunterzufallen. Es sah relativ unbequem aus.
Zuhören tat Nayara schon sehr lange nicht mehr. Es ist, als hätte sie es verlernt. Mit ihren Gedanken weilte sie schon seit sie ein Kind war, woanders. Sie hatte sich in der Realität noch nie wirklich wohl gefühlt. Dennoch hatte sie sich die ganzen Jahre über, gut durchgeschlängelt.

Nach der letzten Stunde schlenderte sie wie üblich nachhause. Sie war es langsam aber sicher leid, jeden Tag dasselbe zu tun. Sie brauchte Abwechslung in ihrem Leben und der Schulalltag enthielt für sie keinerlei Abwechslung.

In den Wald wollte sie nicht. Angeblich hätten sie
Nachbarn gesehen und sich darüber beschwert, dass sie
als Unwissende in einen fremden Wald ginge, und das
unakzeptabel sei. Aus diesen Gründen bevorzugte es
Nayara, lieber in ihre eigene Welt abzutauchen. Viele
Menschen regten sich heutzutage über die kleinsten und
unnötigsten Dinge auf. Sie mochte es nicht, dass die
Menschen wegen allem ein riesiges Tohuwabohu
machten. Es war Zeitverschwendung.
Beim nachhause laufen beobachtete Nayara am liebsten
die Passanten.
«Guten Tag, möchten Sie eine Zeitung kaufen?», ein alter
Herr stand am Strassenrand und bot Tageszeitungen an.
Nayara nahm eine. Sie gab ihm mehr, als er dafür
verlangte. Er bedankte sich und bot an, ihr Morgen eine
zu schenken. Nayara lehnte ab. Ihre Motivation war,
Menschen helfen zu können. Sie liebte es, lächelnde
Gesichter und strahlende Herzen zu sehen. Sie musste
sich oft entscheiden, was für sie richtig war. Darrs war oft
dagegen, dass sie Menschen half und Penelope äusserte
sich nie dazu. Ihre engsten Freunde halfen ihr nicht,
Entscheidungen zu treffen. Penelope meinte, sie sollte es
alleine entscheiden.

Nachdem Nayara die Tür zur Wohnung betrat, kam ihr
David kreischend entgegen.
«Hast du Alice gefunden?»
«Ich war in der Schule»
«Suche sie!»

«Ich habe Hausaufgaben.» David wusste, dass Nayara ihre Hausaufgaben noch nie gemacht hatte und sie würde sie auch jetzt nicht tun.

«Schwindle nicht. Suche meine Frau!», er packte sie am Arm, bevor sie die Treppe zu ihrem Zimmer betrat.

«Und wenn nicht?», fragte sie und lächelte breit. Ihr Arm schmerzte, sie zeigte aber keine Spur von Schmerz oder Unwohlsein.

«Dann werde ich dir verbieten, deine „Walddinger" zu besuchen!», schrie David und liess sie grob los.

«Kannst du nicht», murmelte Nayara und watschelte nach oben.

«Ach, und warum denn nicht?», seine Stimme nahm wieder einen höheren Ton an.

«Weil ich in die Schule muss.» Sie zwinkerte ihm zu und verschwand im Zimmer. David wusste, dass er sie nicht von der Schule nehmen konnte, da jedes Kind ein Recht auf Bildung hatte. Er konnte ihr aber sagen, dass sie direkt nach der Schule nachhause kommen sollte. Aber was sie zwischen den Schulstunden und während den Schulstunden tat, dass wusste er nicht. Nayara erzählte den Lehrer einmal, dass ein wildes Monster sie alle töten würde, wenn jemand einen Brief an David oder Alice schrieb. Alle glaubten ihr oder hielten es zumindest für möglich, da viele erkannten, dass sie nicht normal war. So hatte sie die Schule unter Kontrolle und musste sich nicht fürchten, einen Brief nachhause zu bekommen.

In ihrem Zimmer verkroch sie sich in ihre Welt. Sie musste daran denken was Lucia gesagt hatte und sie wollte wissen, was sie denn alles wusste. Nayara wurde

es mulmig zumute und sie hoffte, dass sie nicht allzu viel wusste. Es wäre ihr lieber gewesen, sie hätte erst einmal selbst ihre Geschichte erfahren, bevor ihr andere davon erzählten.
Dennoch. Sie hatte ihr Buch, ihre Freunde und ihre Welt. Nayaras grösste Angst war immer noch, dass jemand ihr *das* wegnehmen würde. Sie liebte es über alles.

Merkwürdig, wie viele Geheimnisse ein Tag von sich geben kann. Es ist schon fast unheimlich, dass wir sie nie erkennen und dennoch durchleben.

Sie malte eine kleine Skizze von Lucia und ihr in das dünne Büchlein, dass sie immer mit sich trug. Danach schloss sie das Buch und vergrub es in ihrer Tasche. Nayara sagte, es sei kein Tagebuch. Es war ein Fantasiebuch, dennoch waren die Dinge wahr. Sie liebte es, Szenen und Rollen in ihrem Leben Platz zu machen. Sie fühlte sich mit ihrem selbst erstellten Leben wohler, als mit demjenigen, welches sie in der Schule vor gab zu leben. Nayara war nie wirklich sie selbst, wenn sie mit anderen Leuten sprach. Sie gehörte nicht in diese Realität, sie gehörte dorthin, wo Penelope und Darrs lebten. Das war der Ort, die Welt, in der sie zuhause war.

Wochen vergingen. Nayara schwänzte die Schule erneut, besuchte regelmässig Penelope und fragte sie darüber aus, was Lucia gesagt hatte. David war immer noch sauer auf Nayara, er kriegte sich aber langsam wieder ein. Adam hatte Nayara mehrere Tage hintereinander besucht und er versuchte ihr klarzumachen, dass etwas auf sie

zukommen würde, doch Nayara blickte nicht durch.
Heute hatte es geschneit. Winter war die Jahreszeit, die Nayara am liebsten mochte. Der Schnee barg so viele wundervolle Geschichten, dass sie am liebsten selbst beginnen wollte zu schreiben, doch das Talent dazu hatte sie nicht. Am Morgen ging sie früh raus hoch zum Wald, um dort einige Schneeskulpturen zu bauen. Das machte sie jeden Winter für Bob und Dylan, Zwergenzwillinge. Die beiden nervten sie den Sommer über auf höchstem Niveau und sie versuchte sie jeden Winter zur Vernunft zu bringen. Bob und Dylan hatten ihre Eltern verloren. Damals waren sie 52 Jahre alt. Sie erinnerten sich kaum daran. Am Anfang, als Nayara die Zwillinge kennenlernte, war sie geschockt, dass sie 48 Jahre alt waren. Nayara konnte es nicht glauben, bis Dylan ihr erklärte, dass sie einfach einen Punkt zwischen den beiden Zahlen zu schreiben bräuchte, und sie dann so alt wären wie in ihrer Welt. Also knapp fünf Jahre. Sie musste lachen als sie das erfuhr und schrieb es sich auf, damit sie es nicht vergass.
«Letztes Jahr hast du einen grösseren Schneezwerg gebaut», maulte Bob und verschränkte die Arme unter seinem Kinn.
«Kleine Dinge tun es manchmal auch», Nayara zwinkerte ihm zu, worauf er beleidigt war und sich ein Plätzchen daneben suchte.
«Ist alles in Ordnung mit ihm?», fragte Nayara seinen Bruder.
«Naja. Er scheint sich langsam wieder daran zu erinnern. Ich weiss nicht, an was er sich erinnert, aber er erinnert sich. Haha», Dylan lachte. Anscheinend wusste er

wirklich nichts mehr davon. Grame, der älteste und weiseste Zwerg von allen erzählte Nayara vor langer Zeit, dass Zwergen schlimme Erlebnisse, die sie in frühen Jahren erlitten, einige Monate danach vergessen haben.
Sie konnte sich nicht erklären, weshalb Bob sich langsam wieder erinnerte. Sie hatte sich vorgenommen, ihn nachher zu besuchen.
«Du erinnerst dich also an gar nichts?», frage sie, als sie gerade eine Mütze formte.
«Wenn du so fragst, eigentlich schon», Dylan lächelte. «Ich erinnere mich daran, wie du zu Grame kamst, als wir noch ganz klein waren. Du hast uns abgeholt und bist mit uns in den Wald gegangen. Grame war dir dankbar», Nayara war erleichtert, dass er sich nicht an mehr erinnerte. Sie überlegte, ob Bob es auf Dylan irgendwann übertragen würde, da sie ja Zwillinge waren.
«Du erinnerst dich daran», lächelnd half sie ihm beim linken Auge eines dicken Dinosaurierbabys.
«Selbstverständlich. Bob erinnert sich leider nur schwach daran.» Es schien ihn zu kümmern, dass sein Bruder nicht mehr ganz wusste, was damals geschah, als sie Nayara kennenlernten.
«Manche Erinnerungen vergisst man lieber», murmelte sie.
«Aber doch nicht eine solch schöne», frustriert verschränkte er die Arme ebenfalls.
«Ich werde mal mit deinem Bruder sprechen. Kannst du für eine Weile alleine weitermachen?», nickend packte er ein Häufchen Schnee und formte es zu einer runden Kugel. Nayara schlurfte zu dem kleinen Steinchen, auf dem Bob sass.

«Na?», fragte sie und setzte sich neben ihn. Er antwortete nicht. Sein Blick folgte starr die Hügel hinunter.
«Wie ist es, dort zu leben?», fragte er dann, als Nayara seinem Blick gefolgt war.
«Es kommt drauf an, mit welchen Augen du die Welt dort unten siehst», sie lächelte. Bob schien jedoch nicht zum Lächeln zumute zu sein.
«Was ist los?», fragte Nayara und hob ihn hoch. Er sagte nichts. Sein Kopf gesenkt und die Arme schlapp nach unten hängend.
«Willst du alleine sein?», wollte sie wissen und liess ihn wieder runter. Er nickte schwach, watschelte mit seinen kurzen Beinen davon und legte sich abseits von Nayara in den Schnee. Sie schaute noch eine Weile zu ihm, ging dann aber zurück zu Dylan.
«Und?», fragte er.
«Er sagt nichts», murmelte Nayara nachdenklich. Als sie die Skulptur von Dylan sah, erschrak sie gewaltig. Der Kopf hing an der linken Seite des Halses und die Nase war an dem Platz, wo normalerweise die Augen waren. Die Augen lagen im Schnee und der Körper war zur rechten Seite ungefähr zehn Zentimeter höher als zur linken.
«Und das ist?», fragte sie höflich und musste einen Lacher unterdrücken.
«Das ist ein spektakuläres Dinosaurierbaby», stolz stand er neben der Figur und posierte.
«Ähm, sehr schön, ja», sie konnte nicht anders. Dylan schien so stolz auf seine Arbeit zu sein, dass sie es nicht übers Herz brachte, ihm zu sagen, dass es sehr komisch aussah.

Stunden später meinte Dylan, dass er zu Bob gehen sollte.
Die beiden müssten noch einige wichtige Dinge
erledigen, die allerdings streng vertraulich waren. Nayara
war klar, dass Dylan Bob nur aufheitern wollte und sie
drückte Dylan die Daumen. Da sie nun wieder alleine
war, nutzte sie die Zeit um Grame aufzusuchen. Sie
wusste, wo er sich normalerweise aufhielt, dennoch
konnte man nie genau wissen, an welchem Ort er seine
Ruhe genoss.
Sie streifte durch den dicken, mit Schnee bedeckten
Wald. Es war schön, darin zu spazieren und sie genoss
die Zeit. Darrs würde in einem seiner Gruben liegen, da
er Schnee mehr als alles andere hasste.
Es begann leicht zu schneien und sie verlangsamte ihr
Tempo. Sie mochte den Schnee wie alle ihre Freunde. Er
gehörte einfach dazu. Nach einem langen Marsch durch
den Wald gelangte sie auf eine kleine Lichtung. Darin
hielten sich oft die Zwerge auf, wobei sie immer wieder
ihren Platz wechselten. Sie hielt die lange Sucherei nicht
mehr aus und rief nach Grame. Meistens erschien er in
wenigen Augenblicken, wenn Nayara rief, doch heute
schien er sich Zeit zu lassen.
«Ich dachte mir, dass du uns nicht finden wirst», eine
brummige, tiefe Stimme ertönte. Rasch drehte sich
Nayara um und erkannte Grame, ein alter, steiniger
Zwerg. Seine Haut war grau und mit Moos, Pilzen und
anderen Kleinigkeiten bedeckt. Sein Gesicht war
geschrumpelt und weise.
«Grame!», Nayara klang erleichtert.
«Du bist um die fünf Mal an mir vorbeigelaufen», er
lachte. Seine brummige Stimme liess es wie ein

teuflisches Lachen klingen. Nayara fiel nichts Besseres ein, als ebenfalls zu lachen. Sie wollte möglichst schnell auf den Punkt kommen.
«Was ist los?», fragte Grame schliesslich und wurde ernst.
«Es geht um Bob. Er scheint sich langsam daran zu erinnern», begann Nayara und war gespannt auf Grames Reaktion.
«Bitte?», entsetzt wich er zurück.
«Das ist unmöglich. Den beiden war in jungen Jahren etwas Schlimmes widerfahren. Ausgeschlossen, dass Bob sich wieder daran erinnert», nachdenklich lief er nach links, danach wieder nach rechts.
«Sein Bruder Dylan hat es mir heute erzählt. Waren die beiden denn nie wieder bei dir?», fragte sie und schaute ihn ebenso ernst an.
«Nein... nein. Die beiden haben mich seitdem du sie abgeholt hast, nie wieder besucht», er schien auf eine Art verzweifelt, auf die andere frustriert.
«Und du bist dir ganz sicher?», er klang ernster als jemals zu vor. Nayara kam der Gedanke, dass es ein Fehler war, Grame zu fragen.
«Ja. Ich wollte mit ihm reden doch er schien schlapp und sein Blick war fest auf das Dorf gerichtet»
«Das Dorf?»
«Wir waren am Waldrand Schneeskulpturen bauen. Wie jedes Jahr.»
«Ah, gewiss. Und er war schlapp?» Grame stellte ungewöhnlich viele Fragen, fand Nayara, da er doch so gut wie alles wusste.

«Ja. Ich hob ihn auf, um mit ihm zu reden. Es war als wäre er tot, denn –«, Grame hob die Hand. Nayara sprach kein Wort mehr und wartete still auf eine Antwort.
«Du wirst den Wald nicht mehr besuchen können», murmelte er und bewegte sich im Kreis.
«Was? Aber der Wald ist mein Zuhause!», schrie Nayara und war entsetzt.
«Mir bleibt keine andere Wahl. Ich spüre etwas Dunkles und es ist das Beste, wenn du dich von hier fernhältst», er ging los.
«Das kannst du nicht machen!», schrie sie ihm hinterher. doch er war weg. Sie hatte offizielles Waldverbot und ihr blieb keine andere Wahl, als zu verschwinden. Grame war schon seit eh und je der Herrscher über Wälder und Bäume. Auch wenn es grössere und stärkere Wesen gab, er war der älteste und weiseste. Niemand wusste so viel wie er.
Nayara ging mit Tränen in den Augen durch den Wald. Ihr war schlecht. Der Gedanke, nicht zurück zu Penelope und den anderen gehen zu können, war ein Albtraum. Sie lebte in den Wäldern. Das Leben in der Stadt war die Hölle für sie. Es war schmutzig, laut, es gab tausende von Menschen und überall herrschte Chaos. Sie mochte es nicht. Sie wollte es nicht.
«Nayara?», sie erkannte die Stimme. Penelope erschien zwischen den braun-weissen Bäumen.
«Penelope!», weinend rannte sie auf das Einhorn zu.
«Ich will hier nicht weg, ich werde es nicht aushalten, solange von euch fort zu sein!», kreischte sie und weinte sich an dem kräftigen Hals von Penelope aus.

«Ich weiss. Ich weiss, dass es schmerzt, seine Heimat verlassen zu müssen, aber ich habe Grame gehört. Du musst gehen. Ich habe schon so lange etwas Merkwürdiges gespürt doch ich konnte mir nicht erklären, was es war. Nun weiss ich es und er hat Recht. Es ist besser für dich», Penelope senkte den Kopf und Nayara konnte ihr Horn berühren.
«Es wird dir Kraft geben. Du wirst es überleben. Wir denken an dich und grüss Adam von mir.» Nayara nickte und schaute sie an. Penelope wieherte und galoppierte davon. Verletzt, traurig und mit verweintem Gesicht schlenderte Nayara die weissen Hügel hinunter. Sie warf noch einen letzten Blick zurück in den Wald und erreichte dann das kleine Dorf, indem sie lebte.

Adam

Als Nayara die Türschwelle betrat, hörte sei bereits David im Anmarsch. Ihr war nicht zum Streiten zumute oder zum Diskutieren. Sie wollte einfach in ihr Bett, sich dort verkriechen und nie wieder hervorkommen.
«Hast du –«, er brach ab als er Nayaras verweintes Gesicht sah.
«Was hast du denn?», fragte er doch Nayara schlurfte erschöpft an ihm vorbei.
«Lass… mich einfach… in Ruhe», stotterte sie und stolperte über die erste Treppenstufe.
«Was ist passiert? Hattest du Problem in der Schule?», fragte er sanft und ging auf sie zu.
«ICH HATTE NOCH NIE KEINE PROBLEME HIER!», kreischte sie und liess sich auf die Treppe fallen. David handelte gescheit und brüllte nicht zurück.
«Was ist passiert?», fragte er erneut und drückte die Hand auf ihre Schulter.
«Fass mich nicht an.», ihr Ton war sanfter. Darauf antwortete David nicht.
«Du hast kein Recht, mich anzufassen», sie drehte ab. Sie erkannte nicht, was ihr Mund von sich gab. Sie hatte sich nicht mehr unter Kontrolle.
«Du bist hier aufgewachsen», begann David, immer noch sehr ruhig.
«BIN ICH NICHT!», sie war davon überzeugt.
«Nayara, geh hoch und ruh dich aus. Ich weiss nicht was mit dir los ist. Vielleicht magst du ja später darüber reden, wenn du dich ausgeruht hast», David stand auf und machte sich Kaffee. Maulend ging Nayara in ihr Zimmer,

doch sie hatte nicht vor, sich auszuruhen, sie wollte
Dinge kaputt machen. Sie war total sauer auf Grame und
konnte ihre Wut nicht zurückhalten. Vor einigen Minuten
war es noch Trauer, jetzt war es Wut. Dieses riesige
Gefühlschaos brach sie durcheinander. Sie nahm ihre
grüne Vase, die sie einmal gefunden hatte und
schmetterte sie an die weisse Wand. Danach räumte sie
ihren Schreibtisch leer und schlug ihren Spiegel ein.
«Tu das nicht, beruhige dich», Adam erschien. Er sah
nicht sehr begeistert aus, als er sah, was Nayara mit ihrem
Zimmer anstellte.
«Geh!», forderte sie, doch Adam verschwand nicht.
«Du musst mir noch was sagen», er zwinkerte.
«Einen ganz, ganz lieben Gruss von Penelope und jetzt
GEH!» Stur wie er war, rührte er sich nicht. Aus Wut
nahm Nayara ein Buch und warf es an seinen Kopf.
Dummerweise prallte es gegen die Türe und Adam
lachte.
«Du kannst mich nicht verletzen. Haha», er lachte.
«Das ist nicht witzig! Was willst du hier!», sie liess sich
auf ihr Bett fallen und sah Adam an ihrer Zimmerdecke
herumschwirren.
«Ich möchte dich zur Vernunft bringen», sagte er ernst
und schwebte auf ihr Bett herab. Sie rollte schwach mit
den Augen und murmelte vor sich hin.
«Du musst erst einmal deine Gefühle in den Griff
bekommen», sagte er und zeichnete in der Luft ein
kleines Skizzenbuch, das sich gleich darauf verwirklichte
und in Nayaras Schoss fiel.
«Was soll ich damit?», fragte sie und blätterte darin.

«Du sollst es klug gebrauchen. Schreibe darin auf, was du fühlst und was du denkst. Es tut dir gut, die Dinge einfach mal irgendwo abzuspeichern», er lächelte sie an und Nayara begutachtete das Cover des Buches.
«Okay. Ich werde es versuchen», sagte sie dann und seufzte leicht.
«Aber ich verstehe nicht was mir das genau bringen soll», wieder blätterte sie darin.
«Ich möchte von dir, dass du aufschreibst, was geschieht, bevor du wieder solch etwas Dummes anstellst. Ich möchte auch, dass du wirklich lernst, Dinge zu verstehen und sie zu akzeptieren, so wie sie nun einmal sind», Nayara nickte.
«Ich verstand es zuerst auch nicht, dass meine Eltern starben und war auf alle und jeden sauer. Erst auf dem Weg ins Krankenhaus, bin ich gestorben», er setzte sich neben Nayara.
«Tut es nicht weh, daran zurückzudenken?», fragte sie.
«Ich schaue mir oft das Erlebnis erneut an.» Erschrocken schaute ihn sie mit offenem Mund an.
«Das tust du?», sie konnte es nicht glauben, dass er immer noch an den Autounfall zurückdachte. Seine Familie starb am 26. September, als seine Familie aus Paris gefahren war, um Freunde zu besuchen. Es war neblig und die Strassen waren nass. Sein Vater hatte die Kreuzung verpasst und sauste in ein anderes Auto. Der Fahrer wurde in ein Feld geschleudert, die Familie von Adam raste direkt auf einen Abgrund daneben zu. Die ganze Familie war tot, der andere Fahrer überlebte schwer verletzt.

«Gewiss. Man wird es nie vergessen», Nayara nickte erneut.
«Dennoch könntest du doch versuchen, nicht daran zu denken», er antwortete einige Augenblicke später.
«Ich bin nicht hier, um über meinen Autounfall zu sprechen sondern um dich zur Vernunft zu bringen. Erinnerst du dich?», ein Lächeln breitete sich auf seinem Gesicht aus.
«Ja, doch. Ich erinnere mich. Aber eine Frage habe ich noch», sagte sie und klang ernst.
«Frag ruhig, aber danach muss ich gehen. Wie du weisst, kann ich nicht ewig bleiben»
«Hast du deine Eltern wieder einmal gesehen, nachdem ihr gestorben seid?» Stille herrschte für einen Augenblick.
«Der Himmel ist gross», war seine Antwort und dann redete er wieder davon, dass Nayara sich die wenigen Sätze, die er ihr nun sagen würde, doch aufschreiben sollte. Nayara tat jedoch nur so, als würde sie sich die Dinge notieren, denn in Gedanken war sie an dem Satz *Der Himmel ist gross* hängengeblieben.
«Alles klar?», sagte Adam dann und lächelte.
«Ähm, ja. Alles notiert», log sie.
«Nay. Du brauchst mich nicht anzulügen. Ich weiss, dass du nichts notiert hast.» Du bist gut, dachte sie.
«Wie hast du das gemerkt?», fragte sie und senkte den Kopf. Er ging auf sie zu und umarmte sie.
«Ich sehe doch, wenn dich was beschäftigt und du hast deine Hand in Wellenlinien bewegt, so?», er lächelte.
«Hör mir zu. Es muss dich nicht beschäftigen, dass ich meine Eltern nicht sehe. Sie gehen ihren Weg und ich

gehe meinen. Ich bin lieber hier bei dir, statt dort oben»,
wieder lächelte er. Nayara brachte ebenfalls ein kleines
Lächeln hin und nickte.
«Ich werde jetzt zuhören», sie setzte sich gerade hin und
hielt den Griffel bereit.
«Ich glaube, du kannst das nun ganz gut alleine. Es bringt
dir nicht viel, wenn ich dir alles diktieren muss. Finde
selber heraus, was gut für dich ist», er liess seinen Arm
langsam von ihrer Schulter gleiten.
«Wie? Willst du jetzt gehen?», Nayara stand auf.
«Wie ich bereits erwähnt habe, ich kann nicht ewig
bleiben», meinte er.
«Ich dachte, du bist lieber hier bei mir, statt *dort* oben»,
sie machte eine kleine Kopfbewegung in Richtung
Zimmerdecke.
«Das ist wahr. Jedoch habe ich nicht viel Zeit, um hier zu
sein. Ich musste sehr viele Dinge, die ich zu erledigen
habe, verschieben, damit ich hierherkommen konnte.
Normalerweise ist mein ganzer Tag verplant», Nayara
nickte. Es würde ihr nichts bringen, jetzt zu fragen
welche Dinge und warum er den ganzen Tag arbeiten
musste. Als er kurz davor war, sich aufzulösen, schrie sie
noch etwas.
«Was?», er verstand sie nicht richtig.
«Kannst du bitte die Türe benutzen und danach
verschwinden? Es tut immer so weh, dich in Luft
auflösen zu sehen», er lächelte und folgte ihrer Bitte.
Nachdem er die Tür hinter sich schloss, setzte sich
Nayara wieder auf ihr Bett. Sie betrachtete das
Skizzenbuch, dass ihr Adam gegeben hatte.

«Mit wem zur Hölle hast du verdammt nochmal geredet!», David stürmte hinein und stand mit verschränkten Armen direkt vor ihrer Nase.
«Mit einem Freund», antwortete sie kühl.
«Ah, und wo ist er hin? WIE SIEHT ES HIER DENN AUS!» Endlich nahm er das riesige Chaos wahr. Sie grinste.
«Du bist doch kein Kind mehr!», entsetzt griff er sich mit den Händen an den Kopf.
«Weisst du, ich habe nur das Chaos der Realität wiedergespiegelt», sie marschierte an David vorbei und verliess das Zimmer. Sie hielt es nicht länger als eine halbe Minute mit ihm im selben Raum aus. In der Küche stand noch der Kaffee von David. Sie konnte nicht wiederstehen, die Tasse zu nehmen und knallhart gegen den Boden zu hämmern.
«Nayara, bitte», ertönte es sanft hinter ihr. Sie drehte sich um, doch da war niemand. Beschattete Adam sie jetzt? Würde er sie nicht mehr aus den Augen lassen, bis sie sich unter Kontrolle hatte?
«Adam?... Adam du musst nicht auf mich aufpassen. Ich kann das gut alleine», sie wartete und schaute sich um. Danach hob sie einige Teile der Tasse auf und überlegte sich, ob sie sie zusammenkleben soll, doch sie liess es bleiben. Sie hatte sowieso keinen Kleber und David würde ihr keinen kaufen.
«Jetzt ist aber langsam genug!», brüllend und kochend vor Wut kam David die Treppe hinunter. Nayara stand neben der zersplitterten Tasse und erkannte das leuchtende Rot in Davids Gesicht.

«Muss ich dich in eine Irrenanstalt schicken?», er bückte sich und hob die Teile der Tasse auf.
«Du hast keinen Grund, ein Mädchen in eine Irrenanstalt zu schicken, weil sie einige Dinge kaputt macht», entgegnete Nayara gelassen.
«Ich habe genug Gründe und jetzt verschwinde aus meinem Haus!» Stille trat ein. Die beiden schauten sich an als wären sie sich zum ersten Mal begegnet.
«Aus dem Haus?», wiederholte Nayara und sah in ungläubig an.
«Ja! Aus. Dem. Haus!», er legte die Hände an die Hüfte und machte Anweisungen darauf, dass sie gehen soll.
«Du kannst mich nicht rauswerfen», sagte Nayara und blieb an Ort und Stelle stehen.
«Ach? Bist du dir da ganz sicher?», er klang provokativ.
«Ja», Nayara blieb ruhig.
«Und wieso nicht?», fragte er.
«Wenn ich die Gründe aufzähle, stehen wir morgen noch hier», sie zwinkerte ihm zu und wollte an ihm vorbei, doch er packte sie am Arm und flüsterte: «Du sagst mir jetzt auf der Stelle, welche Gründe du meinst!», sie lachte.
«Also. Erstens kann ich Alice nicht zurückbringen, wenn du mich rauswirfst»
«Warum denn nicht? Du musst sie einfach zurückbringen und fertig.»
«Zweitens habe ich Ohren, die hören können. So ist ihnen eben auch nicht entgangen, dass ihr mich behalten müsst und mir nichts passieren darf», ihr süsses Lächeln änderte sich in ein teuflisches Lachen. David schien keine

Antwort darauf zu haben und liess ihren Arm los. Sie lachte noch, als sie die Treppe zu ihrem Zimmer betrat.
«Irgendwann wirst du deine Lektionen lernen, meine Dame», flüsterte David unhörbar.
Im Zimmer wurde Nayara wieder klar, dass sie nicht zurück zu ihren Freunden gehen konnte. Sie wurde verbannt, rausgeschmissen. Ein sanftes Stechen bildete sich in ihrer Burst und sie seufzte abermals. Abermals wurde sie sauer auf Grame, wenn sie daran dachte, wie er genau wusste, dass Nayara den Wald und die Natur mehr liebte als ihr Zuhause. Dennoch liess er sie nicht bleiben. Auch wusste er, dass sie bereit war, dem Dunkeln entgegenzutreten, wenn es darauf ankam. Sie war zwar immer noch ein Mensch und kein Wesen. Doch sie wollte dabei sein. Sie hatte schon so viel in ihrem Leben verloren. Ihre Heimat wollte sie nicht verlieren.

Mr. Tondus

Ihr Leben ging gelangweilt weiter. Ihr war bekannt, dass sie nicht in den Wald darf und zur Schule musste. David und Nayara sprachen nicht mehr miteinander. Es war Abend. Die beiden sassen gemeinsam am Tisch und assen Suppe mit Brot. Dieses Essen erinnerte Nayara immer an ein Gefängnis. Stille herrschte. Nur das scharren der Gabeln war zu hören bis ein dumpfes Klopfen an der Tür die Stille unterbrach.
David erhob sich um nachzusehen, wer es sein könnte. Vor der Tür stand ein schwarz gekleideter Mann. Sein Kopf bedeckte einen Hut, das Gesicht lugte auf den nassen Boden. Seine Hände vergrub er in den tiefen Jackentaschen.
«Wer sind Sie?», fragte David und trat einige Schritte zurück. Draussen regnete es und grosse Tropfen klatschten gegen das Küchenfenster.
«Sie wissen genau, wer ich bin», seine kratzige, unheimliche Stimme hallte im Wohnzimmer wider. Nayara schreckte zusammen.
«Nein, tut mir leid. Sie müssen wohl die falsche Hausnummer gewählt haben», meinte David und war dabei, die Tür zu schliessen, doch der Mann hielt seine Hand dazwischen. Dann trat er ohne Erlaubnis ein.
«Ich bin hier bestimmt richtig. Wo ist das Mädchen?», fragte er und sah sich im Wohnzimmer um. Nayara sass starr auf dem Stuhl und rührte sich nicht. Als er sie erkannte, ging er langsam auf sie zu.
«Ah, bist ganz schön gewachsen, seit ich dich das letzte Mal gesehen habe», er lachte unheimlich. Er blieb vor ihr

stehen und sah auf sie herab. Nayara sagte nichts. Sie
schaute dem Mann in das verdeckte Gesicht.
«Was wollen Sie von ihr?», fragte David, der dem Mann
in die Küche gefolgt war.
«Ich möchte sie mitnehmen», antwortete er schlicht.
«Mitnehmen. Bestimmt. Und wohin genau,
mitnehmen?», David war verärgert.
«Dort hin, wo sie herkommt», der Mann lächelte breit.
Seine Mundwinkel waren im hellen Küchenlicht leicht zu
erkennen.
David verstummte und starrte abwechslungsweise von
Nayara zu dem Mann.
«Sagen Sie uns vielleicht, wer Sie sind?», forderte David
und verschränkte die Arme.
«Wie Sie wünschen. Mein Name ist Mr Tondus. Nun,
unsere Zeit drängt. Brauchst du noch etwas?», Mr Tondus
ging zurück zur Tür.
«Nayara wird ganz bestimmt nicht mit Ihnen mitgehen.
Was denken Sie sich eigentlich, als Fremder hier
einzutreten und die Frechheit zu haben, sie einfach
mitzunehmen?», kreischte David und knallte die Tür,
nachdem er Mr Tondus hinausgedrängt hatte, zu.
«Nayara? Alles in Ordnung?» sie sass immer noch auf
dem Stuhl.
«Wer war dieser Mann?», fragte sie, ganz blass im
Gesicht.
«Das ist sehr kompliziert, Nayara. Ich kann dir jetzt
wirklich nicht alles erklären», meinte David und fasste
sich an den Kopf.
«Warum denn nicht? Es ist Samstag und ich habe nichts
vor». Er seufzte. Es schien ihm sehr schwer zu fallen,

etwas zu erzählen, da er sie zu lange angelogen hatte, doch Nayara war es egal. Sie befürchtete sowieso, dass sie nie etwas erfahren würde.
«Ich bin oben», sagte sie niedergeschlagen.
«Nayara!», David schaute ihr nach, machte sich jedoch nicht die Mühe, ihr zu folgen. Nachdem die Zimmertür ins Schloss fiel, spähte David aus dem Fenster um nachzusehen, ob Mr Tondus noch hier war. Tatsächlich. Er erschien aus dem Nichts vor dem Fenster und grinste. David erschrak so dermassen, dass er nach hinten fiel. Mr Tondus nutzte die Zeit und trat wieder ein.
«Sie werden mich nicht los, Mr Henderson», David knurrte und stand auf.
«Sagen Sie mir», begann er», was Sie wirklich von meiner Tochter wollen.» Stille herrschte.
«Ihre Tochter, ja? Dass ich nicht lache. Wir beide wissen bestens, dass Sie dieses Mädchen gegen ihren Willen aufgenommen haben», er wanderte im Wohnzimmer herum.
«Dennoch kann ich sie meine Tochter nennen. Sie lebt hier seit dreizehn Jahren!», protestierte David und schaute Mr Tondus zu.
«Können Sie. Doch ich bin überzeugt, dass Nayara weiss, dass sie nicht Ihre leibliche Tochter ist.» Er war provokativ. David fand darauf keine Antwort. Er wusste, dass Nayara eine Ahnung hatte, doch da sie oft ruhig und geheimnisvoll erschien, konnte er nicht genau sagen, was sie alles wusste.
«Sprachlos? Ich kann Ihnen sagen warum», meinte Mr Tondus und grinste.

«Nayara Lynch lebte weit weg von hier. Sie erinnert sich an mehr als andere Kinder, weil sie ein einzigartiges Mädchen ist. Sie wusste, dass sie nicht von hier kam, bevor sie überhaupt angekommen war», er hielt inne. David schaute ihn nicht überrascht an.
«Das weiss ich. Sie hat mir davon erzählt», antwortete David.
«Prima. Dann wird es jetzt Zeit, dass sie von hier verschwindet», Mr Tondus war auf dem Weg zu Nayaras Zimmer.
«Ich lasse nicht zu, dass Sie sie mitnehmen», verkündete David und packte den Mann am Arm.
«Merkwürdig. Sie und Ihre Frau mögen keine Kinder, richtig? Was sind Ihre Gründe, das Mädchen hier zu behalten?», Mr Tondus grinste verächtlich.
«Ich werde sie nicht weggeben. Auch wenn ich keine Kinder mag, wird sie hierbleiben!», Mr Tondus riss sich los und marschierte geradewegs zu Nayara.
«Ich habe einen Vertrag unterschrieben, dass ich sie behalten werde!», krächzte David Mr Tondus hinterher, der sofort innehielt.
«Sie haben einen Vertrag?», er lachte in sich hinein.
«Gewiss.»
«Erinnern Sie sich vielleicht daran, mit wem Sie diesen Vertrag vereinbart haben?», murmelte Mr Tondus und rollte mit den Augen. David antwortete nicht.
«Richtig. Mit mir. Ich kam damals zu Ihrem Haus und brachte das dreijährige Geschöpf hier hin. Ich reichte Ihnen ein Pergament, das Sie unterschrieben haben. Ich war derjenige, der Nayara von ihrem Heimatdorf weggebracht hat», er klang bitter.

«Jetzt erinnere ich mich», meinte David und wurde grün im Gesicht.
«Man hat mir in der Nachbarschaft erzählt, dass sie das Ehepaar wären, die Kinder verabscheuen»
«Warum haben Sie Nayara denn hierhergebracht, wenn Sie wussten, dass wir keine Kinder mögen?»
«Weil Sie, Mr Henderson, der elf Jahre ältere Cousin von Mr Lynch sind.» Stille herrschte. David starrte Mr Tondus an, als wäre er von einem anderen Planeten.
«Gewiss irren Sie sich. Man hat mir nie erzählt, dass ich einen Cousin habe», er stotterte.
«Natürlich nicht. Ihre Mutter ist die Schwester vom Vater Ihres Cousins. Die beiden haben sich ihr Leben lang gestritten. Sie wollte den Kontakt zu ihrem Bruder und dessen Familie abbrechen. Es gibt für alles einen Grund, Mr Henderson», ungläubig begann er nun in der Wohnung herumzulaufen. Nur aus Frust und nicht aus Neugierde.
«Sie wollen mir also sagen», begann David und beschleunigte sein Tempo, «dass ich der Cousin von Nayaras Vater bin?», er klang wenig begeistert.
«Sie lernen schnell, Mr Henderson. Sie können es nicht ändern», fügte er hinzu, als er den Gesichtsausdruck von David sah.
«Weswegen haben mir das meine Eltern ein Leben lang verschwiegen?», verzweifelt griff er sich an den Kopf.
«Wie eben bekannt geworden wurde, Ihre Mutter und dessen Bruder stritten sich», Mr Tondus rollte mit den Augen, «anscheinend lernen sie doch nicht so schnell.» Er lachte.
«Wirklich witzig», meinte David und hielt inne.

«Ich werde Nayara zurückbringen», sagte er bestimmt.
«Werden Sie nicht. Sie wissen nicht, wo sie herkommt und Sie wissen auch nicht, wie man dahin kommt», antwortete Mr Tondus noch bestimmter. Wie so oft fand David darauf keine Antwort.
«Dann werde ich sie wenigstens begleiten. Wird Zeit, dass ich meinen verehrten Cousin kennenlerne», der letzte Satz ging in einem maulenden Murmeln unter.
«Ihr Cousin sitzt im Gefängnis», Mr Tondus machte eine gelangweilte Geste mit seinen Händen.
«Im Gefängnis?», frustriert und erschrocken presste David seine Hände zusammen.
«Warum in aller Welt wollen Sie Nayara zu ihrem Vater zurückschicken, wenn er im Gefängnis sitzt?», kreischte David und ihm wurde beinahe übel.
«Weil er bald draussen sein wird. Die Geschichte ist lang und Sie wissen beinahe zu viel. Wollen wir jetzt?», fragte Mr Tondus und gähnte.
«Nur, wenn ich mitkomme», Mr Tondus gab nach und liess David mitkommen. Nayara hatte alles mitgehört. Sie tat das schon als sie klein war, nur brachte ihr es damals nicht viel, da Alice und David meistens über Geschäfte redeten. Nachdem Nayara im Wohnzimmer erschien, verstummten die beiden.
«Schöne Geschichte», murmelte sie und sah traurig und wütend zugleich aus.
«Nayara!», David rannte zu ihr doch sie wich aus.
«Mein Vater ist im Gefängnis?», fragte sie nach, da sie dachte, sie hätte sich vorhin verhört.
«Deine Mutter ebenfalls», nickend tauchte Mr. Tondus seine Hände in die Jackentaschen.

«Du hast einen Vertrag mit irgendjemandem gemacht, damit du mich behalten kannst?», fragte Nayara weiter und ignorierte die Bemerkung von Mr. Tondus. Ihre Miene war eiskalt. Sie fühlte im Moment gar nichts. Sie war blass wie ein Vampir und wollte nur noch die Wahrheit wissen. Jahrelang hatte man sie angelogen, betrogen und missachtet. Sie wurde als verrückt und krank bezeichnet. Sie liess sich das alles doch für Nichts gefallen.
«Warum konntest du mir nie etwas davon erzählen? Dachtest wohl, ich wäre zu dumm dafür», sie sah David an, als würde sie ihn am liebsten umbringen.
«Nayara. Selbstverständlich haben wir das nie gedacht –«, Mr. Tondus fiel ihm ins Wort.
«Wir alle hier wissen, dass du die Wahrheit kennen willst, aber du musst dich noch ein wenig gedulden», er drehte ihr den Rücken zu.
«ICH HABE ES SATT, STÄDNIG ANGELOGEN ZU WERDEN! IMMER MUSS ICH MICH GEDULDEN, IMMER MUSS ICH WARTEN! ICH HABE ES SO SATT!», kreischte sie und David und Mr. Tondus zuckten zusammen.
«Ich toleriere diese Art, wie du soeben mit mir gesprochen hast, nicht», sagte Mr. Tondus gelassen.
«Sie verhält sich immer so», warf David ein und kassierte einen hasserfüllten Blick von Nayara.
«Dennoch will ich die Wahrheit jetzt und keine Sekunde später», stur wie sie war, rührte sie sich nicht vom Fleck, als Mr. Tondus und David gehen wollten.
«Du kannst noch so lange dort stehen bleiben, Nayara. Die Wahrheit wird nicht von selbst zu dir laufen», Mr.

Tondus zwinkerte Nayara zu, die sich dann langsam bewegte und mitging.

Draussen schneite es mittlerweile wieder. Es war kalt und Nayara würde nun lieber drinnen sitzen und den Geschichten des Feuers lauschen. Doch sie wollte die Wahrheit und für die Wahrheit musste sie hinaus. Nayara wusste nicht, wohin die Reise führte. Sie musste an Alice denken, die vielleicht schon tot irgendwo lag. Immer wieder wollte sie versuchen herauszufinden, was mit ihr passierte und es nervte sie grausam, dass sie sich nicht erinnern konnte, was das Feuer damals zu ihr gesagt hatte. Es kam ihr so vor, als hätte Alice im Voraus gewusst, dass irgendwann etwas mit ihr passieren würde. Sie hatte sich sehr veränderte in den letzten Tagen, kurz bevor sie verschwunden war.
«Wie heisst du zum Vornamen?», fragte Nayara als eine Schneeflocke ihr Auge traf. David war entsetzt, dass sie ihn so einfach duzte.
«Mein Name ist Niel Tondus. Und du bist Nayara Lynch», er lachte laut, doch niemand lachte mit. Sie marschierten durch die verschneite Gegend.
«Wohin gehen wir, Niel?», wollte Nayara wissen und schlang die Arme um sich. Sie fror.
«Wir gehen zuerst mit dem Zug. Danach nehmen wir die Irish Ferries und dampfen rüber nach Irland», er war gelangweilt.
«Nach Irland?», riefen David und Nayara im Chor.
«Ja. Deine Eltern lebten dort», er lachte wieder. Nayara ging es allmählich auf die Nerven, dass er ständig über seine eigenen Bemerkungen lachte.

«Wie wäre es, wenn Sie mal ihre Kapuze runternehmen?», fragte David und Mr. Tondus nahm seine schwarze Kapuze und den Hut ab. Er hatte schwarze Haare, braune Augen und eine breite Nase. Nayara unterdrückte ein Lachen, als sie ihn sah. Er hatte dunklere Haut und sah nicht gerade so aus, als wäre er ein guter Detektiv, oder was auch immer er war, fand Nayara.
«Nach Irland? Was, wenn ich wieder zurück nach Frankreich will?», fragte Nayara, als sie sich beruhigt hatte. Ihr kam plötzlich in den Sinn, dass sie sich von ihren Freunden gar nicht verabschiedet hatte. Sie wurde von einer Sekunde auf die andere traurig. Ihr war nicht mehr zum Reden zumute und sie wollte einfach nur noch zurück. David und Mr. Tondus unterhielten sich über Geschäfte wie damals Alice und David. Sie nutzte die Zeit und bog bei der nächsten Gelegenheit bei einem Haus um die Ecke. David und Mr. Tondus merkten vorerst nichts, doch dann schrien beide laut nach ihr. Sie rannte durch eine enge Gasse. Es hatte nicht viele Leute, dennoch einige, die sie schräg anguckten.
«Verrückt, dieses Mädchen», murmelte eine Frau, als sie vorbeirannte und ein älterer Herr meinte: «Wo sind denn ihre Eltern? Unangebracht, so durch die Stadt zu laufen.» Nayara hatte keine Zeit, stehen zu bleiben und mit ihnen zu diskutieren. Sie würde sowieso verlieren und sie musste in den Wald. Die Sätze, die sie von den Fremden an den Kopf geworfen bekam, verschwanden dennoch nicht. Nayara schüttelte einmal heftig dem Kopf und rannte dann schnurstracks weiter an ihrem Haus vorbei, die Hügel hoch. Dort musste sie eine kurze Pause

einlegen. Mit ihren Jogginghosen und einem T-Shirt warf sie sich in den Schnee und keuchte. Sie hatte es bald geschafft. Das T-Shirt sog den Schnee auf und nach wenigen Minuten war sie klatschnass. Es war ihr egal. Sie wollte ihre Freunde und zwar genau jetzt. Sie richtete sich auf und spähte zum Wald hoch. Winter mochte sie am liebsten. Es sah immer so wunderschön aus, wenn die Bäume voller Schnee waren und es am Boden winzige Fussspuren hatte.
Am Waldrand kamen gleich zwei trotzige Zwerge auf sie zu.
«Zutritt für Nayara Timela Lucienne Lynch verboten», sie schaute den einen Zwerg verwundert an.
«Timela Lucienne?», fragte sie und ignorierte den eben gesagten Satz des Zwerges.
«Deine Eltern haben sie dir gegeben, doch hier in Frankreich bürgerte man dich nur mit einem Namen ein», Penelope erschien und die beiden Zwerge wichen zurück.
Überglücklich sputete Nayara zu ihr und fiel ihr um den Hals. Penelope lächelte und drückte ihren Kiefer leicht auf Nayaras Rücken.
«Du hast Waldverbot, weisst du noch?», sie löste die Umarmung.
«Ja, aber das ist mir jetzt egal», sagte Nayara.
«Ich weiss», Penelope lächelte und gewährte Nayara Zutritt.
«Ich muss von hier weg!», erzählte Nayara und war verzweifelt.
«Freust du dich nicht, deine Eltern zu sehen?», fragte Penelope und schritt mit Nayara mit.

«Ich weiss es nicht. Ich meine, ich kenne sie nicht und das wird bestimmt ein merkwürdiges Gefühl sein, sie zu sehen», Penelope nickte.
«Ich will nicht von hier weg. Ich will bei dir und all den anderen bleiben!», wieder wurde sie laut.
«Nayara», begann Penelope ruhig, «du vergisst immer wieder etwas sehr Wichtiges. Wir reisen immer mit dir, egal wohin dich deine Beine auch tragen mögen, wir lassen dich nicht allein. Wir sind tief in deinem Herzen und du in unseren. Wir sind verbunden wie der Boden mit dem Baum. Vergiss das nicht», Nayara lächelte und war durch die weichen und sanften Worte von Penelope beruhigt.
Die beiden schwiegen sich für eine kurze Zeit an, bis dann schliesslich ein grosser, schwarzer Stein angerollt kam.
«Grame!», sagte Nayara und schreckte zurück.
«Habe ich mich nicht klar und deutlich ausgedrückt?», fragte er, etwas gereizt.
«Doch, natürlich aber ich wollte –« Er fiel ihr ins Wort: «Kein Aber. Raus!», seine Laune war nicht gut.
Irgendetwas musste passiert sein, dass er so wütend war.
«Grame! Sie möchte sich doch nur verabschieden!», warf Penelope ein und brachte ihn ein wenig zur Besinnung.
Grame maulte ein bisschen vor sich hin und sagte dann: «Nach Irland. Freust du dich?», er klang bitter.
«Ich weiss es nicht», meinte Nayara, etwas schüchtern.
«Freu dich jedenfalls nicht zu früh. Dort, wo du hingehen wirst, ist es nicht ganz so, wie du dir vorstellst», er blieb noch kurz stehen und rollte sich dann wieder zu einem Stein zusammen. Er war der einzige Zwerg, der sich in

einen schwarzen Stein zusammenkraulen konnte. Die anderen waren meistens in verschiedenen Grautönen.
«Warum muss ich weg, Penelope?», fragte sie, als der Stein davon rollte.
«Ich kann dir diese Frage nicht beantworten, aber warum nutzt du die Chance nicht? Vielleicht wird die Zeit mit deinen Eltern ja eine wunderbare Zeit. Sieh es positiv. Du lernst die Wahrheit kennen und», sie begann zu flüstern, «dein Haus, indem deine Eltern gelebt haben, stand mitten im Wald.» Lächelnd scharrte sie mit dem linken Vorderbein und trabte davon.
«Penelope!», schrie Nayara hinterher und rollte mit den Augen. Wenn sie sie das nächste Mal sah, wollte sie ihr sagen, dass sie das plötzliche Verschwinden lassen soll. Nayara schlurfte durch den Wald, auf der Suche nach Darrs. Sie wusste, dass er den Winter nicht mochte, dennoch wollte sie sich von ihm verabschieden.
«Hehehe», eine hohe Mädchenstimme ertönte hinter ihr. Rasch drehte sich Nayara um und erkannte Lillian, eine schlechtaussehende, kleine, wichtigtuerische Wichtelin. Sie hatte blondes Haar und eine ähnliche Haut wie Darrs, nur, dass sie sie mit roten Johannisbeeren verschlimmbesserte.
«Lillian», Nayara rollte genervt mit den Augen.
«Von mir wolltest du dich doch sicher auch verabschieden, oder nicht? Ich bin so unheimlich wichtig. Hehehe.» Ihr Lachen war grauenhaft. Ohne weiter ihre Zeit zu verschwenden, marschierte Nayara schnurstracks weiter und erkannte Dylan in der Nähe. Bob war nicht bei ihm, obwohl die beiden eigentlich immer alles gemeinsam machten.

«Hallo Dylan», begrüsste Nayara ihn freundlich.
«Oh, guten Tag», er strahlte, als er sie sah.
«Ich dachte, du hast Waldverbot?», fragte er.
«Ja, hab ich eigentlich auch, doch ich möchte mich von dir und deinem Bruder», sie schaute sich um, «verabschieden.» Dylan schaute sie verwirrt an.
«Weshalb denn verabschieden?», seine Stimme hatte einen Hauch von Traurigkeit.
«Weil ich nach Irland muss», sagte sie leise.
«Nach Irland?», fragte Dylan.
«Psst! Ja ich muss nach Irland mit einem gewissen Niel Tondus. Ich muss zu meinen Eltern zurück», flüsterte sie und hielt Dylan an der roten Zipfelmütze fest. Er sagte nichts mehr und senkte den Kopf.
«Wir werden und bald wiedersehen. Versprochen», sie gab ihm einen leichten Kuss auf die Stirn und ging dann weiter. Sie suchte Darrs. Wo konnte er bloss sein? Sie suchte weiter, fand ihn jedoch nicht. Hoffnungslos ging sie zurück. Am Waldrand erkannte sie David und Mr. Tondus, die völlig ausser Atem angerannt kamen. Anscheinend war David doch noch so schlau zu ahnen, wo sich Nayara aufhielt, wenn sie keine Lust auf Gesellschaft hatte.
«Was fällt dir ein *(keuch)* einfach so *(keuch)* davonzulaufen? Du hättest uns ruhig *(keuch)* sagen können, *(keuch)* dass du in den Wald *(keuch)* gehst!», haspelte David und beugte sich über die Knie. Mr. Tondus rieb seinen Mantel glatt und tat so, als müsste er nicht schwer Atmen, doch Nayara erkannte sofort, dass auch er ausser Atem war.

«Ich darf mich doch wohl noch verabschieden», meinte Nayara und ging mit verschränkten Armen voraus. Mr. Tondus und David schauten ihr verwirrt hinterher und rannten dann erschöpft zu Nayara.

Später im Zug schlief Nayara ein. Sie hatte schon so lange nicht mehr geschlafen, dass sie es einfach nicht mehr aushielt, die Augen offen zu halten. David und Mr. Tondus keuchten immer noch leicht und schienen etwas zu trinken bestellt zu haben. In Gedanken dachte Nayara daran, was wohl mit Darrs gerade los war und was er so trieb. Auch wenn er manchmal hinterhältig und gemein war, er war dennoch ihr Freund.
Als sie in der Schiffsbucht ankamen und auf die Irish Ferries warteten, wurde es langsam dunkel. Die Sonne verschwand hinter grossen Wolken. Leute gingen nachhause oder sassen in einem warmen Restaurant. Müde und durchgefroren freute sich Nayara auf einen warmen Platz im Innern des Schiffes. Als es dann um halb acht eintraf, war die Sonne hinter den Bergen verschwunden. Sterne tauchten langsam am Himmel auf und Nayara schaute hoch. Sie war sich jedes Mal sicher, dass irgendwo dort oben, zwischen all den Sternen, gross und klein, noch jemand war, der auf sie herabschaute.

Die Lynchs

Es war schon sehr spät, als sie in Irland eintrafen. Mr. Tondus bestand darauf, weiterzugehen. Die Strassen leerten sich und es wurde ruhiger am Hafen.
«Wohin gehen wir jetzt?», fragte Nayara und gähnte.
«Wir marschieren weiter», antwortete Mr. Tondus bestimmt. David war hundemüde und hatte keine Lust, weiterzugehen. Nayara war es egal. Sie wollte endlich die Wahrheit, die ihr eigentlich seit fünfzehn Jahren zustand.
«Dauert es noch lange bis wir dort sind?», wollte David wissen und schaute zu Nayara, die wieder am einschlafen war. Mr. Tondus schien keine Lust zu haben, darauf zu antworten.
«Wissen Sie, Mr. Tondus, ich finde das Nayara einige Dinge über ihre Eltern und ihre Familie erfahren sollte. Es käme blöd rüber, wenn sie nichts wüsste», murmelte David erneut.
«Da haben Sie selbstverständlich recht. Ich bin mir nur nicht sicher, ob sie die Wahrheit über ihre Familie wissen will», antwortete er gelassen.
«Was meinst du damit?», warf Nayara ein und zwängte sich zwischen die beiden.
«Deine Familiengeschichte ist frustrierend und dennoch höchst interessant», begann Mr. Tondus und grinste.
«Erzähl schon», forderte Nayara ihn auf.
«Nun gut. Beginnen wir am Anfang», seine Stimme veränderte sich in ein erzählerisches Etwas, das Nayara nicht genau definieren konnte.
«Dein Stammbaum geht sehr weit zurück. Mir jedoch ist nicht der ganze bekannt». Er hielt inne.

«Bis wo kennst du ihn?»
«Nayara sieze ihn endlich!», warf David von der rechten Seite her ein.
«Bis wo kennen Sie ihn?», wiederholte Nayara mürrisch.
«Ich kenne ihn bis zu Elmedera Lynch und Clewin Lynch. Die beiden lebten vor langer Zeit, genauer gesagt im achtzehnten Jahrhundert», niemand sagte etwas.
Nayara war gespannt, was noch weiter folgte.
«Was war mit den beiden?», fragte sie.
«Sie waren eine ganz normale Familie. Die beiden hatten vier Kinder; Zacharias, Joanne, Honn und Felicias. Zacharias war der älteste Sohn von Elmedera und wohnte nicht lange bei seinen Eltern. Joanne war die zweitälteste und war die einzige der Familie, die später heiratete. Honn war ein scheuer Kerl. Er hielt sich oft im Hintergrund und das gefiel Clewin nicht. Er wollte, dass sein Sohn mehr Mut und Tapferkeit bewies, doch so war der liebe Honn nun mal nicht. Felicias war eine tollpatschige, zu nichts zu gebrauchende Dame, die von beiden Eltern nicht sonderlich gemocht wurde, da sie eben nichts zu stand brachte.» Nayara fiel ihm ins Wort: «Soll das heissen, wenn es Joanne nicht gegeben hätte, wäre ich nicht hier?», sie klang verwirrt.
«Korrekt. Joanne war diejenige, welche den Stammbaum deiner Familie erhalten hatte. Nun aber weiter im Text»
«Was hat das mit mir zu tun?», wollte David wissen und klang sehr unzufrieden.
«Zu Ihnen kommen wir noch. Schliesslich lebten sie nicht im achtzehnten Jahrhundert, hab ich recht?», David sagte nichts.

«Jedenfalls starb Felicias eines Tages an einem unerklärten Tod im Hause Lynch. Sie lebten übrigens in Irland», fügte Mr. Tondus hinzu und holte Luft.
«Elmedera vergoss keine einzige Träne, als sie ihre letzte Tochter - Joanne war mit Benedict dem Ersten ausgezogen - tot in der Wohnzimmerstube auffand. Clewin war zu diesem Zeitpunkt nicht zu Hause, er arbeitete auf dem Feld.»
«Man arbeitete auf dem Feld?», fragte Nayara schockiert.
«Gewiss. Hast du in der Schule nicht aufgepasst?» Sie schüttelte den Kopf und grinste.
«Sei's drum. Nach langem hin und her beschuldigte man Elmedera des Mordes an Felicias, da niemand sonst im Hause gewesen war.»
«Was, wenn sie die Treppe hinunterrannte und ausrutschte?», fragte Nayara und erinnerte sich daran, dass Felicias tollpatschig war.
«Ich war nicht dabei, zu jener Zeit. Ich wäre also froh, wenn du keine weiteren solcher Fragen stellen würdest.» Sie nickte schwach und gab dann keinen Laut mehr von sich.
«Nachdem man Elmedera festgenommen hatte, waren alle zufrieden bis auf Clewin, der erst einige Tage später wirklich realisierte, was geschehen war. Er schrieb seiner ältesten Tochter, doch es kam nie eine Antwort von ihr. Die ganze Familie hatte sich von Clewin abgewendet. Honn erzählte den anderen, wie Clewin und Elmedera anscheinend den Mord an Felicias geplant hatten und er deswegen oft im Hintergrund gestanden hatte. Seine Geschwister waren natürlich sofort von seiner Aussage überzeugt und vermieden den Kontakt mit ihrem Vater.»

Nayara hob die Hand und fragte dann: «Eine Frage hab ich doch noch. Wie alt war Felicias, als sie starb?»
Mr. Tondus überlegte.
«Sie war neunzehn, als sie starb. Ihre Mutter starb drei Jahre später», David brummte.
«Wollen Sie sich zu etwas äussern, Mr. Henderson?», fragte Mr. Tondus.
«Wann starb Clewin?»
Mr. Tondus rollte mit den Augen.
«Clewin brachte sich, nachdem seine Frau gestorben war, selber um. Aber wenn ihr mich nun endlich ausreden lassen würdet, kämen wir schneller zum Punkt.»
Sie marschierten einen langen Feldweg entlang. Sterne funkelten am Himmel, es war düster.
«Wie lange marschieren wir noch? Ich kann nicht mehr», jammerte Nayara und setzte sich auf einen kühlen Stein.
«Vielleicht wird es wirklich langsam Zeit, dass wir eine Pause einlegen», meinte David und war froh über die Bemerkung von Nayara, da er insgeheim schon seit Beginn der Reise keine Lust mehr hatte.
«Vielleicht. Doch wir befinden uns hier auf einem *Feldweg* und nicht in einer Grossstadt.» Mr. Tondus hatte Recht. Es würde noch lange dauern, bis sie irgendwo ankämen, wo sie sich ausruhen könnten.
«Wartet», sagte Nayara als die beiden weitermarschierten.
«Ich weiss wo wir ausruhen können.» Verwirrt schauten ihr David und Mr. Tondus nach. Sie joggte den letzten Abschnitt des Feldweges und verschwand im Wald.
David und Mr. Tondus standen noch an Ort und Stelle.
«Hallo?», fragte Nayara und rannte umher.

«Wer bist du?», ein eigenartig aussehendes Wesen kam auf sie zu. Es war halb Mensch, halb Pferd. Seine Beine waren kräftig und die Arme hatten viele Muskeln.

«Nayara. Ich brauche einen Ort zum Ausruhen», ihr war kalt.

«Brauchst du. Und jetzt erwartest du von mir, dass ich dir das besorge, was du willst?», brummend scharrte er mit seinen Hufen.

«Kommen Sie schon. Wir sind seit Stunden unterwegs», jammerte sie und ging auf die Knie. Grame erzählte ihr einmal, dass Zentauren sehr launische Kreaturen waren und nicht sehr viel von Menschen hielten. Sie hatte sich alles schön eingeprägt. „Man sollte stets höflich mit ihnen umgehen, sonst würde es böse enden", war ein Zitat, das Grame höchstpersönlich in Nayaras kleines Taschenbuch geschrieben hatte.

«Woher kommst du?», fragte er, immer noch streng.

«Frankreich. Ich lebte in der Nähe vom *Forét de Fleurs*. Der Name wurde vom berühmten Dorfkaffee *À Fleurir* abgeleitet», ratterte sie hinunter und der Zentaur schüttelte den Kopf.

«Es interessiert mich nicht, wie dein Dorfkaffee heisst. Warum erzählst du mir, dass du in der Nähe eines Waldes wohntest?» Für einen Zentauren, fand Nayara, stellte er recht viele Fragen.

«Weil ich dort Freunde habe», antwortete sie, «du kennst Grame bestimmt. Nicht wahr?» Der Zentaur schaute sie mit zusammengekniffenen Augen an.

«Grame», murmelte er, «ja, den kenne ich», seine Stimme wurde leiser.

«Einer deiner Freunde?», Nayara nickte.

«Wo willst du schlafen?», fragte der Zentaur bedrückt.
«Ich bin nicht allein. Zwei Gefährten sollten jeden Moment hier sein», sie lächelte. Es war ihr immer ein Vorteil, mit Grame in Kontakt zu stehen, da er der Herrscher von Wald und Baum war.
«Nayara, was zur Hölle treibst du hier? Wenn du mir nun wieder sagen willst, dass du dich mit deinen *Freunden* unterhalten hast, dann gebe ich dir reichliches Waldverbot!», knurrte David und hob den Zeigefinger.
«Mach dir nicht die Mühe. Ich habe uns einen Schlafplatz besorgt. Du bist mir etwas schuldig», johlte sie und klatschte in die Hände. Hilfesuchend schaute David zu Mr. Tondus, der nur schlapp mit den Achseln zuckte. Nachdem der dunkelbraune Zentaur zurückkam, hatte er Gesellen dabei.
«Das sind deine Gefährten?», fragte er verwirrt und schaute abwechselnd zu Mr. Tondus und David.
«Ja», lächelnd nickte sie.
«Ich sage dir eins, Nayara. Traue diesem Mr. Tondus nicht zu sehr über den Weg. Nicht all seine Geschichten stammen aus reinem Munde», nachdenklich nickte sie wieder und sah aus dem rechten Augenwinkel, dass sich Mr. Tondus soeben am Ohr gekratzt hatte.
«Mit wem redest du verdammt noch mal?», schrie David und schlug wild Löcher in die Luft. Der Zentaur wich einige Schritte zurück.
«Das ist mein Pflegevater David. Er kann dich nicht sehen», meinte Nayara laut.
«Gut zu wissen. Dieser Tümpel», der Zentaur ging im Schritt davon und Nayara folgte ihm.

«Wohin gehst du!», krächzte David hinterher. Mr. Tondus schwieg.

«Wir gehen zu unserem Schlafplatz», sagte Nayara gelangweilt und genervt zugleich.

«Jetzt hörst du mir aber mal gut zu Mademoiselle! Ich möchte, dass du mir sofort sagst, mit wem du dich hier unterhältst. Ansonsten fahren wir auf der Stelle wieder zurück!» David packte Nayara fest am Arm. Sie schrie kurz laut auf, lachte dann aber.

«Ich spreche mit einem dunkelbraunen Zentauren. Er gleicht einem Arravani, ist lieb, weiss wo wir übernachten können und ist mein Freund. Alles klar?» Genervt riss sie sich los.

«Nenn mich Dolce», er lächelte.

«Dolce?», sie streichelte ihm leicht über den Rücken.

«Süss», Nayara begann zu lachen.

«Wer hat dir diesen Namen gegeben?», fragte sie, immer noch lachend.

«Das ist nicht wirklich witzig. Als kleiner Junge war ich der einzige, der damals Geschenke gemacht hatte. Deswegen nannte man mich dann Dolce. Ich lebte einst in Italien, musst du wissen», er klang ziemlich stolz darauf, *Süss* zu heissen.

«Na ja, auch nicht schlecht», sie verstummte. Etwas knurrte hinter ihnen.

«Was ist?», fragte sie und sah David an.

«Es ist nicht wirklich freundlich, mir und Mr. Tondus gegenüber, mit einem Wesen, das nicht einmal existiert, zu plaudern!», meinte David, wieder mit erhobenem Finger.

«Es ist auch nicht wirklich toll, mit der realen Gesellschaft zu plaudern», gab Nayara zurück und zog eine dumme Grimasse. Mr. Tondus meldete sich endlich wieder: «Lassen Sie Nayara doch einfach. Wir alle sind müde und mit ihren jämmerlichen Kommentaren kommen wir nicht weiter.» Niemand antwortete. David schien es peinlich zu sein und Nayara genoss die Zeit mit dem Zentauren. Damals, als sie kleiner war und Bob und Dylan kennenlernte, sah sie einmal schnell einen vorbeihuschen. Seither jedoch nie wieder.

Als sie dann tief im Wald auf einer Lichtung innehielten, sahen sie nichts.
«Was jetzt?», fragte David und fror.
«Was jetzt?», fragte Nayara den Zentauren.
«Hör mal, wir sind keine Hexen die ein Haus mit Pool hinzaubern können. Ich bekam nur den Rat, euch in die Lichtung zu bringen, in der Leute Feuer machen», murmelte er und schritt langsam davon. Nayara fielen keine Worte mehr ein, die sie hätte sagen können, bevor er endgültig verschwand.
«Ist er weg?», David erkannte den Blick von Nayara, welcher in der dunklen Leere endete.
«Ja», sagte sie matt.
«Wo schlafen wir jetzt?», Mr. Tondus streifte um die erloschene Feuerstelle herum.
«Hier», sie drehte sich einmal im Kreis und zeigte dabei auf den Rand der Lichtung.
«Das wird doch wohl nicht dein Ernst sein», entsetzt hielt sich David die Hände an den Kopf.

«Nun, mein lieber Pflegevater. Leider ist es wahr. Finde dich damit ab und leg dich schlafen», sie hielt die ewigen Kommentare von David nicht mehr länger aus. Mr. Tondus lag bereits zusammengerollt auf dem Boden und schlief schon beinahe.

Nayara dachte an die Worte des Zentauren *Nicht all seine Geschichten stammen aus reinem Munde.* Hatte er tatsächlich Recht? Mr. Tondus gab immer vor, nie müde zu sein und unbedingt weitergehen zu wollen, doch nun war er der Erste, der eingeschlafen war. Sie ärgerte sich ein wenig darüber, dass er gelogen hatte und ihr kamen Zweifel, ob die Geschichten über ihre Familie auch tatsächlich wahr waren. David lag nun ebenfalls auf dem kalten Boden. Nayara begann ein neues Feuer zu machen. Ihr diente es in zweierlei Hinsicht; es würde ihr warm geben und vielleicht erzählte es eine Geschichte. Sie freute sich darauf, mit ihm reden zu können. Oftmals fragte sie sich, was wohl geschehen würde, wenn es irgendwo brennt. Ob sie dann tausende Geschichten des Feuers hören würde oder ob sie das Geschrei der Leute wahrnahm. Es war für sie immer ein ewiges hin und her zwischen Realität und Fantasie. Doch sie hatte sich schon lange entschieden. Sie würde nicht in die Realität zurückkehren, solange sie niemand wirklich verstand. Sie wäre jederzeit bereit, ihre Fantasien im Hintergrund zu halten, aber so lange niemand begriff, wie es ihr ging, was sie brauchte und wie sie war, würde sich nichts ändern.

Bald würde sie wieder Penelope treffen und ihr alles erzählen. Vielleicht hatte Grame schon herausgefunden, was wohl Dunkles auf uns zukam und vielleicht hatte

Bob auch wieder vergessen, was damals geschah. Sie wusste es nicht. Sie wusste nicht, wie es ihren Freunden gerade ging. Ihre allergrösste Sorge aber war nicht, welche Dunkle Macht auf ihre Freunde und sie zukam, sie machte sich grössere Sorgen, was mit Alice geschehen war. Sie war ein Mensch. Ein lebendiger Mensch, der Schmerz empfand. Nayaras Freunde waren fähig, alleine auf sich aufzupassen, aber Alice nicht. Sie kannte die Gefahren und Grenzen welche Nayara kannte, nicht. Vielleicht war Alice bereits tot und Nayara wüsste nicht, wer dafür verantwortlich war. Sie hasste es, im Dunkeln zu tappen und nicht darauf zu kommen, was wohl geschehen war. Sie hoffte auf Antworten im Feuer oder des Zentauren, wenn er wieder kam. Sie hoffte sehr, Dolce noch einmal sehen zu können. Es war ihre erste richtige Begegnung mit einem Zentauren.

Verfluchte Träume

Der Mond schien am Himmel und Eulenrufe waren von allen Seiten zu hören. Nayara schlief immer noch nicht. Sie nickte für einige Stunden ein, doch es kam ihr vor wie zehn Minuten. Das Feuer brannte immer noch schwach. Es erzählte nichts. Sie wartete immer noch darauf, etwas Wichtiges zu erfahren, doch es schwieg.
Kurz bevor sie die Hoffnung völlig aufgab, war ein leises *zisch* zu hören und das Feuer brannte nochmals hell und stark. Es blendete Nayara und sie musste die Augen zuhalten.
Schon bald wirst du erfahren, dass du in Gefahr schwebst. Sei darauf vorbereitet. Sei gewarnt.
Erschrocken schreckte sie hoch und so schnell wie das Feuer entflammte, erlosch es auch wieder. Schwer atmend sass sie auf dem Boden, den Blick fest auf die Asche gerichtet.
«Was meinst du damit?», flüsterte Nayara so leise, dass sie sich selbst kaum hörte. Als sie sich langsam beruhigte, schloss sie kurz die Augen. Ihr war schwindlig.
«Erschreckend, diese Nachricht», meinte Jemand und trat hinter den Bäumen hervor.
«Lucia?», schrie Nayara und stand auf.
«Was zur Hölle machst du hier und wie bist du hierhergekommen?» Lucia lächelte.
«Ich bin so hergekommen wie du», antwortete sie schlicht und setzte sich.
«Habe ich dir nicht gesagt, dass ich dir einige wichtige Dinge sagen muss?», fragte sie und grinste.
«Ja, doch. Möglich», meinte Nayara nur. Lucia kicherte.

«Wie ich sehe, hast du schon Bekanntschaft mit einem gewissen Mr. Tondus gemacht», ihr Blick schweifte zu den zwei schnarchenden Männern rüber.
«Richtig.»
«Niel ist ein ganz toller Kerl»
«Du kennst ihn?», Nayara setzte sich auch.
«Gewiss», ihre Art wurde plötzlich unheimlich.
«Sag mir, was du sagen musst und gehe bitte», strikt stand Nayara wieder auf und versuchte, das Feuer erneut anzufachen. Lucia sah ihr eine Weile zu, murmelte dann: «Es wird nicht funktionieren. Es ist erloschen», sie lächelte. Nayara warf ihr einen genervten Blick zu.
«Also? Was musst du mir so Dringendes sagen? Es scheint ja doch nicht so wichtig zu sein», sie band ihre vollen Haare zu einem lockeren Knoten zusammen.
«Es geht um deine Familie», begann Lucia.
«Du hast kein Recht, dich in meine Familiengeschichte einzumischen», gereizt suchte sie Holz.
«Da hast du ganz Recht aber –«
«Kein Aber. Halt dich einfach aus der ganzen Sache raus. Ich kenn dich nicht und werde mir auch nichts über meine Familie von dir anhören lassen», nachdem sie einige Äste gefunden hatte, legte Nayara sie auf die noch heisse Kohle.
«Aber von Niel?», fragte Lucia, «du kennst ihn genauso wenig wie mich», mit einem Zwinkern stand sie auf.
«Mein Pflegevater kennt ihn», gab Nayara als Antwort und rollte mit den Augen. Lucia bewegte sich um die Feuerstelle und kicherte. Zwischen den hinteren Bäumen erschien Dolce und Nayara atmete erleichtert auf.

«Kann gut sein, dass dein Pflegvater und Niel Bekanntschaft gemacht haben», murmelte sie träumerisch vor sich hin.
«Lass sie in Ruhe und verschwinde aus meinem Wald», sagte Nayara, doch ihre Stimme klang nicht nach ihrer eigenen.
«Wer hat das gesagt?», fragte Lucia erschrocken.
«Verlasse auf der Stelle diesen Wald!», kreischte Nayara, immer noch mit fremder Stimme. Dolce stand einige Meter hinter ihr und schrie. Da Lucia ihn weder hören noch sehen konnte, übernahm Nayara diese Aufgabe. Ohne zu zögern rannte Lucia geradewegs zum langen Feldweg, von wo Nayara einst gekommen war.
«Wie hast du das gemacht?», fragte sie Dolce, als er neben sie schritt.
«Berufsgeheimnis», schmunzelnd hüpfte er leicht auf und ab.
«Was wollte sie hier?», fragte er todernst.
«Ich weiss es nicht. Damals in der Schule meinte sie, sie müsse mir einige wichtige Dinge erzählen», erklärte Nayara und war gespannt auf die Antwort von Dolce.
«Einige wichtige Dinge hm?», murmelte er.
«Sag mal, seid ihr Zentauren eigentlich schlauer als Grame?», fragte Nayara und riss Dolce aus seinen Überlegungen.
«Wie bitte?»
«Ob ihr schlauer seid als Grame? Man sagt ja, dass ihr Zentauren ein unglaubliches Wissen habt und ich frage mich, ob ihr schlauer als Grame seid», wiederholte Nayara ausführlicher. Dolce antwortete nicht gleich.

«Solltest du nicht langsam schlafen gehen? Morgen wird es streng», murmelte er unverständlich und Nayara lächelte. Sie war tatsächlich sehr müde und hatte keine Lust mehr, länger mit ihm darüber zu diskutieren, ob er nun schlauer war oder nicht. Gähnend legte sie sich in die Nähe von David und schlief nach wenigen Minuten ein. Die Nacht war traumlos. Die hellen Sonnenstrahlen weckten sie am frühen Morgen auf. David und Mr. Tondus waren bereits auf den Beinen und watschelten um die Feuerstelle herum.
«Endlich bist du wach!», rief David und tippte mit dem Fuss auf und ab.
«Wir möchten weiter!», fügte Mr. Tondus hinzu, als Nayara sich von ihnen abwendete. Nickend rappelte sie sich auf. Sie hatte kaum geschlafen und bereute es im Nachhinein. Mr. Tondus und David marschierten los. Gähnend trottete Nayara hinterher.
«Wie lange dauert es noch?», fragte Nayara alle zehn Minuten.
«Wir sind bald da», murmelte David genervt, obwohl er keine Ahnung hatte. Der Marsch tat Nayaras Füssen weh. Sie war müde und hatte ziemlichen Hunger.
Der Weg war langweilig. Es gab keine Bäume, keine Häuser und keine Tiere. Nur langweilige Felder mit einem steinigen Weg. Sie hasste diese Art von Wandern und wäre am liebsten umgekehrt. Nach mehr als zwei Stunden erreichten sie schliesslich erneut einen Wald. Der Wald war dicht geschlossen mit dicken Bäumen am Waldrand. Man kam nicht durch, ausser an einem schmalen Weg, auf dem ein Schild stand.
Das Betreten dieses Waldes wird nicht geduldet!

Mr. Tondus blieb vor dem heruntergekommenen Schild stehen. Die Schrift war verschnörkelt und kaum lesbar.
«Was ist los?», fragte Nayara und zwängte sich zwischen David und Mr. Tondus hindurch.
«Hier heisst es Endstation», gab Mr. Tondus als Antwort.
«Wie meinst – wie meinen Sie das?», korrigierte sich Nayara rasch, als sie den Blick von David erhaschte.
«Es ist verboten, diesen Wald zu betreten, wie du hoffentlich lesen kannst», er klang genervt.
«Wie? Ich habe doch wohl das Recht, meinen Cousin kennenzulernen!» protestierte David wütend. Mr. Tondus rollte schwach mit den Augen.
«Wie Sie meinen. Ich werde jetzt gehen», sein rechter Mundwinkel verwandelte sich zu einem Lächeln. Er drehte Nayara und David den Rücken zu und marschierte den gleichen Weg zurück.
«Merkwürdig», murmelte David und betrachtete das Schild genauer.
«Was denn?», fragte Nayara und folgte seinem Blick.
«Gar nichts», er ging los und betrat den Wald. Was er jedoch nicht bemerkte, dass am Boden eine mit Blättern bedeckte Kante lag, über die er dummerweise stolperte und der Länge nach hinfiel.
Nayara konnte sich ein Lacher nicht verkneifen, half ihm aber dennoch auf.
«Du musst genauer lesen. Stand doch klein, dass es eine Schwelle gibt», kicherte sie und hüpfte über die Schwelle.
«Ich hielt es für einen üblen Scherz», gab David offen zu.
Kurz nachdem David wieder auf den Beinen stand, erschienen zwei Männer. Sie trugen keine

Arbeitskleidung wie die Männer in Frankreich. Sie waren schlicht gekleidet und sahen nicht sehr sauber aus.
«Guten Tag», begann Nayara freundlich und lächelte.
«Verschwindet!», knurrte der eine mit braunem Vollbart und Brille.
«Du weisst ja nicht einmal wer wir sind», immer noch höflich ging Nayara einige Schritte auf die Männer zu.
«Müssen wir auch nicht wissen. Nun geht!», brüllte der andere, der wesentlich jünger als der mit Bart aussah.
«Nicht bevor Nayara ihre Eltern sehen kann!», warf David ein und verschränkte die Arme. Nayara lächelte. Der Mann mit Bart und Brille liess seine Mistgabel sinken. Er starrte überrascht zu Nayara. Er drehte sich um und packte den jüngeren am Arm. Dann rannten sie davon.
«Habe ich was Falsches gesagt?», fragte David.
«Wüsste nicht, was es sein könnte», nachdenklich schaute sie den beiden nach.
«Laufen wir hinterher?», fragte sie und ging in Startposition. David kicherte, doch danach spurtete Nayara los. Überrascht rannte David hinterher. Der Wald war sehr dicht. Nayara befand sich noch nie in einem solch dichten und schönen Wald. Er war sehr gepflegt und sauber gehalten. Nayara freute sich bereits, all die schönen Wesen zu sehen, die in diesem Wald lebten.
Sie rannten einen Hügel hinunter dann blieb Nayara stehen. Sie sah ein Dorf, es war nicht sehr gross, dennoch wunderschön. Es gab viele Menschen, die darin lebten und einige standen auf dem Weg, der ins Dorf führte. Die Bäume umgaben das Dorf und die Felder, auf denen geackert wurde. Kühe weideten auf den grünen, saftigen

Wiesen, Hunde rannten durch die Strassen und Katzen spielten auf Bäumen. Eine Kutsche mit zwei Pferden traf gerade ein und lieferte Kartoffeln oder ähnliches. Nayara war hoch aus begeistert.

«Prachtvoll, nicht wahr?», murmelte sie verträumt, den Blick fest auf das Dörfchen gerichtet.

«Ja, ganz... speziell. Ich bevorzuge dennoch Frankreich», auch er klang verträumt. Nayara liess keine Zeit verschwenden und marschierte schnell den Weg hinunter. Mit rollenden Augen folgte David ihr.

Unten am Dorfeingang warteten verschiedene Leute. Sie sahen Nayara merkwürdig an und begannen zu tuscheln.

«Hallo!», rief Nayara laut in die Menge. Stille breitete sich aus.

«Hi», wiederholte sie leise und wurde rot. Sie hatte einmal eine Präsentation in der Schule gehabt, das war das erste und letzte Mal, dass ihr so viele Menschen auf einmal zugehört hatten.

«Hast du eine Erklärung für deinen unerwünschten Besuch?», fragte eine Frau gereizt. Sie hatte graues Haar und sah aus, als hätte sie schon sehr viel erlebt.

«Möchtest du irgendetwas haben?», fragte ein Mann und verschränkte die Arme. Seine Stimme war ziemlich tief und rau. Er hatte einen Bart, ähnlich wie derjenige, der am Waldrand gestanden hatte.

Nayara brachte kein Wort heraus und starrte zu David, der noch ein gutes Stück hinter ihr war.

«Ich suche meine Eltern», sagte sie schliesslich und atmete schwer.

«Deine Eltern?», wiederholte jemand.

«Genau. Ich weiss, dass sie hier sind. Niel hat mich hergebracht», sie beruhigte sich nur langsam.
«Niel? Wie heisst er noch?», fragte eine Dame mit zusammengebundenen Haaren, hübschem Gesicht und kleiner Körpergrösse.
«Tondus. Niel Tondus», antwortete Nayara und schaute in die Menge. Wieder begannen alle zu tuscheln.
«Wieso hat er dich hergebracht?», fragte sie.
«Ich weiss es nicht. Er kam bei uns zuhause rein und meinte, dass ich gehen müsse», ihre Stimme lockerte sich und sie war nicht mehr so angespannt.
«Aha», murmelte die Frau und verschwand wieder in der Menge.
«Wie heissen deine Eltern?», fragte ein kleiner Junge mit piepsiger Stimme in der vordersten Reihe.
«Lynch», alle standen wie eingefroren da und starrten sie mit riesigen Augen an. Als sie auftauten, hörte man nur den Namen *Lynch* in einem riesigen Gemurmel.
«Was ist damit?», fragte Nayara, obwohl sie die Geschichte kannte.
«Du weisst es nicht?», schockiert meldete sich ein Mädchen. Sie kassierte einen wütenden Blick von Nayara.
«Ich möchte einfach zu meinen Eltern und sie endlich kennenlernen!», schrie Nayara und stützte den Kopf in die Hände. David erreichte endlich die Menschenmenge und keuchte: «Ich würde gerne meinen Cousin kennenlernen.»
Alle starrten ihn verwirrt an.
«Wie heisst Ihr Cousin denn?», fragte die Frau mit den grauen Haaren provokativ.

«Lynch, Arnold», antwortete David empört. Die Frau trat einige Schritte zurück in die Menge, sodass sie nicht mehr zu sehen war. Ein Mann klatschte in die Hände und sagte, dass die beiden hereinkommen könnten.
«Danke», flüsterte Nayara noch kurz und ging durch den hohen Torbogen, der den Eingang darstellte. Das Dorf sah aus wie eine kleine Stadt. Es gab viele Leute und die Häuser waren verteilt aufgestellt. Es gab auch viele Tiere und es sah aus wie auf einem riesigen Bauernhof. Es gab mehrere Brunnen, aber einer war abgesperrt. Dicht am Dorf folgte ein neuer Wald. Dieser hatte smaragdgrüne Blätter und fuchsrote Baumstämme. Es sah wunderschön aus. Der erste Wald sah aus wie jeder andere mit gelborangen Blättern und braunen Baumstämmen.
«Hast du den Wald dort drüben gesehen?», fragte Nayara und zeigte David, welchen sie meinte.
«Schön nicht?», er legte seinen Arm um ihre Schulter und lächelte. Sie gingen näher zum Wald, denn Nayara wollte die Bäume genauer sehen. Am Waldrand sassen zwei Menschen, die mit Hunden die Sonne genossen. Als sie Nayara und David sahen, standen sie auf.
«Guten Tag», fröhlich reichte die Frau David und Nayara die Hand. Als Nayara ihre Hand berührte, machte sie grosse Augen und liess sie rasch wieder los. Der Mann daneben erhob sich ebenfalls, nahm seinen Hut ab und brummte leise vor sich hin.
«Was können wir für Euch tun?», fragte er, nachdem er sich wieder hingesetzt hatte. Niemand der beiden fand eine Antwort darauf.
«Wir sind soeben angekommen und wollten den Wald genauer ansehen», sagte Nayara schliesslich und lächelte.

«Soso, ihr seid also Touristen hm?», empört wich die Frau zurück und nahm ihren Hund näher zu sich, der zu bellen begann.
«Nein! Sie sucht ihre Eltern und ich meinen Cousin. Man hat uns gesagt, dass man sie in diesem Dorf finden wird.» Die zwei hielten inne und überlegten.
«Nayara?», fragte die Frau nach einer langen Schweigepause.
«Mum?», sie schauten sich an. Nayara rannte auf die Frau zu und umarmte sie fest. Der Frau liefen die Tränen wie bei einem Wasserfall hinunter und Nayara hielt den Atem an. Sie war so froh, endlich ihre wahre Mutter gefunden zu haben.
«So lange ist es her, als wir dich verloren haben. Ich hätte nie erträumt, dass du jemals wieder zurückkommst», schluchzte die Frau und drückte sie fester.
«Wie heissen Sie?», fragte David den Mann, der noch genüsslich im hellgrünen Gras sass.
«Arnold Lynch», antwortete er und strich seinem Hund über den Kopf.
«Freut mich, Cousin», begann David und grinste.
«Sie sind mein Cousin?», erschrocken stand Arnold auf und schaute David an.
«Gewiss», David machte eine lausige Verbeugung, die mehr nach einem Krampf aussah, als einer Verbeugung.
«Das musst du mir erklären. Man hat mir nie von einem Cousin erzählt», immer noch leicht schockiert musterte Arnold David.
«Mir ebenfalls. Die Geschichte ist kompliziert. Ihr Vater und meine Mutter verstanden sich nicht gut. Sie haben

uns nie etwas erzählt, weil sie sich nicht mochten»,
erklärte David und streichelte den Hund.
«Woher weisst du das?», fragte Arnold.
«Ein gewisser Mr. Tondus hat uns davon erzählt, als wir
hierhin marschiert sind», Arnold sagte nichts und die
Frau löste die Umarmung.
«Wer?», kam sie und drehte sich um.
«Das ist meine Frau, Timela.» Sie lächelte kurz, war
danach wieder todernst.
«Niel Tondus. Er erschien bei uns Zuhause, als er mich
von Frankreich wegbringen wollte», erklärte Nayara.
«Gut… Gut. Das ist sehr gut, dass ihr hier seid. Ihr hättet
viel früher kommen sollen», murmelte Timela vor sich
hin.
«Bitte?», fragte David. Nayara setzte sich neben ihn und
streichelte den anderen Hund.
«Ihr hättet viel früher kommen sollen. Was hat er euch
erzählt…», tief einatmend blieb sie stehen.
«Er hat uns nur die Familiengeschichte der Lynchs
erzählt, oder?», Nayara sah zu David.
«Ich erinnere mich nicht an viel mehr», gab er offen zu
und liess sich nichts anmerken.
«Was ist alles passiert, als du noch in Frankreich warst?»,
fragte Arnold und sah Nayara scharf an. Sie überlegte;
Die Sache mit Grame, dass irgendetwas Dunkles sich
ausbreiten wird, der Zentaur den sie zum ersten Mal
gesehen hatte und der sie vor dem unheimlichen
Mädchen namens Lucia Santa gewarnt hatte, Mr. Tondus,
der so oft gelogen hatte, Alice, die verschwunden war
und die ewigen Treffen im Wald mit ihren Freunden…

«Nicht viel», antwortet sie matt. Arnold brummte ein wenig und nickte dann. David sah Nayara kopfschüttelnd an, sagte jedoch nichts.

«Wie heissten diese Hunde?», fragte Nayara fröhlich und unterbrach eine lange Schweigepause.

«Die, die du hältst ist ein Eurasier. Sie heisst Nabou und unser Zwergspitz nennt sich Nadu.» Nadu tippelte auf ihren kurzen Beinen zu Timela. Nayara nickte und beschäftigte sich mit Nabou. Es war ein merkwürdiger Moment, so dazusitzen, neben den endlich gefundenen Eltern, dem Pflegevater und zwei Hunden. Nayara verdrängte ihre Gefühle und setzte ein strahlendes Lächeln auf. Dummerweise jaulte Nabou, die linke Pfote auf Nayaras Oberschenkel.

«Alles in Ordnung?», fragte Timela als sie das auffallende Verhalten der Hündin bemerkte.

«Ja», antwortete Nayara und starrte Nabou neugierig und empört zugleich an.

«Wie geht es jetzt weiter?»

«Gute Frage», brummte David beiläufig.

«Ich werde jetzt erst einmal zur Polizei gehen», schlagartig starrten alle Arnold an.

«Aus welchen Gründen denn?», Timela klang schockiert.

«Nun, die haben doch wohl das Recht zu erfahren, dass unsere Tochter lebt und nicht umgebracht wurde», energisch stand er auf und hinkte davon. Sein linkes Bein schien verletzt zu sein.

«Man dachte, jemand hätte mich umgebracht?», wiederholte Nayara und klang nicht begeistert.

«Man dachte, wir hätten dich umgebracht», korrigierte Timela ihre Tochter und senkte den Kopf. Nayara sagte nichts.
«Ich muss ein Stück gehen», murmelte sie und stand auf. Ihr war elend. Sie war müde und für heute hatte sie einfach zu viel auf einmal gehört, auch wenn sie vor wenigen Stunden noch so begierig die Wahrheit erfahren wollte. Ihre Augen waren kurz vor dem Zufallen und sie machte es sich gemütlich auf dem kühlen, feuchten Waldboden, bevor sie endgültig einschlief. Sie sank in einen tiefen Schlaf. Es war ein schwarzes Loch indem nur gähnende Leere herrschte. Hie und da erschienen kleine, bunte Punkte, die dann aber wieder verschwanden. Dann tauchten Formen auf. Sie sahen unbeschreiblich gross aus. Man konnte nicht entziffern, was es genau war. Die Formen bildeten sich aus den Punkten. Es war ein grosses Gewirr von blendenden Punkten und verwirrenden Formen. Ihr wurde allmählich schwindelig und sie fasste sich an den Kopf. Kurz danach landete sie hart auf einem steinigen Boden, sie verspürte jedoch keinen Schmerz. Um sie herum kochte es. Es war glühend heiss und sie verbrannte sich ihre Hand in loderndem Lava. Sie schrie auf, als sie den noch zur Hälfte vorhandenen Körper von Alice in der rotorangen Lava untergehen sah. Sie atmete schwer und rieb sich die Augen. Nayara tastete den Boden um sich herum ab und schnaufte erleichtert auf, als sie in kühles, nasses Moos griff.
«Albträume?», fragte eine hohe Mädchenstimme. Lillian erschien zwischen dicken Baumstämmen und kicherte.
«Was willst du schon wieder?», mit rollenden Augen und schwerem Atmen sah Nayara die kleine Wichtelin, die

sich heute in ein honiggelbes Rüschenkleidchen und blauen Haarspangen gekleidet hatte.
«Hab dir zugesehen, wie du dich im Moos gewälzt hast. Sah lustig aus, hehehe», ihr Kichern ging Nayara höllisch auf die Nerven. Auch sonst konnte sie Lillian nicht im geringsten Leiden.
«Hast deine Eltern gefunden, was?», sie klang ernster als vorher doch das Problem war, man konnte sie nicht ernst nehmen.
«Das geht dich nichts an!», krähte Nayara und wollte sich aufrichten doch sie fiel wieder hin. Ein ekliges Kichern war zu hören.
«Nun reicht es aber!», sie packte einen Stein und warf in nach Lillian. Sie sackte zusammen und Laub wirbelte auf, als sie dumpf auf dem Boden landete. Erschrocken kroch Nayara so schnell sie konnte zu ihr, da sie noch nicht gehen konnte. Als sie Lillians Kopf in die Hände nahm, tröpfelte dunkelrotes Blut auf die Blätter. Nayara schüttelte verzweifelt den Kopf und hielt sie so lange, bis Grame aus dem Nichts auftauchte. Er sah nicht sonderlich zufrieden aus und schnalzte mit der Zunge.
«Sie...ich...», stotterte Nayara und versuchte sich rauszureden, doch ihr war glasklar, dass Grame alles gesehen haben musste.
«Was fällt dir ein», tonlos schritt er auf Nayara und Lillian zu. Sein Blick war eiskalt.
«Es war ein Unfall», versuchte Nayara zu erklären und stützte den Kopf in die blutverschmierten Hände.
«Nennst du das einen Unfall? Du hast sie grundlos mit einem Stein beworfen! Nennst du es einen Unfall, wenn dir jemand einen Stein an den Kopf schmettert?», rief

Grame und hielt die kleine Lillian in seinen breiten Armen.
«Nein», ihre Antwort war leise und bitter. Grame rollte sich sanft und tonlos zusammen. Kurz danach rollte er mitsamt Lillian davon. Nayara sass im Wald, starrte auf ihre Hände und ballte sie zu einer Faust. Sie wollte kurz die Augen schliessen, verfiel jedoch gleich wieder in das dunkle Nichts, indem sie sich vor wenigen Minuten befand. Ihr war bekannt, was als nächstes folgte, doch sie wollte es lieber nicht noch mal durchleben müssen. Der Anblick von Alice, wie sie in der brodelnden Lava mit bleicher Haut und schwarzen Augen lag, würde sie nie wieder los. Immer noch gefangen in gruseligen Formen und unbekannten Symbolen schwebte Nayara im Nichts. Es war dunkel. Wieder und wieder dachte sie, dass es nicht mehr lange dauern wird, bis sie Alice wiedersah, doch sie kam nicht. Endlos schwebte sie in weder Raum noch Zeit, bis schliesslich eine raue, nasse Zunge erschien. Sie öffnete ihre Augen und schreckte hoch, als Nabou ihr Gesicht leckte. Besorgt schaute Nayara zu Nabou. Sie tat ihr leid, da sie soeben Blut einer Wichtelin geleckt hatte. Auch die Hände von Nayara beschlagnahmte Nabou und als Timela und David eintrafen, war nichts mehr von dem Blut zu sehen.
«Was machst du hier?», fragte Timela erschüttert. Nayara versuchte zu sprechen doch es war unmöglich. Sie konnte nicht erzählen, was passiert war, was sie gesehen hatte. David und Timela halfen ihr auf.
«Ich weiss, wo wir sie hinbringen können.» Die beiden trugen sie weg. Nayara wollte wieder die Augen schliessen doch sie zwang sich dagegen. Ausserhalb des

Waldes beobachteten viele Leute die drei und tuschelten.
Nayara war es egal, sie wollte einfach diese Bilder
loswerden. Nabou und Nadu tappten hinterher und
jaulten. Sie schienen deutlich zu spüren, dass etwas nicht
in Ordnung war. Immer und immer wieder erschienen nur
ganz rasch unheimliche Bilder von Alice und auch
anderen Menschen, die Nayara kannte. Ihre Mutter war
hie und da zu sehen, ebenso wie sie Alice gesehen hatte.
Es wurden mehr und sie wiederholten sich. Plötzlich
stiess Nayara einen fürchterlichen, lauten Schrei aus.
David stimmte mit ein, da es in seinen Ohren schmerzte.
Timela tat nichts dergleichen. Sie beschleunigte ihr
Tempo und erreichte endlich eine Hütte, mehrere Schritte
entfernt vom Wald. Sie klopfte nicht, sondern trat einfach
ein. Drinnen war es schlicht eingerichtet. Im hinteren
Bereich lag ein Bett mit einem Tischchen
daneben. An der rechten Wand standen ein Bücherregal
und ein Kessel. Es roch widerlich nach verfaulten Eier
und vollen Windeln.
«Ervos, ich brauche Ihre Hilfe!», schrie Timela als sie
einen alten Mann in einem Sessel neben der Tür
schlummern sah. David biss sich auf die Lippen, da sich
seine Kraft langsam dem Ende neigte.
«Timela. Schön, dich endlich wieder zu sehen», der
Mann erhob sich mit einem freundlichen Lächeln.
«Bitte! Meine Tochter!», verzweifelt hielt Timela die
schreiende und in schweissgebadete Nayara Ervos hin.
«Ah ja. Leg sie doch einmal auf mein Bett, wenn du so
freundlich wärst», er faltete die Hände zusammen und
begutachtete sein Bücherregal. Kurz danach schnappte er
sich ein altes, verstaubtes Buch und schlug es auf.

«Verfluchte Träume sind übel», murmelte er und blätterte rasch. David bezweifelte, dass er alles gelesen hatte.
«Verfluchte Träume?», wiederholte Timela und strich Nayara über die Stirn.
«Richtig. Es bedeutet, dass man etwas Bestimmtes wissen muss oder bald etwas Bestimmtes passiert. Da es jedoch verfluchte Träume sind, ist es durchaus möglich, dass sie dich in die Irre führen», gab er als Antwort zurück, vermied jedoch Blickkontakt. Er watschelte rüber zum Kessel und warf verschiedene Zutaten hinein, die oberhalb in drei Regalen aufgereiht waren.
«Wissen Sie, was sie sieht?», meldete sich David zu Wort, nachdem er es sich im Sessel einigermassen bequem gemacht hatte.
«Es kommt ganz darauf an, ob sie will, dass ich sehe, was sie sieht. Es gibt Fälle, in denen ich nicht die erwünschte Erlaubnis habe, um zu erfahren, was einen beschäftigt. Oftmals führt dies zu einigen Komplikationen», seine Worte brannten in Davids Gehirn, sodass er keine weiteren Fragen mehr stellte.
«Träumt sie jetzt?», verzweifelt und besorgt gab Timela auf Nayara acht.
«Ihr Traum scheint furchtbar zu sein», Ervos mischte weiter. Es dauerte ziemlich lange, bis er endlich das hatte, was er wohl brauchte. Er ging rüber zu Nayara und hob mit seiner Rechten ihren Kopf. Danach tröpfelte er vorsichtig exakt drei Tropfen von einer bräunlichen Essenz auf ihre Stirn. Timela sah nicht hin. David hingegen konnte kaum erwarten, was nun passieren würde. Nachdem die Tropfen vorsichtig in Nayaras Stirn eingedrungen waren, beruhigte sie sich schlagartig. Sie

atmete von Zug zu Zug regelmässiger. Erleichtert
schauten alle hin, doch bevor sie überhaupt etwas sagen
konnte, schrie sie erneut. David hielt den Druck und den
fürchterlichen Ton nicht aus und flüchtete aus der Hütte.
«Was ist los?», rief Timela und versuchte das laute
Geschrei ihrer Tochter zu übertönen. Ervos antwortete
nicht. Er machte sich erneut am Kessel zu schaffen und
mischte jetzt noch einiges länger als vorhin.
«Wovon wird sie heimgesucht?», fragte Timela und
betrachtete ihre Tochter, von Schmerz und Ängsten
gequält. Endlich, als Ervos seinen zweiten Versuch
wagte, trat Stille ein. Dieses Mal war er sich sicher, dass
es klappen würde und das tat es auch. Nayara schien nicht
mehr zu träumen und ihre Augen öffneten sich langsam.
«Mum!», schrie sie und fiel ihrer Mutter um den Hals.
Sie hatte keine Ahnung, wo sie gerade war oder was alles
geschehen war, doch sie hatte ihre Mutter und das war
das, was sie wollte.
«Ich weiss nicht, wovon deine Tochter heimgesucht wird.
Aber sie muss aufpassen. Es ist ein Fluch, dem ich noch
nie begegnet bin», er klappte das Buch zu und stellte es
zurück an seinen Platz.
«Können Sie ihn entfernen? Bitte», flehte Timela und
schaute rasch zu Nayara.
«Nun, es wird dauern. Ich muss die Art des Fluches
zuerst erkennen, bevor ich mehr für dich und deine
Tochter tun kann», er senkte den Kopf.
«Was haben Sie ihr denn vorhin gegeben? Reicht das
nicht?», in ihrer Verzweiflung wollte Timela nur, dass es
Nayara gut ging. Sie wollte der Tatsache nicht ins Auge

sehen, dass Nayara noch nicht geheilt war und von etwas Unbekanntem heimgesucht wurde.
«Leider nein. Es war eine Mischung aus giftigen Stoffen, die eigentlich an Kindern verboten ist. Jedoch vergiftet sie nur die nötigsten Dinge. Ein Tropfen zu viel und es könnte tödlich enden. Ein Tropfen zu wenig und man erleidet Fehlfunktionen im Hirn, lebenslängliche Schäden», mehr wollte Timela nicht hören. Sie wollte nachhause und darauf achten, dass Nayara diese Schmerzen nicht mehr fühlen musste.
«Was hast du gesehen, Nayara?», fragte Timela ernst und hielt das linke Handgelenk ihrer Tochter.
«Es…ich», sie griff sich an den Hals, als sie ihre Stimme wieder hören konnte.
«Alice», zwängte Nayara hervor und merkte, dass eigentlich niemand davon erfahren sollte.
«Magst du erzählen, wer das ist?», Nayara wollte es sagen, doch sie konnte nicht. Eine Blockade die sie daran hinderte, irgendetwas zu sagen, was sie gesehen hatte.
«David…er kennt sie», würgte sie erneut hervor und atmete erneut schwer. Ohne zu zögern spurtete Timela hinaus und machte sich auf die Suche nach David. Sie fand ihn am Brunnen, der abgesperrt war.
«David! Nayara spricht von Alice!», schrie sie lauthals über den Platz. Viele starrten sie erneut an und hatten den Verdacht, dass sie wieder etwas im Schilde führen könnte. David rannte so schnell er konnte zur Hütte, in der Nayara mit Ervos war.
«Du hast von Alice gesprochen? Wo ist sie? Geht es ihr gut?», aufgeregt und voller Vorfreude stampfte er in der kleinen Hütte umher.

«Wie wäre es, mein geliebter Herr, wenn sie dieses Getrampel lassen könnten?», fragte Ervos höflich und David liess sich im Sessel nieder.
«Nun Nayara. Wen oder was hast du in deinen Träumen gesehen?», fragte Ervos gelassen.
«Ich kann es nicht sagen. Sobald ich es erzählen möchte, schnürt es mir die Kehle zu.» David brummte und Ervos dachte nach.
«Es schnürt dir die Kehle zu, sagst du. Meinst du, du kannst es erzählen, wenn du es in ein Spiel umwandelst?», er lächelte. Nayara begriff nicht, was er damit meinte und zog eine Augenbraue hoch.
«Nun, du könntest es doch so erklären, indem du die Wörter, die du nicht benutzen solltest, einfach durch andere ersetzt», mit einem Zwinkern rührte er in seinem Kessel.
«Also…zuerst befand ich mich irgendwo. Es gab kein Licht und…», sie hielt kurz inne.
«Wäre es nicht besser, wenn Sie einfach selbst sehen, was passierte? Ihr Elixier wird bestimmt nicht mehr lange wirken. Wenn sich nun alles wiederholt, was sie durchmachen musste», warf Timela ein, nachdem sie Nayara unterbrochen hatte.
«Darf ich darauf hinweisen, dass Nayara, egal welche Entscheidung sie trifft, die ganze Prozedur wiederholen muss?», lächelnd setzte er sich neben Nayara auf das Bett. Timela lehnte zwischen dem Türrahmen und seufzte.
«Wie entscheidest du dich?», David war auch gespannt, was nun passieren würde, auch wenn er keine Ahnung hatte, was eigentlich vorging.

«Ich glaube, es fällt mir einfacher, wenn Sie selbst sehen, was ich gesehen habe», sagte sie unsicher.
«Gute Wahl. Und nun, sei dir sicher, dass alles, was du nun siehst, nicht lebst. Du wirst es nur sehen, nicht leben», Ervos lächelte wie immer und hielt seine Hände in die Höhe, als würde er eine Kugel halten.
«Sind Sie dabei?», wollte Nayara noch wissen und klang nervös.
«Selbstverständlich. Schliesse einfach deine Augen. Und denk daran; Du wirst es nur sehen, nicht leben.» Stille trat ein und niemand sagte etwas. Nayara und Ervos versanken gemeinsam in Nayara's Träumen, doch diesmal war es anders. Sie sah sich selbst. Sie sah zu, wie sie in der ewigen Leere schwebte und von den gruseligen Formen und Punkten geblendet wird. Sie sah, wie sie fiel und hart auf dem steinigen Boden aufprallte. Sie schloss die Augen, doch sie wusste, dass sie nichts spüren würde. Dieses Mal dauerte der Teil mit der Lava viel länger als vorher. Sie sah, wie sie verzweifelt all die Körper von Menschen ansehen musste. Alice war die einzige, die wiederholt auf- und abtauchte. Es zerriss Nayara fast das Herz. Ervos holte sie aus der Trance und atmete schwer. Nachdem beide ihre Augen wieder öffneten, huschte Timela herbei.
«Was habt Ihr gesehen?», fragte Timela ernst. Nayara schwieg und überliess Ervos das Wort.
«Nun. Der erste Teil der ganzen Geschichte wird spannend für mich sein. Denn dort befinden wir uns weder in Raum noch Zeit, mit skurrilen Formen aller Art», er zwinkerte und niemand verstand genau, was er meinte, bis auf Nayara, «der zweite Teil wird euch alle

interessieren. David...» Stille trat ein. Niemand sagte ein Wort.
«Versuche dir vorzustellen, wie diese eine Sache, die du von Herzen liebst, in brennender Hitze versinkt und immer wieder auftaucht», man merkte, dass es auch für Ervos nicht ganz leicht war, zu erzählen was Nayara erleben musste, doch er versuchte es.
«Wie kann man sich so etwas Grausames vorstellen?», schockiert wischte sich David diesen Gedanken von seiner Frau aus dem Kopf. Denn sie war diejenige, die er über alles liebte. Seit seiner Kindheit.
«Ich muss dir leider mitteilen, dass das, was Nayara erleiden musste, Menschen waren, die immer wieder in brodelnder Lava auf- und abtauchten. Die Körper, weiss wie Schnee, die Augen schwarz wie die Nacht», niemand sagte etwas. Nayara senkte enttäuscht und traurig zugleich den Kopf.
«Es war Alice, die am meisten erschienen war», erklärte Nayara David, um es ihm verständlicher zu machen.
«Wie bitte?», schockiert erhob er sich.
«Richtig. Nayara sah deine Frau Alice, abermals auftauchen. Kein schöner Anblick», Ervos ging zu Nayara und hielt ihr die Schulter.
«Das ist wohl ein Scherz», lachend setzte er sich wieder, doch niemand stimmte mit ein.
«David, es tut mir leid», flüsterte Timela und schaute zu Boden. Nayara atmete tief ein und presste ihre Lippe zusammen.
«Woher wollt ihr wissen, dass meine Frau tot in Lava mit schwarzen Augen liegt? Sie hat wunderschöne, blaue

Augen und hier gibt es weit und breit keine Vulkane!»,
schrie David verzweifelt und fuhr durch seine Haare.
«Ich kann dir vergewissern, dass Vulkane nicht die
einzigen Orte mit Lava sind», lächelnd verliess Ervos die
Hütte. Alle schauten ihm nach und warteten bis er
zurückkam, doch er kam nicht. Stattdessen erschien
Arnold. Er humpelte noch mehr als zuvor.
«Man sagt, sie sei nicht unsere Tochter», er klang
erledigt.
«Arnold bitte. Wir haben gerade reichlich grössere
Probleme, als darauf zu achten, dass die Polizei unsere
Tochter lebend sieht!», mit verschränkten Armen und
strenger Miene nickte Timela leicht zu Nayara und
David. Arnold bemerkte den elend dasitzenden David.
«Was ist vorgefallen?», wollte er wissen und klang
besorgt, jedoch nur leicht.
«Viel», kalt stand Nayara auf.
«Ich brauche frische Luft. Das alles hier hat mich
durcheinander gebracht», sie verliess die steinerne Hütte
und betrat den grossen Platz. Alle, ob Mann oder Maus,
starrten sie an. Sie fühlte sich nicht besonders wohl, doch
sie war sich teilweise daran gewöhnt, angestarrt zu
werden. Sie marschierte, die Blicke stechend im Rücken,
hoch zum Wald. Sie musste mit jemandem reden. Im
Wald wartete sie, doch niemand erschien. Sie wartete
lange, sah sich andauernd um, ob vielleicht eine
schneeweisse Gestalt auftauchte oder ein Rascheln zu
hören war. Nichts. Sie gab die Hoffnung auf und verliess
den Wald wieder. Ein bisschen gedemütigt sah sie auf
den Platz, auf dem kaum noch Menschen standen. Die
Sonne verschwand langsam und schnell zugleich hinter

den Wäldern und Bergen. Müde und froh, endlich in Ruhe schlafen zu können, schloss sich Nayara ihren Eltern an, die nachhause gingen.

Die Teufelswandlerin

22. April, 2006. Nayara Lynch lebte immer noch mit ihren Eltern Arnold und Timela in einem versteckten Dorf in Irland, ihr Geburtsort. Sie erinnerte sich an keinerlei Dinge, die damals hier geschehen waren, bis auf das grosse Feuer im Wald. Doch sie wollte mehr herausfinden und endlich wissen, was damals wirklich geschah und wer ihre Familie war. Ihr selbst war bewusst, dass sie viele Geheimnisse noch nicht kannte und ihr noch sehr viel bevorstand, doch zuallererst wollte sie eigentlich mit einem alten Freund sprechen.
«Adam?», fragte Nayara als sie sich im smaragdgrünen Wald niederliess.
«Anwesend», antwortete eine männliche Stimme und ein Junge mit dunklem Haar und braunen Augen erschien.
«Siehst du, wo ich bin?», strahlend machte Nayara eine fröhliche Geste.
«Ja. Du hast deine Eltern gefunden», murmelte er und Nayara verstand sofort, was los war. Adam starb mit seinen Eltern an einem Autounfall. Er hatte sie danach nie mehr gesehen, da sie ihn nicht mehr sehen wollten.
«Kein Problem. Es macht mit nichts», log er und Nayara merkte es.
«Wie geht es dir?», fragte sie zur Ablenkung.
«Wie soll es mir schon gehen? Du brauchst mich ja kaum noch», er setzte sich. «Hör mir genau zu Nayara. Ich kann nicht länger bei dir sein, wenn du mich nicht mehr brauchst. Es gibt Menschen, die mich dringender brauchen als du mich.»

Er klang ernst. Nicht so fröhlich wie er sonst
normalerweise war.
«Was meinst du damit?», wollte Nayara wissen.
«Ich muss dich verlassen», erklärte er knapp.
«Nein!»
«Es geht nicht anders»
«Du darfst das nicht! Wir sind Freunde seit du fünf bist!»
«Ich kann es nicht ändern»
«Warum?», langsam kullerte eine Träne ihre Wange
hinunter.
«Weil man es so will», er lächelte sie an.
«Wer ist *man?*», wollte Nayara wissen.
«Ich kann dir nicht immer alles erklären! Vielleicht ist es
auch das, was mich dazu brachte, jemand neues zu
finden. Du verlangst von mir, dir alles erklären zu
können, aber ich bin jetzt jünger als du. Begreif einfach,
dass sich unsere Wege hier trennen werden», er sagte
nichts mehr, sah ihr zu, wie sie weinte und löste sich auf.
Nachdem ein rascher Blitz folgte, flatterte ein leichtes
Brieflein von etwa einem Meter Höhe zu Boden.

*Lies diesen Brief genauestens durch. Es ist kein
Abschiedsbrief, wie du ihn dir vielleicht erhofft hast,
sondern eine Warnung, die du ernst nehmen solltest. Es
geht darum, dass du vielleicht sehr bald viele deiner
Freunde verlieren könntest. Es geht nicht darum, dass ich
jemand neues finden will – ich muss weg. Ich muss dich
beschützen und du fragst dich bestimmt wie, da ich ja
nicht bei dir bin. Du wirst es bald verstehen, hab Geduld.
Du musst unbedingt mit Grame sprechen und ihm diesen
Brief zeigen. Er weiss, worum es geht und er soll dir so*

schnell wie möglich erklären, was passieren könnte.
Bringe deine Familie in Sicherheit.
Adam

Überrascht und schockiert las sie den Brief abermals durch. Es wurde ihr flau im Magen, nachdem sie die einzelnen Wörter langsam begriff. Sie verstand nicht, worum es ging und fürchtete das Schlimmste. Sie verstaute den Brief gründlich in ihren Sachen. Sie hatte kein Zimmer, indem sie sich in Ruhe zurückziehen konnte. Das war ein kleiner Nachteil zum vorigen Leben. Sie verbrachte die Zeit am liebsten im Wald. Da fiel ihr wieder ein, dass sie zu Grame wollte und ihm den Brief zeigen sollte. Sie spurtete los. Timela und Arnold waren auf dem Feld und David genoss die Anwesenheit von Nadu. Grame war bereits im Wald. Er schien Nayara zu erwarten.
«Du wusstest, dass ich komme?», fragte sie und keuchte.
«Gewiss», er rollte mit den Augen um ihr zu zeigen, welch dumme Frage sie eben gestellt hatte.
«Gib mir den Brief», murmelte er und Nayara überreichte ihn.
«Er ist von Adam», flüsterte Nayara während Grame am Lesen war.
«Ist zu erwarten», entgegnete er, wenig begeistert.
«Bist du immer noch sauer wegen Lillian?», platzte Nayara heraus und er sah sie an.
«Du hattest keinen Grund, sie anzugreifen!», seine Stimme war leise, aber deutlich genug.
«Ja aber sie hat mich provoziert!», entgegnete Nayara und versuchte ebenfalls, leise zu klingen doch es gelang

ihr nicht. Grame schüttelte den Kopf und tippte mit seinen dicken Fingern auf den Brief.
«Konzentriere dich darauf», befahl Grame, «du hast noch nichts getan, was darinsteht, hab ich recht?» Nayara musste widerwillig nicken und eingestehen, dass sie tatsächlich nichts getan hatte. Zu ihrer Verteidigung sagte sie jedoch: «Ich habe ihn erst heute Morgen bekommen», darauf sagte Grame nichts.
«Es ist bereits Nachmittag, Nayara», murmelte er nach einer kurzen Schweigepause.
«Was soll ich denn machen? Meine Eltern waren im Gefängnis und ich kann ihnen doch jetzt nicht erzählen, dass sie sich in Sicherheit bringen müssen! Niemand wird mir ein Wort davon glauben!», sie fasste sich durch die mittlerweile fettigen Haare und seufzte.
«Warum kannst du das nicht?», streng und ohne jeglichen Gesichtsausdruck verschränkte Grame seine dicken Arme.
«Ich weiss es nicht», neben ihren Füssen bewegte sich ein kleiner Haufen Laub und sie schaute zu.
«Hast du es versucht?», fragte Grame und folgte ihrem Blick.
«Natürlich nicht», entgegnete Nayara und erschrak, als zwei Waldfeen aus dem Laub hervor eilten.
«Du bist sehr negativ eingestellt, ist dir das bewusst?», seine Stimme verdüsterte sich.
«Deine Bemerkung hilft nicht viel», murmelte Nayara und sah den Feen nach, wie sie im blendenden Sonnenlicht verschwanden.
«Interessant, diese Wesen. Nicht wahr?», er kehrte Nayara den Rücken zu.

«Höchst», sie rollte mit den Augen. Grame hatte die Fähigkeit, immer schnell das Thema zu wechseln, was sein Gegenüber gehörig nerven konnte.
«Hast du überhaupt gewusst, dass du diese Eigenschaft hast?», wieder schweifte er von den Feen ab.
«Nein.»
«Na siehst du? Arbeite daran», er zwinkerte ihr zu und rollte sich zusammen. Rasch verschwand er zwischen den Bäumen.
«Arbeite daran», äffte Nayara Grame nach und fand es nicht sehr angebracht von ihm, sowas zu sagen. Sie blieb im Wald stehen, musterte den Brief und seufzte.
«Was hat es mir gebracht, mit Grame zu sprechen?», fragte sie sich und legte den Brief behutsam auf den Boden. Dann verliess sie den Wald.
«Wo warst du?», David kam angerannt, Nadu dicht an seiner Seite.
«Im Wald», Nayara befürchtete, dass David gleich wieder einen seiner Ausraster hatte, stattdessen sagte er munter: «Schön. Wir sehen uns. Die alte Hütte von Elmedera und Clewin ist links am Waldrand!», rief er Nayara noch zu, bevor er eine schöne Hütte betrat. Nayara hätte um alles gewettet, dass dort eine Frau drin lebte. Sie grinste und dachte daran, was David soeben gesagt hatte. Sie marschierte fröhlich links zum Waldrand. Auf dem Weg dorthin traf sie ein hübsches Mädchen. Sie hatte langes, blondes Haar, blaue Augen, helle Haut und einen schönen Körper. Sie sah etwa gleich alt aus wie Nayara.
«Hi», munter kam sie auf Nayara zu und reichte ihr die Hand. Unsicher nahm Nayara sie entgegen und begrüsste sie ebenfalls mit einem schwachen «Hi».

«Du bist noch nicht lange hier, nicht wahr?», sie lachte, «mein Vater hat mir erzählt, dass ich dich doch mal besuchen könnte.» Sie strahlte im ganzen Gesicht. Nayara war sich nicht ganz sicher, was sie davon halten sollte.
«Wer ist denn dein Vater?», fragte sie und ballte die Hände hinter dem Rücken zu Fäusten.
«Force, Ervos», sie klang stolz. Sehr stolz. Nayara zuckte kurz zusammen, als sie den Namen hörte. Sie hätte nie und nimmer erwartet, dass Ervos eine solch junge Tochter hatte.
«Er hat mich adoptiert, als ich drei Jahre alt war», lächelnd neigte sie den Kopf zur Seite.
«Du bist Nayara, stimmt's?», fragte sie, als Nayara nichts mehr sagte.
«Und wer bist du?», Nayara merkte, dass sie nie mit ja oder nein geantwortet hatte.
«Lilly», wieder schien sie stolz zu klingen.
«Lilly?»
«Ja, Lilly. Magst du den Namen nicht?»
«Doch, ist nur, er erinnert mich an jemanden, den ich nicht besonders leiden kann», sie versank in Gedanken und Lilly schaute sie an.
«Alles in Ordnung?», fragte sie schliesslich und tippte ihr behutsam auf die rechte Schulter.
«Selbstverständlich», gab Nayara als Antwort, zwang sich zu einem Lächeln und schlurfte dann davon, links zum Waldrand.
«Wer war das?», ein junger Bursche, wahrscheinlich einige Jahre älter, erschien neben Lilly. Er sah ähnlich aus wie sie, vielleicht Geschwister.

«Ein Mädchen?», Lilly rollte mit den Augen, als wäre ihr Kumpane schwer von Begriff.
«Das kann ich sehen. Du hast meine Frage jedoch nicht richtig beantwortet. Wer ist sie? Was macht sie hier?», er klang streng und nicht sehr begeistert.
«Ich weiss es nicht. Das will ich ja herausfinden», murmelte Lilly und schaute Nayara nach, die zwischen den Hütten verschwand.
«Sieh ja zu, dass sie sich akzeptabel verhält. Klar?», mürrisch ging er wieder. Lilly äffte ihn nach und fragte sich, weshalb er dies nicht selber tun konnte.

Als Nayara an der holzigen, alten Hütte klopfte, öffnete Timela einen spaltbreit die Tür, packte Nayara am Arm und zog sie ruckartig hinein.
«Was ist denn los?», fragte sie, bevor sie den nach verfaulten Eiern riechenden Geruch im Haus wahrnahm. In der Hütte gab's nicht viel. In der rechten Ecke stand ein verstaubtes Bücherregal, das mit Spinnweben geschmückt war. Davor ein zerschlissener Sessel mit Löchern. Gegenüber von dem Sessel stand ein kleiner, kaputter Fernseher, der Bildschirm war eingeschlagen. Der Raum war klein und die Treppe, die sich links an der Wand befand, brauchte reichlich Platz. Eine knarrende Tür trennte das Wohnzimmer von der Küche. Bilder gab es nur ein einziges. Es war ein Foto von Elmedera Lynch und ihrer Familie. Alle braunhaarig oder zumindest sah es auf dem schwarzweissen Bild so aus, als hätten alle dunkle Haare. Nur ein Pärchen stach hervor. Sie hatten blonde Haare. Nayara wollte eben fragen, weshalb ein Pärchen blonde Haare hatte, da Elmedera und Clewin nur

vier Kinder mit braunen Haaren hatten, auf dem Bild jedoch acht Personen zu erkennen waren.
«Man hat uns davor gewarnt, die Haustüren zu öffnen», flüsterte sie zur Antwort und Nayara nickte.
«Warum sind hier zwei blonde Personen drauf?», sie zeigte mit dem Finger auf das düstere Bild. Timela gluckste und folgte Nayaras Finger.
«Freunde von Clewin. Sie haben sie mit auf das Foto genommen», zufrieden ging Nayara durch das heruntergekommene Wohnzimmer. Sie hustete mehrmals, als sie einen Haufen Staub einatmete.
«Ihr lebtet wirklich hier?», fragte sie und erhaschte einen Blick in die Küche, als Nabou durch die Tür tippelte.
«Die Lynchs lebten schon seit geraumer Zeit hier», antwortete Timela schlicht. Sie waren allein im Haus und Nayara fragte sich allmählich, wo Arnold war. Sie konnte es sich nicht vorstellen, so zu leben. Wenn sie es sich recht überlegte, war sie froh, nicht hier aufgewachsen zu sein.
«Warum putzt ihr hier nicht?», die Küche war kleiner als das Wohnzimmer. Es hatte einen kaputten Herd, der zwischen Ablageflächen stand. Ganz am Ende befand sich ein grauer Kühlschrank, der hie und da Funken stiess. An der Wand angelehnt, war ein brauner Holztisch zu sehen, dem jedoch ein Bein fehlte und die Stühle lagen hilflos auf dem Boden.
«Hier kann man ja nicht leben!», rief Nayara und sah erschrocken zu ihrer Mutter.
«Wir hatten einmal Leute hier, die für das Haus zuständig waren.», Timela sprach leise. Nayara verstand sie jedoch gut.

«Wo sind diese Leute hin?»
«Auf und davon»
«Auf und davon?»
«Ja. Sie sagten, sie hätten die Nase voll von den Lynchs. Dann sind sie gegangen», sie klang enttäuscht. Nayara geriet beinahe in Rage, da sie es nicht nachvollziehen konnte, dass Leute einfach so gingen. Ihre Familie brauchte diese Leute und sie nahm an, dass die das gewusst haben.
«Ich werde diese Leute finden und ihnen weismachen, dass sie nicht einfach so gehen können!», sie hob ihren linken Arm und stand da wie ein Soldat.
«Du wirst sie nie finden, Nayara. Es waren Elfen, die das Haus auf Trab gehalten haben», niemand sagte etwas. Nayara tat so, als wäre sie total schockiert, doch insgeheim war das nichts Besonderes für sie.
«Du kennst dich mit Elfen aus, nicht wahr?», Timela kehrte ihr den Rücken zu und versuchte, das in sich zusammenfallende Kamin aufzupäppeln.
«Wie meinst du das?», sie ging zu ihr rüber und half ihr hoch, um zu zeigen das es keinen Zweck hatte.
«Als du hier ankamst, habe ich gespürt, dass du besonders bist», begann sie und lächelte, sah Nayara aber nicht an. Stille herrschte. Nayara wartete, doch es kam nichts mehr.
«Besonders?», sagte sie schliesslich und dachte an die Zeit in Frankreich, als sie nur eine Verrückte war.
«Ja», ihre Stimme zitterte und sie klang nicht gesund.
«Was ist los?», streng und ernst stand Nayara vor ihrer Mutter, die immer noch am Boden kauerte.

«Du musst dich in den Griff bekommen, Nayara. Wenn nicht», sie seufzte und holte tief Luft, «wenn nicht, können viele schlimme Dinge passieren.» Ihr Gemurmel war so leise, dass Nayara es kaum hören konnte.
«Ich werde jetzt gehen und Arnold suchen. Gehe nicht aus dem Haus, während ich weg bin», mühsam stand Timela auf und hinkte zur Tür.
«Ich dachte, man soll die Haustüre nicht öffnen?», darauf antwortete Timela nicht. Nayara war sich sicher, dass irgendetwas nicht in Ordnung war und sie wollte herausfinden, was es war. Als sie ihre Mutter ins Dorf hinken sah, wartete sie noch, bevor sie dann das Haus ebenfalls verliess,
Nabou kam hinter einer Ecke hervor und sprang zu Nayara, die erschrak.
«Na?», sie streichelte ihr den Kopf. Als sie weiterging, folgte sie ihr.
«Hey!», Lilly umarmte sie grob von hinten, was Nayara nicht sehr gefiel.
«Was soll das?», fragte sie empört.
«Ich dachte wir wären Freunde?», entgegnete Lilly.
«Nein. Sind wir nicht», Nayara schüttelte den Kopf und marschierte mit Nabou weiter, obwohl sie gar nicht wusste, wohin sie eigentlich wollte.
«Und wie wir Freunde sind», Lilly hielt Schritt.
«Nein», genervt atmete Nayara tief ein. Nabou begann zu knurren.
«Halt mir ja deinen Köter vom Hals», befahl Lilly und Nayara blieb ruckartig stehen.
«Das ist kein Köter und du musst mir nicht sagen, was ich tun oder nicht tun soll!», Nayara geriet in Rage und

packte Lillys dünnen Oberarm. Beide schwiegen und Nayara starrte in ihre hellblauen Augen.

«Lass. Mich. In. Ruhe», grob liess sie los. Lilly tritt einige Schritte zurück und rannte dann davon. Gereizt schritt Nayara voran. Ihre Füsse trugen sie durch das Dorf, wobei sie immer noch nicht wusste, wohin sie wollte.

Der Boden, auf dem sie schritt, war ausgetrocknet. Beige und hart. Nur hie und da waren kleine, grüne Gräschen zu sehen, die aber nicht lange durchhielten. Nayara setzte sich schliesslich und musterte die Gräschen. Viele würden es als langweilig bezeichnen doch Nayara fand es höchst interessant. Zwei Gräschen schwangen mit dem Wind, ein anderes dagegen. Sie lächelte und zupfte es heraus. Sie kicherte als das kleine, zwiebelähnliche Wesen wild um sich schlug. Es hatte Hände in der Grösse einer Erbse. Der Kopf war so gross wie ein Pingpongball und die kleinen Schuhe waren kaum zu sehen. Nayara fand es faszinierend, dass ein so grosser Knollen an einem einzigen Gräschen hielt.

«Lass mich gefälligst wieder hinunter!», quiekte der Knollen und sah ziemlich wütend aus. Nayara lachte. «Wer bist du?», fragte sie schliesslich und liess den Knollen auf ihrer Handfläche sitzen.

«Das geht dich überhaupt nichts an!», motzte der Knollen und Nayara liess ihn wieder hinunter. Es hatte keinen Zweck, mit ihm zu reden, wenn er nicht wollte. Das hatte sie schon früh gelernt und nie vergessen. Doch manchmal, da war es einfach besser, zu reden als zu schweigen.

Nayara blieb noch an Ort und Stelle sitzen, bevor sie
dann den merkwürdigen Drang verspürte, loszulaufen
und Lilly direkt eine ins Gesicht zu klatschen. Sie
schüttelte den Kopf, bis es endlich aufhörte. Schwer
atmend schaute sie sich um. Es war, als wäre nichts
geschehen.
«Alles in Ordnung bei dir?», ein Junge kam auf sie zu.
Nayara hatte ihn schon öfters im Dorf gesehen. Er
zeichnete oft auf einem kleinen Zeichenblock am See.
«Hast du die ganze Zeit zugesehen?», fragte sie und
erhob sich.
«Nicht ganz, erst als du so nervös rumgeschaut hast»,
sagte er und hielt seine Zeichnung vor der Brust.
«Ich bin Thomas», er lächelte. Seine Brille lag ein
bisschen schief auf seiner Nase und seine
kastanienbraunen Haare glänzten in der Sonne. Er hatte
viele Sommersprossen und grosse, braune Augen. Er war
nicht sehr gross, dennoch grösser als Nayara.
«Nett, dich kennenzulernen», sie erwiderte sein Lächeln
und fragte, was er denn so zeichne.
«Ich zeichne oft am See. Es ist eine schöne
Beschäftigung, das Wasser mit seinen vielen Farben und
Schattierungen zu zeichnen», er schien höchst zufrieden
zu sein. Er reichte ihr den Block und Nayara blätterte
neugierig durch. Es waren wirklich nur Zeichnungen vom
See und der Sonne. Das letzte Bild war etwas Anderes.
Es war Nayara. Er hatte sie gut getroffen, fand sie. Sie
lächelte und streckte Thomas die Zeichnung unter die
Nase.
«Oh... das», er lächelte verlegen.

«Ich wollte sie dir eigentlich bringen...», seine Wangen wurden rot.

«Das ist super lieb von dir. Du kannst wirklich ausgezeichnet zeichnen», begeistert gab Nayara den Zeichnungsblock zurück. Seine mausgraue Jeans hatte er ordentlich ein Stück nach oben gekrempelt und seine mageren Knöchel waren zu sehen. Er hatte alte Turnschuhe an, schien sich jedoch nicht darüber zu beklagen.

«Findest du?», er musterte seine Zeichnung.

«Und wie», sie lächelte. Thomas lächelte zurück, dann gingen sie zusammen zum See, da Thomas ihr unbedingt zeigen wollte, wo er denn so zeichne. Der See war klar und ruhig. Nayara hatte vorhin noch gar nie bemerkt, dass es überhaupt einen See gab, was sie im Nachhinein sehr frustrierte.

«Kann man darin baden?», fragte sie, nachdem sie sich gemeinsam auf einen grossen, flachen Stein gesetzt hatten.

«Nun also, früher gingen oft Leute baden aber sie sind nie mehr zurückgekehrt», erklärte er und seine Stimme klang bedrückt.

«Was meinst du damit?», Nayara schien seine Beklommenheit nicht bemerkt zu haben.

«Das ist eine lange Geschichte», murmelte er und begann auf seinem Block herumzurätseln.

«Du musst sie nicht erzählen, wenn du nicht magst», meinte Nayara, stand auf und ging zum Ufer. Sie erkannte deutlich, dass im Wasser unzählige Algen und Moose sein mussten, da viel Grünzeugs zwischen den Kieselsteinen hängen blieb.

«Berühre das Wasser nicht!», schrie Thomas von hinten, als er bemerkt hatte, dass Nayara zum Ufer ging.
«Was ist denn mit dem Wasser?», fragte sie, ein wenig genervt.
«Man weiss es nicht. Es sieht wunderschön zum Baden aus.», Thomas rückte seine Brille zurecht und zog Handschuhe an, die er in seiner rechten Hemdtasche verstaut hatte.
«Das Wasser sieht klar und schön aus, was die Leute dazu bewegt, es zu berühren. Doch es ist mit einem Gift oder ähnlichem verseucht worden», erklärte er und liess das Wasser durch seine Hand tröpfeln.
«Wie hast du das herausgefunden?» Thomas holte tief Luft und schloss für einen Augenblick die Augen.
«Als Blessianna, meine elf Jahre ältere Schwester im See baden ging, und dann nie wieder auftauchte, hab ich mir geschworen, herauszufinden, weshalb. Ich habe mich mit ihr immer besser verstanden als mit Vianda, die immer das Gefühl hatte, sie müsse die Mutterrolle einnehmen. Wobei meine Mutter die ganze Zeit zuhause war, nur unfähig, auf uns zu achten.» Seine Stimme wurde ein leises Flüstern. Nayara sagte nichts, sondern versuchte ihn mitleidig anzuschauen.
«Vianda mochte dieses Dorf hier noch nie. Sie riskierte oft unsere Leben, indem sie den Wald verliess und in die Städte ging. Irgendwann fand sie jemanden, mit dem sie dann durchgebrannt ist.» Nayara war traurig. Sie selbst hatte ebenfalls keine einfache Zeit gehabt. Aber nachdem sie erfahren hatte, was Thomas durchgemacht hatte, sah sie ein, dass es ihr eigentlich ganz gut ergangen war.

«Wenn ich irgendetwas für dich tun kann…», begann sie leise und traute sich kaum, etwas zu sagen.
«Nein. Schon in Ordnung», er lächelte breit und zufrieden.
«Zieht dich das nicht total runter?», fragte Nayara entschlossen.
«Nein. Natürlich nicht», er grinste, «ich meine, es ist schon so lange her, ich war fünf!» Nayara gefiel es sehr, dass er so locker damit umgehen konnte. Auch wenn er ein bisschen chaotisch und verschupft war, mochte sie ihn sehr, da er ein zufriedener Mensch war.
«Was machst du mit *dem*?», ruckartig drehten sich Nayara und Thomas um. Lilly erschien und verschränkte mit rotem Kopf die Arme. Thomas sagte nichts.
«Komm schon Nayara. Du hast dir definitiv den falschen Typen ausgesucht», sie reichte ihr die Hand, doch Nayara nahm sie nicht.
«Ich suche mir selbst aus, wer der Richtige ist», sie lächelte Thomas an und er wurde rot. Lilly schnaubte wie ein wildes Pferd und trabte davon. Nayara und Thomas kicherten.
«Nun aber ehrlich», sagte er nachdem sie in ein kurzes Schweigen fielen, «du hättest ruhig mit ihr gehen können.» Nayara lachte.
«Glaubst du, ich würde freiwillig mit ihr befreundet sein wollen? Ich hab sie nicht einmal gekannt und sie behauptete bereist, wir wären Freunde», Thomas stimmte in ihr Lachen ein. Sie blieben gemeinsam beim See und unterhielten sich darüber, wie nervig Lilly sei. Später verabschiedeten sie sich voneinander und Nayara marschierte zurück zum Dorf. Thomas wollte nicht

mitkommen und blieb am See. Oben im Dorf kam der Junge, der ähnlich aussah wie Lilly auf Nayara zu. Sie versuchte ihn zu ignorieren und an ihm vorbei zu gehen doch er hielt sie am Oberarm fest.
«Was soll das?», fragte Nayara empört und sah ihn angewidert an.
«Du lässt meine Schwester in Ruhe!», mahnte er.
«Ich habe nicht die Absicht, dies zu tun, solange sie sich nicht von mir fernhalten kann», sagte Nayara gelassen und verschränkte die Arme.
«Sie wird sich nicht von dir fernhalten!», er hatte eine tiefe Stimme und seine dunkelgrünen Augen funkelten Nayara an.
«Gut, dann werde ich sie auch nicht in Ruhe lassen und die Sache wäre erledigt», sie marschierte davon und liess den Jungen alleine zurück. Sie wusste nicht, was sie noch genau tun sollte, also beschloss sie, einfach in die Hütte zu gehen. Da kam ihr wieder in den Sinn, dass sie eigentlich nicht draussen sein sollte und sich nicht vorstellen mochte, was Timela wohl wieder sagen würde.

Als sie an der rostigen Haustüre klopfte und vorsichtig eintrat, stand dort Timela, mit durchnässtem Gesicht und roten Augen.
«Wo zur Hölle bist du gewesen! Ich habe dir gesagt, du sollst nicht nach draussen gehen!», kreischte sie und griff sich an den Kopf. Nayara hatte sich immer noch nicht richtig daran gewöhnt, dass sie nun bei ihrer leiblichen Mutter lebte und sie tagtäglich zu Gesicht bekam.
«Ich war mit Freunden unterwegs», antwortete Nayara schliesslich, etwas zurückhaltend.

«Mit Freunden unterwegs!», Timela liess sich in den kaputten Sessel fallen.
«Ja. Also eigentlich mit einem Freund. Er heisst Thomas. Er wohnt unten bei –«, sie schwieg als Timela laut und deutlich «Genug! Genug!» rief.
Arnold lehnte gemächlich an der Wand, seine Arme verschränkt und begutachtete die Szene. Timela schien in wenigen Augenblicken in sich selbst zu zerfallen.
«Tut mir leid», murmelte Nayara leise und erhaschte einen Blick auf ihren Vater, der nicht viel gesprochen hatte, seitdem sie zurückgekehrt war. Nayara liess ihre Mutter schluchzend im Sessel zurück und betrachtete erneut das Bild ihrer Familie. Sie spürte die gehässigen Blicke von Arnold in ihrem Rücken und drehte sich deshalb rasch um.
«Wer sind diese Leute, mit den blonden Haaren?», fragte sie ihn, da Timela noch immer wütend war.
«Nun… das sind Freunde unserer Vorfahren. Genauer gesagt, von Elmedera und Clewin», sagte er ruhig und bewegte sich nicht.
«Und…», Nayara war neugierig und betrachtete weiter das Bild.
«Und gibt es von diesen Freunden hier… auch einen Stammbaum?», fragte sie behutsam.
«Gewiss sicher. Nur, ich habe ihn nicht», er wendete sich ab und holte eine Zeitung die auf einem Tisch lag. Nayara erkannte, dass die Zeitung schon seit Jahren dort gelegen haben musste.
«Wie hiessen sie?», fragte sie noch, bevor Arnold sich in die Zeitung vertiefte, wobei sie sich sicher war, dass er sie schon zum x-ten Mal gelesen hatte. Denn sie wusste

von David, dass man während dem Zeitunglesen nicht gerne gestört wurde.
«Faith und Peter», warf er ihr trocken zu und Nayara begriff, dass sie keine weiteren Fragen mehr stellen sollte. Sie dachte scharf nach. Sie wollte wissen, wie es mit dieser Familie zu und hergegangen war, auch wenn sie noch nicht einmal alles über ihre eigene Familie wusste. Sie hatte irgendwie ein flaues Gefühl im Magen, dass etwas mit dieser Familie nicht stimmte, nur wusste Nayara nicht, was. Sie nahm sich vor, sobald als möglich zu Thomas zu gehen und ihn zu fragen, ob er etwas wusste. Sein Verhalten war ungeschickt doch sein Kopf dafür das Gegenteil.
Timela hatte sich schlafen gelegt und Arnold las die Zeitung zum zweiten Mal, diesmal von rechts nach links. Nayara stand da und sah zu ihren Eltern.
«Ich gehe jemanden besuchen», sagte sie und öffnete die Tür. Arnold sauste zu ihr und hielt sie am Oberarm fest. Seine dunklen Augen funkelten sie an.
«Du bleibst *hier*», er liess sie los und humpelte zurück in einen Stuhl. Es dauerte knapp zehn Minuten, bis er eingenickt war. So leise wie sie konnte, öffnete Nayara die knarrende Tür und huschte hinaus als sie genügend Platz hatte, durch den Spalt zu gleiten. Draussen war es bereits dunkel, es hatte keine Sterne und keinen Mond am Himmel. Sie ging auf Zehenspitzen weil sie befürchtete, jemand könnte sie hören. Der Wald, der tagsüber smaragdgrün leuchtete, war in der Nacht rabenschwarz. Sowohl die Blätter, als auch die Stämme. Sie hatte die Hoffnung bereits aufgegeben, jemanden zu treffen, doch genau in diesem Moment erschien ein heller, fast

blendender Punkt, tief im Wald. Ein Lächeln breitete sich auf Nayaras Gesicht aus und sie rannte los. Als sie angekommen war, standen da Penelope und Grame. Zu ihrem Entsetzen war Lillian ebenfalls dabei.
«Ist etwas?», fragte Nayara als sie die verängstigten Gesichter von Lillian und Penelope sah.
«Nayara», begann Grame ruhig und schien sich wieder beruhigt zu haben, da er sich zuvor am Nachmittag merkwürdig verhalten hatte, fand Nayara.
«Du musst mir nun gut zuhören», er wartete, bis sie ein Zeichen von sich gab. Dann nickte sie.
«Es gibt jemanden, vor dem du dich fürchten musst», seine Stimme wurde leiser.
«Fürchten? Von meinem Vater vielleicht?», fragte sie und grinste, doch niemand grinste mit.
«Nein. Es gibt jemanden, der in deiner Welt lebt, jedoch nicht als Mensch», er warf einen kurzen Blick auf Penelope, die unruhig mit ihren Hufen scharrte.
«In meiner Welt, aber kein Mensch?», ungläubig zog sie die Augenbrauen hoch.
«Richtig.» Nayara verstand nicht, was genau Grame ihr sagen wollte.
«Ich verstehe nicht…», sagte sie.
«Es ist schwer, es dir verständlich zu erklären…», er war besorgt und das fiel Nayara sofort auf.
«Versuch es einfach», rief sie, doch dies half nicht weiter.
«Deine Mutter», begann er, «wie geht es ihr?» Nayara zögerte.
«Nun… Ich weiss nicht… sie hat sich schon ein wenig merkwürdig in letzter Zeit verhalten», gab sie zu und lächelte schwach.

«Ich habe es befürchtet...», seine Geheimnistuerei ging Nayara langsam auf die Nerven.
«Könntet ihr nicht mal sagen, was überhaupt vor sich geht?»
«Penelope, geh in den Wald und nimm Darrs mit. Achte darauf, dass sie nicht hindurch kommt», ohne auf Nayara zu achten eilte Penelope davon in den Wald.
«Lillian, verstecke dich dort, wo wir abgemacht haben. Die Zwillinge sollten ebenfalls dort sein. Wenn nicht, suche sie», auch Lillian hastete davon, ohne Nayara jegliche Aufmerksamkeit zu schenken. Mit verschränkten Armen baute sie sich auf.
«Ich möchte Antworten haben!», rief sie und funkelte Grame an.
«Es ist eine deiner Eigenschaften, Antworten zu wollen. Und ich werde sie dir geben.» Stille herrschte. Sie erwartete, dass Grame ihr nun alles erläutern würde, doch er sagte nichts.
«Was geht hier vor?», fragte sie ruhig.
«Nun, es gibt jemanden, der es auf dich abgesehen hat», sagte er angespannt.
«Ist ja gut und schön, aber ich verstehe nicht wer und warum und all das!», sie konnte sich nicht beherrschen und fuchtelte wild mit den Händen herum.
«Beruhige dich. Es wird dir nicht viel nutzen, wenn du mit deinen Händen umher fuchtelst.» Sie legte ihre Arme flach an den Körper. Wieder trat Stille ein, bis ein lautes Rascheln zu hören war. Grame hatte keine Sorge, da ihn sowieso niemand sehen konnte doch Nayara war nicht ganz so wohl zumute.

«Was zur Hölle machst du hier?», der Junge und Lilly kamen anmarschiert.
«Ich beschäftige mich nun mal gern im Wald», antwortete Nayara leicht durcheinander.
«Im Wald, hast du das gehört Travers?», fragte Lilly ihren Bruder und lachte grässlich.
«Travers? Dein Name ist Travers? Lilly geht ja noch in Ordnung aber hätten sich deine Eltern keinen besseren Namen bei deiner Geburt ausdenken können?», provokativ verschränkte Nayara erneut ihre Arme und funkelte Travers an. Er kochte vor Wut.
«Ach und dein Name soll besser sein?»; giftig trat er vor.
Nayara wollte gerade etwas erwidern als ihr Grame zuvorkam:«Dein Ernst? Frage lieber, was sie hier wollen, statt dich zu ärgern, welchen Namen er trägt". Sie schaute kurz nach hinten und wiederholte die Frage.
«Was wir hier wollen? Wir haben dich plappern gehört», antwortete Lilly genervt.
«Ihr seid mir zwei Kinder ihr. Sobald jemand plappert, muss man genau erfahren worum es geht, was? Tja leider, und das kann ich euch versichern, werdet ihr nie erfahren, worüber ich mit wem spreche», sie schnitt eine Grimasse und wendete sich wieder Grame zu, der schmunzelte.
«Aber ich», eine zittrige Stimme meldete sich links von Lilly und Travers bei den Bäumen. Nayara erkannte die Person nicht. Sie hatte schwarzes, filziges Haar, dünne Haut. Ihr Gesicht war zwischen all den Haaren verborgen. Die Kleider waren schmutzig und kaputt und glichen verwüsteten Lappen. Nayara wich zurück, Grame trat vor.
«Ich weiss alles über dich», sie lachte dreckig.

«Wer bist du überhaupt?», fragte Nayara und sah sie argwöhnisch an.
«Haha», machte sie und trat mit brüchigen Beinen vor. «Erinnerst du dich, als ich dir meine Adresse gegeben habe? Haha», sie stützte sich an einem Baum, um vor Lachen nicht umzufallen.
«Ich wollte dich nur dort haben, um dich zu töten», sie trat vor und als sie im Sonnenlicht stand, erkannte man ihre schlammige, hässliche Haut. Grame wies Nayara darauf hin, weiter zurückzutreten.
«Ich spüre dunkle Kraft… sehr dunkle Kraft», murmelte er und ging mit den Handflächen ausgestreckt und geschlossenen Augen langsam vorwärts.
«Ich erinnere mich daran», sagte sie leise, «aber das warst nicht du.» Die Gestalt lachte nur.
«Und wie ich das war. Haha», sie seufzte tief, «du hast mich nur nicht so gesehen, wie ich eigentlich bin.»
Niemand sagte etwas. Lilly und Travers stand die Angst ins Gesicht geschrieben.
«Lucia?», fragte Nayara sanft und Grame drehte sich zu ihr um.
«AAAH DU HAST ES ERFASST!», schrie sie und hielt die Hände in die Höhe. Danach war sie wieder ruhiger.
«Meine Meisterin hat mir befohlen, dir einen hübschen Besuch abzustatten. Vielleicht freust du dich ja», wieder setzte sie ihr grässliches, dreckiges Lachen auf.
«Ja. Unglaublich», Nayara rollte die Augen und musterte sie.
«Was ist mit dir geschehen?», fragte sie als Lucia an einem Baum schnüffelte.

«Gar nichts! Mit mir ist gar nichts geschehen! Kannst du dir vorstellen wie anstrengend es war, diese hässliche Menschengestalt zu halten?»
«Nein», wieder trat Stille ein. Lilly und Travers waren nahe daran, zwischen den Bäumen zu verschwinden.
«Aber was bist du?», fragte Nayara und sah sie an.
«Ich…», begann Lucia und ging mit brüchigen Schritten auf sie zu. Grame hielt sie hinter seinem Rücken, «bin eine Teufelswandlerin», sagte sie und grinste.
«Eine was?», Nayara sah Grame an, der den Kopf senkte.
«Teufelswandlerinnen sind Wesen, die sich selbst verloren haben und nichts mehr erkennen, ausser den Weg zum Teufel. Es gibt zu viel darüber, um dir jetzt alles genau zu erklären.» Nayara nickte und wendete sich wieder Lucia zu, die zu Travers und Lilly hinüber spähte.
«He, ihr zwei!», krähte Lucia und wies mit ihrer bald abfallenden Hand zu ihnen.
«Ihr zwei, ihr Hübschen, Süssen… Ihr kommt mit!», sie packte Lilly und Travers am Kragen. Danach lachte sie dreckiger als je zuvor und floss in sich zusammen, samt Lilly und Travers.
«Grüss deine Mutter von mir, hahaha!», waren ihre letzten Worte, bevor sie endgültig verschwand.

Das Mädchen mit den schwarzen Haaren

Arnold und Nayara kamen sich immer noch nicht näher. Er wies sie strikte ab und Nayara versuchte auch gar nicht mehr, ihm näher zu kommen. Timela blieb schwach in ihrem Sessel sitzen und David vergnügte sich mit einer hübschen Dame namens Rose. Nayara erinnerte ihn immer wieder daran, dass er immer noch verheiratet sei, doch er ignorierte sie.
Auch ihre Träume hatten aufgehört. Sie beschäftigte sich mit anderen Dingen und war entschlossen, dass sie von nun an keine verfluchten Träume mehr haben würde. So war es dann auch.
Heute hatte sie vor, Thomas zu besuchen. Sie wollte ihm von dem Erlebnis mit der Teufelwandlerin erzählen. Munter marschierte sie also hinunter zum See, als ihr ein grosser, schlanker Mann in Uniform entgegenkam.
«Guten Tag, ich bin von der Staatspolizei», sagte er mürrisch und holte einen kleinen Pass hervor, indem sich eine goldene Marke befand.
«Okay», antwortete Nayara und wollte an ihm vorbeigehen. Sie mochte Polizisten noch nie. In der Schule kamen sie auch hie und da vorbei, um sie zu untersuchen, da man glaubte, sie leide unter einer unbekannten Erkrankung.
«Nicht so schnell, meine Dame», sagte er und sie blieb stehen. Genervt drehte sie sich zu ihm um und verschränkte die Arme.
«Bitte?», fragte sie und tippelte mit dem linken Fuss auf und ab.

«Ich werde sämtliche Bewohner dieses Dorfes zu einer Anhörung auffordern, die mit dem Verschwinden von Lilly und Travers Force zu tun haben»
«Woher wollen Sie wissen, dass ich daran beteiligt war?», fragte Nayara und gähnte gelangweilt.
«Es spielt keine Rolle, ob Sie daran beteiligt waren. Mir wurde der Befehl erteilt, einige Bewohner zu verhören.»
Sie sagte nichts. Der Polizist blieb stehen und wartete, ob sie vielleicht etwas sagen wollte. Dann sagte sie: «Ist das erlaubt? Einfach Leute zu verhören?»
«Es geht Sie nichts an, was bei der Polizei erlaubt ist und was nicht. Morgen wird jemand vorbeikommen, um mit Ihnen das Verhör zu besprechen. Schönen Tag noch», er lupfte seinen Hut und stampfte davon, auf eine Frau zu, die den Boden fegte. Nayara sah ihnen noch zu, bevor sie dann schnurstracks zu Thomas eilte. Am See war es kühler als oben im Dorf. Nayara sah sich um doch da war kein Thomas. Sie ging am See entlang und fand in der Nähe eine kleine Hütte. Sie klopfte mehrmals daran.
«Wer ist da?», fragte eine brummige Stimme und öffnete die Tür einen Spalt breit.
«Nayara», antwortete sie und versuchte einen Blick in die winzige Hütte zu erhaschen.
«Ach so», erleichtert wurde die Tür geöffnet und Thomas erschien in einem Pyjama.
«Bist du soeben aufgestanden?», fragte Nayara und musterte sein blau kariertes Pyjama.
«So in der Art», antwortete er und gab ihr ein Glas mit frischer Milch.
«Hast du eine Kuh?», fragte sie und grinste, als sie einen Schluck von der köstlichen kalten Milch trank.

«Nein. Aber oben im Dorf kenne ich eine Frau, Miss Wooler, die heimlich Kontakt nach draussen hat und so alle zwei Wochen literweise Milch geschickt bekommt», er schlug sich heftig auf den Mund, als ihn Nayara verwirrt ansah.

«Versprich mir, dass du das niemandem erzählst. Sie wird grosse Schwierigkeiten bekommen, wenn es jemand erfährt», bettelnd faltete er seine Hände zusammen.

«Keine Sorge, niemand wird davon erfahren», sie zwinkerte ihm zu und schwieg.

«Sag mal», begann Nayara als sie ihr Glas geleert hatte, «weshalb dürft ihr keinen Kontakt nach aussen haben? Ich habe das noch nie begriffen.» Thomas schluckte. Er wusste nicht, wo er anfangen sollte.

«Nun also, unser Dorf wird schon lange in einem Tal verborgen gehalten», er klang nicht sehr begeistert.

«Meine Schwestern haben mir immer erzählt, dass einmal ein Mord stattgefunden hatte.» Nayara wusste, von welchem Mord die Rede war.

«Aber das ist doch kein Grund. Ich meine, ausserhalb von hier werden doch auch andauernd Leute umgebracht. Das macht doch keinen Unterschied», sie rollte mit den Augen und schenkte nochmal Milch ein.

«Ja, schon», sagte Thomas, «aber anscheinend wollte man den Mord verstuschen. Man hat Wachen an den Eingang postiert, sodass niemand mehr hinein kann.» Auch mit ihnen hatte Nayara schon Bekanntschaft gemacht, als sie mit Mr. Tondus und ihrem Pflegevater das erste Mal hier eintrafen.

«Für mich ergibt das alles keinen Sinn. Hast du von Lilly und Travers gehört?», fragte sie und Thomas schien ein wenig verwirrt nach diesem abrupten Themawechsel.
«Ja. Ich kann nicht behaupten, dass sie es verdient hätten, ganz ehrlich. Aber ich mochte die beiden nie», gab er zu und auf seiner Oberlippe bildete sich ein weisses Rändchen.
«Ich auch nicht, aber weisst du, ich war dabei, als sie verschwunden waren.» Thomas stellte schockiert sein Glas hin und sah sie mit riesigen Augen an.
«Du musst der Polizei davon erzählen! Die müssen wissen, was vorgefallen war!», rief er doch Nayara schüttelte langsam den Kopf.
«Das geht nicht. Niemand wir mir glauben, was passiert ist», sie seufzte und sah ihn an.
«Weshalb denn nicht? Es muss doch eine einfache Erklärung dafür geben. Irgendeinen Entführer oder ähnliches», er schien ziemlich aus dem Häuschen zu sein.
«Überleg doch mal; Wenn es ein Entführer gewesen wäre, hätte er mich doch bewusstlos oder so geschlagen, damit ich nicht weiss, was passiert war. Er hätte mich bestimmt nicht einfach so davonkommen lassen», Thomas musste zugeben, dass Nayara recht hatte.
«Kannst du mir erzählen, was passiert war?», Nayara sah ihn an und er sah sie an. Sie wusste nicht recht, was sie darauf antworten sollte. Noch nie hatte sie irgendjemandem von ihrer Gabe erzählt. Nur David und Alice wussten davon, da sie sie oft suchen mussten, wenn sie die Schule schwänzte. Nayara sagte einen Moment lang nichts. Wie würde Thomas reagieren? Würde er sie auslachen und sie für verrückt halten, wie alle anderen?

Würde er sauer sein und Angst bekommen? Sie seufzte. Thomas sah sie an und senkte den Kopf.
«Du musst nicht, wenn du nicht magst», sagte er dann und sie schaute hoch.
«Doch. Ich werde es dir erzählen», sie nahm einige tiefe Atemzüge und begann dann zu erzählen. Sie liess vorerst den Teil mit Grame aus und erzählte nur den Part, als Lucia erschien.
«Also... ist eine alte Schulkameradin von dir, die eine Teufelswandlerin ist, dir gefolgt ist bis hierher nach Irland, im Wald erschienen ist und Travers und Lilly mitnahm?», wiederholte er, um zu sehen. ob er alles richtig verstanden hatte.
«Ich weiss, du glaubst mit nicht», sagte sie enttäuscht und trank ihr Glas zum dritten Mal leer.
«Es gibt da noch mehr», sagte sie, als Thomas eben seinen Mund wieder öffnen wollte.
«Ich war zuvor allein – das heisst, mit einem Freund, den niemand sehen kann ausser mir – im Wald. Wir haben uns unterhalten und dann tauchte Lucia auf. Weisst du Thomas», eröffnete seinen Mund doch Nayara hob die Hand, «ich kann mit Adam reden, ein alter Freund der gestorben ist und ich kann eine Welt betreten, von der andere nicht einmal träumen können.» Stille herrschte. Thomas' Augen glänzten und eine Träne kullerte langsam seine rechte Wange hinunter. Nayara sah tief in ihr Glas und bemerkte es nicht.
«Weisst du», begann er schluchzend, «meine Mutter konnte das auch.» Sie sah hoch, erkannte die Trauer, die Thomas litt und eilte zu ihm hinüber.

«Es tut mir leid, ich wollte dich nicht an sie erinnern!», Nayara entschuldigte sich noch einige Male, bis Thomas schliesslich die Hand hob.
«Keine Sorge», er lächelte wieder und Nayara bewunderte seine Kraft, so locker mit diesem Verlust umgehen zu können.
«Was ist mit ihr passiert?», fragte sie vorsichtig und sah ihn ernst an.
«Sie hatte die gleiche Gabe wie du. Meine Schwestern und mein Vater hielten sie immer für verrückt, weshalb mein Dad sie dann auch verlassen hatte. Doch ich fand es interessant und blieb bei ihr. Sie erzählte mir immer wieder, dass ich in Gefahr sei, wenn ich bei ihr bliebe und ich mit meinem Vater oder meinen Schwestern gehen solle, doch ich wollte nicht. Ich blieb bei ihr. Sie erzählte mir, dass ich mich in Sicherheit bringen sollte, damit sich ihr Fluch nicht auf mich überträgt»
«Einen Fluch?»
«Ja. Sie erklärte mir, dass wir alle – meine Schwestern, mein Dad, meine Mutter und ich – zusammen sein sollten, ansonsten stirbt sie. Ich wusste, dass mein Vater entweder tot oder schon längst irgendwo im nirgendwo war. Eine Schwester starb im See und die andere reiste die ganze Zeit in die Aussenwelt, bis sie dann mit irgendeinem Typen durchbrannte. Ich erklärte dies meiner Mutter, sie seufzte nur und murmelte irgendetwas, aber ich weiss nicht mehr was. Danach lag sie tagelang in ihrem Sessel und rührte sich kaum noch. Ich wusste nicht, was ich machen sollte und dann, als ich ihr einen Tee bringen wollte, zack, erschien eine Gestalt aber ich erkannte sie nicht. Sie schlich vor meine Mutter und sie

schrie laut, danach war sie tot. Die Gestalt schlich dann zu mir. Ihre Haut war grau und fahl, die Augen rabenschwarz. Mir kam es so vor, als hätte ich die Kindheit der Gestalt mit eigenen Augen gesehen doch bevor irgendetwas anderes passierte, stand unser Schamane im Türrahmen und wuschelte etwas, ich wurde ohnmächtig und als ich aufwachte, lag ich bei Ervos im Zimmer.» Nayara sah ihn an. Sie erinnerte sich wie Grame zu ihr sagte: *Es gibt jemanden, vor dem du dich fürchten musst* und *Jemand, der in deiner Welt lebt, jedoch nicht als Mensch*. Sie hoffte nun, dass es nicht diese Gestalt sein würde, von der Thomas soeben gesprochen hatte.
«Ich muss Grame sprechen!», sagte sie dann, bevor Thomas fragen konnte, ob alles in Ordnung sei, da sie plötzlich ziemlich bleich aussah.
«Wer?», Nayara sprang davon und rannte die Hügel hoch ins Dorf.
«Grame! Ihm gehören alle Wälder und –«, sie verschluckte sich und rannte weiter. Thomas hintendrein.
«Nayara stopp mal kurz!», er beugte sich vor und atmete schwer.
«Du musst mir erklären…», keuchend schaute er kurz hoch, sein Kopf war purpurrot.
«Grame ist das Oberhaupt der Zwerge. Er – er hilft mir immer und er hat gestern versucht mir etwas zu erzählen, doch ich begriff es nicht und jetzt, ich glaube, ich weiss was los ist!», sagte sie und schaute sich im smaragdgrünen Wald um, welchen sie mittlerweile erreicht hatten. Nichts regte sich. Die Blätter wehten

gemächlich im Wind und ein Eichhörnchen nagte an Eicheln.

«Nayara?», eine tiefe Stimme erklang.

«Grame!», schrie Nayara und rannte zu ihm. Er stand zwischen zwei dicken Bäumen.

«Endlich! Ich weiss was los ist. Thomas hat mir von seiner Mutter erzählt und von der Gestalt, die sie getötet hatte».

Grame lächelte, sagte jedoch nichts. Er ging rüber zu Thomas und hielt seine Hand.

«Er kann dich nicht sehen», flüsterte Nayara, obwohl sie sicher war, dass Grame das wusste.

«Er könnte es, selbstverständlich», sagte er und Nayara war überrascht.

«Aber ich habe es blockiert», fügte er hinzu, als er das überrasche Gesicht von Nayara sah.

«Nayara was ist los?», fragte Thomas, als er sie sprechen sah.

«Wieso?», fragte sie, ohne Thomas zu beachten.

«Er würde es nicht lange überleben. Er hat keine Familie mehr und somit niemanden, mit dem er einen Liebesbann erstellen kann», sie sah entsetzt aus.

«Nayara?», fragte Thomas erneut.

«Ich werde es dir später erklären», antwortete sie und es war ein merkwürdiges Gefühl, mit zwei Personen aus zwei verschiedenen Welten gleichzeitig zu sprechen.

«Was bedeutet das?», fragte sie.

«Jeder Mensch besitzt eine Familie, die ihn liebt und beschützt. Mr. und Mrs. Henderson wurden benachrichtigt, als du zu ihnen kamst, dass sie dich nie fortschicken dürfen, weil du sonst sterben würdest. Du

besitzt eine Gabe, die nur wenige Menschen besitzen. Es gibt jemanden, der dich dafür töten würde und das ist die Gestalt, die Thomas erwähnt hatte.»
«Schon... aber was hat es mit diesem Liebesbann auf sich? Ich könnte doch für Thomas einen machen!», erfreut hoffte sie auf ein «*Ja*» oder ein «*Gute Idee*», doch Grame schüttelte langsam den Kopf.
«So einfach ist es nicht. Du gehörst nicht zu seiner Familie und das ist der entscheidende Punkt. Ein Liebesbann muss mit der eigenen Familie geschworen werden und das tut man, wenn man seine Familie liebt und ihr nahesteht», Nayara dachte nach und fuhr sich durch die fettige, dunkle Mähne.
«Ich stehe meinem Vater nicht sehr nahe», sagte sie langsam und ihr wurde unwohl zumute.
«Richtig. Genau deswegen wollte ich dich gestern sprechen. Du musst deinem Vater so schnell als möglich näherkommen», mahnend hielt Grame Thomas' Hand immer noch fest.
«Aber was, wenn das nicht funktioniert?», fragte sie und Thomas meldete sich wieder zu Wort.
«Nayara, deine Worte sind nicht sehr beruhigend», flüsterte er und verzog seinen Mund.
«Wie gesagt, ich erzähle es dir nachher», gab sie zurück und er schwieg.
«Es muss. Ansonsten wird dir dasselbe wiederfahren wie einst Wendy», Grame klang besorgt.
«Wendy hiess sie?», fragte Nayara und schaute zu Thomas, der seinen Kopf senkte.

«Es geht nicht um sie, Nayara. Thomas hat dir erzählt, was sie ihm erzählt hat und was ihr wiederfahren ist. Du musst endlich deinen Vater dazu bringen, dich zu lieben».
«Ich dachte, man kann niemanden zwingen, jemanden zu lieben», entgegnete Nayara. Grame nickte widerwillig. Er wusste, dass sie Recht hatte und es gefiel ihm nicht.
«Was ist mit meiner Mutter los?», fragte Nayara und dachte, wie sie mit Schmerzen und Schreien in ihrem Sessel sass und Nayara nichts tun konnte.
«Sie wird gefoltert». Geschockt stand Nayara da, den Mund offen und die Augen mit Tränen gefüllt.
«G-gefoltert?», wiederholte sie ungläubig. «Von wem?»
«Amorta», mit besorgter Miene schaute Grame zu Thomas und senkte den Kopf. Der stand nun genauso geschockt da.
«Wer ist sie? Ich gehe zu ihr und sag ihr, sie soll gefälligst aufhören, meine Mutter zu foltern!», schrie sie und Thomas schlug sich die eine Hand vor den Mund, die andere konnte er nicht bewegen.
«Davor würde ich dir abraten, Nayara. Sie ist die Frau, die einst Wendy und noch viele andere Opfer getötet hat. Und nun will sie dich töten», seine Stimme war ruhig.
Obwohl Nayara wusste, dass jemand sie töten wollte, war sie komischerweise nicht nervös oder verängstigt.
«Nun, also gut. Dann soll sie eben kommen und ich... ich –«, sie brach ab, denn sie wusste nicht, was sie danach tun würde. Sie besass nichts, was sie gegen sie verwenden konnte.
«Warum zur Hölle tötet sie überhaupt!», rief sie und fuhr sich an den Schläfen durch das Haar.

«Die Antwort auf diese Frage dauert zu lange, um sie dir jetzt zu erklären. Ruh dich aus, hilf deiner Mutter, komm deinem Vater näher und erkläre Thomas, was ich dir erklärt habe», bevor er fortfuhr, wartete Grame auf ein Zeichen, dass Nayara verstanden hatte. Schliesslich nickte sie heftig.

«Und noch etwas», immer noch hielt er Thomas' Hand, «achte darauf, dass dein Freund nie unsere Welt zu Gesicht bekommt. Er wäre tot, bevor er *Nayara* sagen könnte», sie schluckte und sah zu, wie er sich zu einem moosigen, grauen Stein zusammenrollte und ruhig liegen blieb. Thomas schüttelte sich, als Grame seine Hand los lies.

«Gut, ich kann dir alles erklären», sagte Nayara und schaute zum Stein herab, der ruhig neben Thomas lag.

«Super! Es wurde immer schlimmer zu hören, was du sagtest!», Nayara konnte sich nicht vorstellen, wie es sein musste, da zustehen und zuzusehen, wie jemand mit jemandem redet, ohne ihn selbst sehen zu können. Als Nayara Thomas alles erzählte und erklärte, war er ziemlich enttäuscht, dass ihm kein Zutritt gewährt wird.

«Es tut mir leid, aber es ist wirklich besser so», sagte sie tröstend und legte ihm den Arm um die Schulter.

«Ich hab Grame vorgeschlagen, mit dir den Liebesbann zu machen, aber ich gehöre nicht in deine Familie», sagte sie und das munterte ihn ein wenig auf.

«Das hättest du getan?», fragte er mit einem Lächeln.

«Gewiss sicher.» Sie gingen zusammen aus dem Wald.

«Also müssen wir nur noch herausfinden, weshalb Amorta dich töten will», meinte er, als sie den Waldrand erreichten und sich verabschiedeten.

«Genau. Vielleicht gehe ich nochmals zu Grame um ihn –
«
«Komm schon Nayara, ich will mich dabei beteiligen können und nicht nur hören, was du zu sagen hast», er verschränkte die Arme.
«Ja, schon… aber wir werden nie etwas rausfinden, wenn wir ihn nicht fragen», murmelte sie und sah ihn mitleidend an.
«Weisst du, dein Freund hat doch erzählt, dass es nicht nur ein Opfer gab», sein Mund verwandelte sich in ein Lächeln.
«Ja, dass nehme ich an. Sonst gäbe das Ganze nicht viel Sinn», antwortete sie und Thomas machte hastige Bewegungen, dass sie doch schweigen sollte.
«Hier im Dorf leben Leute, die schon wirklich SEHR viel erlebt haben. Vielleicht wissen die ja einiges über einige Mordfälle. Ich bezweifle nämlich, dass es hier in Hyperville nur einen einzigen Mord gab»,
«Der von Milads Miller», flüsterte sie.
«Was?»
«Ach, gar nichts.»

Die Reise

Die Tage verstrichen und Nayara hatte immer noch nicht herausgefunden, was Amorta genau wollte, weshalb ihre Mutter gefoltert wurde und ihr fiel immer wieder ein, dass sie eigentlich noch herausfinden wollte, wer die zwei blonden Personen waren, die auf dem Familienfoto von Nayaras Vorfahren waren. Ihr kamen nur Lilly und Travers in den Sinn, doch die waren nicht mehr. Sie wusste nicht, wo sie waren doch die Wahrscheinlichkeit, dass sie zurückkommen würden war sehr gering.
«Mum?», fragte sie vorsichtig, als sie ihrer Mutter einen starken Kaffee brachte, den sie sich gewünscht hatte. Timela sagte nichts. Sie starrte ihre Tochter mit blutunterlaufenden Augen an.
«Es tut mir leid», flüsterte Nayara und reichte ihr den Kaffee, den die Mutter kurz darauf fallen liess. Es schepperte und der Kaffee fiel zu Boden. Timela richtete sich auf, um aufzuwischen doch Nayara drängte sie zurück.
«Ich mach das schon», sagte sie, eilte in die Küche und schnappte sich einen kaputten Lappen, mit dem sie aufwischte.
Im selben Moment erschien Arnold zwischen dem Türrahmen und glotzte auf Nayara herab, wie sie den Boden wischte.
«Hast du das angerichtet?», fragte er mit kalter Miene.
«Nein. Mum hat ihn aus Versehen fallen lassen», antwortete sie und Timela zwang sich zu einem Lächeln.
«Dad?», fragte Nayara bevor er wieder aus dem Haus verschwand.

Er schaute sie an und gab ihr Zeichen, weiterzusprechen.
«K-kannst du mir etwas versprechen?», fragte sie vorsichtig und hielt den tropfenden Lappen ein wenig von sich entfernt. Dunkelbraune Tropfen tröpfelten hinunter.
«Was?», kalt hielt er die Hand am Türgriff und schien nur darauf zu warten, endlich das Haus zu verlassen.
«Mum ist nicht krank... Du darfst sie nicht verlassen», sie war zu leise, dass er sie hätte verstehen können.
Brummend drückte er den Griff hinunter und verschwand.
«Ich werde ihn überzeugen», schwor sie ihrer Mutter, die einsam lächelte.
«Alles wird gut. Ich kann es fühlen», sie warf den Lappen in die Küche und nahm die Hände ihrer Mutter. Immer noch war ein schönes Lächeln auf ihrem Gesicht zu sehen.
«Ich werde herausfinden warum es dir so ergehen muss, aber du wirst es schaffen», ihr Mutter lehnte zurück.
«Soll ich Ervos holen? Er würde bestimmt alles sofort wieder in Ordnung bringen», schlug Nayara vor, doch ihre Mutter schüttelte heftig den Kopf, sodass sie danach Kopfschmerzen bekam. Sie wies mit ihren zittrigen Fingern auf einen dunklen Brief, der neben einer erloschenen Kerze lag. Nayara öffnete ihn und las:

Mrs. Lynch

Sie müssen sich nicht wundern, dass es Ihnen so ergeht. Sie wissen, was wir wollen und Sie können es uns besorgen, ohne dass es irgendjemand erfahren muss. Wir haben Sie gewarnt. Doch so dumm wie Sie waren, weigerten Sie sich, unseren Befehlen Folge zu leisten. Beklagen Sie sich keineswegs bei jemandem, denn es ist Ihre Schuld. Wenn Sie Hilfe holen oder jemanden auffordern, Ihnen zu helfen, werden sie auf der Stelle getötet.

Mit freundlichen Grüssen

Nayara begriff nicht, was das sollte. Wie sie ihre Mutter kannte, hätte sie keinem etwas angetan.
«Von wem ist dieser Brief?», fragte sie ernst und las ihn nochmals durch. Doch da ihre Mutter die Stimme verloren hatte, konnte sie ihr nicht antworten.
«Was konntest du nicht besorgen, was dich in diesen Zustand versetzte?», fragte sei weiter, immer noch ernst und konzentriert. Ihre Mutter hob den Kopf und sah sie an. Danach wanderten ihre knochigen Finger auf Nayara zu.
«Mich», sagte Nayara ruhig und überlegte, von wem der Brief sein könnte. Lucia hätte ihn schreiben können, als sie noch in normalem Zustand war, aber es klang nicht so, als hätte es eine junge Person geschrieben. Sie sah ihre Mutter an, sagte, dass sie zu Thomas gehen wollte. Sie nickte schwach.
Thomas war eben dabei, das Wasser erneut zu analysieren und zu testen. Nayara erschien mit dem Brief und er lächelte ihr herzlich zu.
«Was hast du denn mitgebracht?», fragte er, legte seine riesige, glasige Schutzbrille beiseite und warf die Handschuhe durch das offene Fenster in seine Hütte.

«Einen Brief. Er ist an meine Mutter gerichtet. Sie weiss, von wem er ist, aber sie hat ihre Stimme verloren», sagte sie, ein wenig keuchend, da sie sich beeilt hatte.
«Oh, das tut mir leid. Wünsch ihr gute Besserung von mir», er lächelte und nahm den Brief entgegen, um ihn zu lesen. Nayara wusste, dass ein «*Gute Besserung*» ihrer Mutter kaum helfen würde. Dennoch schätzte sie die Herzlichkeit von Thomas.
«Puh, das klingt ganz schön ernst. Aber wer schreibt schon sowas?», empört gab er den Brief Nayara zurück. Sie zuckte mit den Achseln und faltete ihn sorgfältig, so dass er in ihre Hosentasche passte.
«Ich muss ihn Grame zeigen», sagte sie und starrte auf den Boden. «Ich weiss, du willst dabei sein, aber ich habe keine Zeit, es selbst herauszufinden. Ich brauche Hilfe.»
Thomas schaute sie an. Er nahm ihre rechte Hand und sagte: «Wir schaffen das, ja? Hör mir zu. Wir wissen, dass Lucia eigentlich eine scheussliche Bestie ist und für diese Amorta arbeitet. Warum sollte es nicht noch mehr geben, die mit ihr zusammen arbeiten?», fragte er und liess Nayaras Hand los.
«Erinnere dich an irgendetwas», flüsterte er und Nayara schloss die Augen.
«Ich erinnere mich», leise setzte sie sich auf einen feuchten Stein. «Damals in Frankreich kam jemand, um mich hierherzubringen. Er wollte mich so dringend hierher bringen, dass er kaum geschlafen hatte», sie murmelte leise vor sich hin und starrte auf das Wasser. Es glitzerte schön im Sonnenlicht.
«Wer war dieser Jemand?», Thomas warf kleine Steinchen ins Wasser, die sofort versanken.

«Er heisst Niel Tondus», antwortete Nayara.
«Niel Tondus?»
«Ja. Ist etwas falsch an dem Namen? Schon als ich hier angekommen bin, starrten mich alle an, als ich den Namen erwähnte.» Thomas sah sie an.
«Blessianna hat mir erzählt, dass er hier war, als du auf die Welt gekommen bist. Selbstverständlich war ich damals erst ein Baby, aber sie fand, ich sollte davon erfahren», er lächelte und begann zu zeichnen.
«Er war hier, als ich auf die Welt gekommen bin?», wiederholte Nayara und ihr fiel wieder ein, dass Mr. Tondus einmal gesagt hatte, dass sie schön gewachsen sei, seit er sie das letzte Mal gesehen hatte.
«Jetzt passt alles zusammen. Er kannte mich, als er in Frankreich war, obwohl ich ihn noch nie gesehen hatte», stellte sie fest und erhob sich.
«Wir müssen zu ihm», entschlossen marschierte sie hoch zum Dorf.
«Nayara warte!», rief Thomas und eilte hinterher.
«Du kannst nicht einfach zu ihm gehen. Weisst du denn, wo er ist?», fragte er und verschränkte die Arme.
«Nein. Aber wir werden ihn sicher finden», sie klang überzeugt und ging los. Thomas seufzte und trottete hinterher. Im Dorf waren wie üblich wenige Leute zu sehen. Herr Hellrich, ein alter Mann, der einen Pferdestall besass, schritt mit seinem kräftigen Ardenner ins Dorf. Er war einer der einzigen, die die Befugnis hatten, das Tal zu verlassen.
«Guten Tag Herr Hellrich», begrüsste ihn Nayara freundlich und er hob seinen Hut.

«Tag, Nayara», er lächelte und brachte den Ardenner zum Stehen.
«Was verschafft mir die Ehre?», sein Pferd schnaubte und scharrte mit den Hufen.
«Nun...», sie wusste nicht recht, wie sie beginnen sollte, «könntest du uns rausbringen?» Niemand sagte etwas.
«Du weisst bestimmt, dass es für dich und deinen netten Kameraden nicht erlaubt ist, das Tal zu verlassen», sagte er brummig und wollte weiterkutschieren.
«Jaah. Aber es ist wirklich wichtig», sagte sie und rannte neben der einfachen Kutsche her.
«Also gut, steigt auf. Ich bringe Jess noch kurz auf die Weide zurück.» Thomas und Nayara sprangen auf die Kutsche, Herr Hellrich wedelte mit den Zügeln und Jess begann im schnellen Trab, durch das Dorf zu traben.
Als die Kutsche Halt machte, standen sie auf einem Hügel. Nayara war noch nie zuvor hier gewesen.
«Wo sind wir hier?», fragte sie und sah sich neugierig um.
«Wir sind hinter dem *Forest oft the Green Forgetfulness»,* Nayara und Thomas schauten sich an.
«Hinter dem *was?»*, Herr Hellrich grinste.
«Du nanntest ihn bestimmt den smaragdgrünen Wald oder ähnlich.» Sie nickte und Thomas grinste. Nayara war noch nie hinter dem Wald. Sie hatte überhaupt nicht gewusst, dass es hinter dem Wald noch weiter ging.
«Wie viele Pferde hast du eigentlich?», Thomas sah sich um und erkannte einen alten Pferdeschuppen unterhalb des Hügels. Dahinter war eine riesige Wiese eingezäunt, auf der unzählige Pferde weideten. Sie kutschierten weiter und Jess ging nur noch im Schritttempo. Die Luft

war kühl und angenehm. Die Sonne blendete am Himmel und das Geratter der Kutsche erinnerte Nayara an einen guten Film.

Am Schuppen angekommen, kam ihnen als erstes eine Frau entgegen, die Nayara schon einmal gesehen hatte. Sie war damals oben im Dorf am Boden fegen, als ein Polizist auftauchte.

«Guten Tag», sagte Nayara und lächelte. Die Frau nahm das Geschirr von Jess ab und brachte sie auf die Weide.

«Wir haben insgesamt siebenundsechzig Pferde», antwortete Herr Hellrich stolz.

«Warum so viele? Drei oder so täten es doch auch», bemerkte Thomas und spähte an einer Ecke des Schuppens vorbei, um einen Blick auf die Weide zu erhaschen.

«Das ist ja alles gut und schön. Aber könnten wir vielleicht einmal loskutschieren? Ich möchte heute noch draussen sein», sagte Nayara ungeduldig und tippte mit dem Fuss auf und ab.

«Gewiss. Meine Frau bringt noch rasch zwei Pferde, danach geht es los.» Es dauerte nicht lange bis Frau Hellrich wiederkam. Sie hatte zwei schöne Araberfriesen dabei. Das prächtige Schwarz glänzte in der Sonne.

«Bereit?», fragte Herr Hellrich, als die beiden Pferde vor der Kutsche standen. Nayara und Thomas hüpften hinauf und bald darauf spürten sie bereits wieder die kühlen Schatten der Bäume im Nacken.

«Warum wollt ihr denn so dringend hinaus?», fragte Herr Hellrich, als sie im Dorf ankamen.

«Wir müssen jemanden besuchen», antwortete sie und hatte keine grosse Lust mit Herr Hellrich darüber zu sprechen.
«Darf ich sie mal etwas fragen?», Thomas sah den Kutscher an.
«Nur zu mein Junge!»
«Was war damals genau passiert, als Milads Miller getötet wurde?», Nayara sah ihn erschrocken an. Sie hätte alles erwartet, aber nicht das. Herr Hellrich lebte schon seit geraumer Zeit in Hyperville und Nayara hoffte nun, dass Thomas keine unangenehme Antwort bekam.
«Bitte?», er schien ihn nicht richtig verstanden zu haben, oder er wollte der Frage ausweichen.
«Was genau mit Milads Miller geschah». Herr Hellrich konzentrierte sich stur auf die beiden Araberfriesen und antwortete nicht.
«Warum können sie die Frage nicht beantworten?», fragte Nayara mit ruhiger Stimme.
«Ich war zu jenem Zeitpunkt nicht im Dorf», er klang beunruhigt und nichts schien mehr so locker zu sein, wie soeben.
«Wo warst du dann?» Die Stimmung wurde angespannt. Herr Hellrich schien es keineswegs zu gefallen, diese Diskussion mit den zwei Teenagern führen zu müssen. Er schnaubte und sagte schlecht gelaunt: «Warum wollt ihr zwei das so dringend wissen? Es geht euch überhaupt nichts an.»
«Nur so», antwortete Nayara und dachte daran, dass sie noch nach draussen kommen wollte, bevor es sich Herr Hellrich anders überlegte. Den Rest der Fahrt verbrachten sie schweigend. Nur die Hufe der beiden Friesen waren

zu hören und die Räder der Kutsche, wie sie über Steine und Erde ratterten.
Als sie endlich den Waldrand erreichten, stiegen Nayara und Thomas von der Kutsche hinunter. Herr Hellrich hatte nicht vor, sie noch weiter nach draussen zu bringen, da er dann verantwortlich wäre, was er ohnehin schon war. Nayara und Thomas schauten Herr Hellrich nach, wie er schnellstens davon kutschierte.
«Irgendetwas ist faul», meinte Thomas und dachte nach.
«Sag du's mir. Ich bin nicht hier aufgewachsen.»
Gemeinsam verliessen sie den Wald und betraten eine einfache Landstrasse. Es war eine öde Strasse. Nirgends hatte es Häuser oder Menschen. Nayara wurde bewusst, da diese Strasse sie einst hierher brachte.
«Warst du schon einmal draussen?», fragte Nayara Thomas als sie ein kleines Stückchen gegangen waren.
«Einmal hat mich Vianda mitgenommen, um mir ihren neuen Freund zu zeigen, der in der Stadt lebte. Aber sonst nie», antwortete er.
«Wo ist die Stadt?», wollte Nayara wissen und sah sich nach Wegweisern um.
«Wir müssen da runter», er zeigte mit dem Finger gerade aus. Einige Meter entfernt gab es einen steilen Hang, der mit Steinen und Baumstämmen bedeckt war.
«Hier runter?», Nayara mochte nicht daran denken, wie sie unten ankommen würden.
«Ja. Dieser Hang dient ebenfalls dazu, dass keine Fremden in das Tal kommen», meinte er und lächelte.
«Das ergibt keinen Sinn. David, Mr. Tondus und ich kamen von der anderen Strasse und mussten diesen Hang

hier nicht überqueren». Thomas sah sie an, als hätte sie etwas Furchtbares gesagt.
«Was denn?», sie sah an sich herab und kontrollierte, ob alles noch so sass, wie es sitzen sollte.
«Nun, es ist praktisch unmöglich, die andere Strasse zu benutzen», er ging auf Nayara zu.
«Wir hatten keine Probleme», sagte sie.
«Naja, das spielt ja jetzt keine Rolle mehr. Wollen wir?», sie hatten mittlerweile den Hang erreicht. Es ging senkrecht nach unten und nirgends gab es Anzeichen einer Leiter oder ähnlichem.
«Wie zur Hölle sollen wir hier hinunterkommen, ohne zu sterben?», fragte Nayara empört und wollte wieder umkehren.
«Warte», sagte Thomas und hielt sie am Handgelenk fest. Sie sahen beide herab und plötzlich regte sich Etwas, tief unten am Boden des Hanges.
«Was ist das?», flüsterte Nayara und Thomas hielt den Finger vor den Mund, um sie zum Schweigen zu bringen. Das riesige Etwas hob seinen Kopf. Es war mit Blättern bedeckt und seine riesigen, kastanienbraunen Augen quollen hervor. Es hatte sechs dicke, kurze Beine, auf denen es sich aufstellte. Es glich einem Hund, Nayara war sich jedoch sicher, dass dies kein Hund war.
«Was ist das?», fragte sie erneut, einiges deutlicher.
«Das ist ein Blätterdungo. Sie sind sehr scheue Kreaturen, können aber bissig werden, wenn sie wollen», Thomas gluckste zufrieden und wartete, bis sich der Blätterdungo in einer geeigneten Stellung befand.
«Jetzt!», schrie er, packte Nayara am Arm und sprang den hohen Hang hinunter. Der Blätterdungo blieb an Ort und

Stelle stehen, als sie dumpf auf seinem Rücken landeten. Es war ziemlich bequem, wenn man bedachte, dass er hauptsächlich aus Blätter bestand.
«Tu – das – nie – wieder», befahl sie ihm und er lachte. Nayara schaute auf den Boden und bemerkte, dass er sich immer weiter entfernte.
«Was passiert hier?», fragte sie und sah sich besorgt nach Thomas um. Der Blätterdungo liess die beiden in seinen Rücken fallen, sodass es aussah, als würden sie in einem schaukelnden Schwimmboot sitzen. Thomas lehnte genüsslich an den festen, dicken Blätterrand und grinste Nayara an.
«Dieses Ding», begann sie, ein wenig ausser Atem, «ist sowas von verrückt.» Der Blätterdungo begann zu marschieren. Es holperte und ruckte ein wenig und Nayara begriff schnell, weshalb er sich in ein Schwimmboot verwandelt hatte.
«Wohin bringt er uns jetzt?», fragte sie, als sie sich ein wenig daran gewöhnt hatte.
«In die Stadt», antwortete Thomas und erhaschte einen Zweig mit Blaubeeren, die er zu essen begann.
«Aber werden die Leute da nicht total verrücktspielen, wenn sie ihn sehen?», fragte Nayara und streichelte den Blätterdungo, worauf er ein fröhliches Quieken von sich gab.
«Blätterdungos treiben sich nur in Wälder oder dichten Feldern umher. Er wird also bestimmt nicht die Hauptstrasse entlang marschieren», meinte Thomas und reichte Nayara den Zweig mit den Blaubeeren.
«Die sind doch giftig», sagte sie und verschränkte die Arme.

«Würde ich sie essen, wenn sie es wären?», er zwinkerte und Nayara nahm drei davon. Sie bemerkte, dass der Wald langsam dünner wurde und fragte sich, wann der Blätterdungo wohl anhalten würde. Als sie links abbogen, sahen sie eine geteerte Strasse. Nayara wollte aussteigen, doch der Dungo legte sich hin und warf Nayara und Thomas grob hinaus. Sie landeten unsanft neben einer verlassenen Feuerstelle, die wohl seit Jahren nicht mehr benutzt wurde.
«Was soll das?», rief Nayara empört und sah dem Blätterdungo nach, wie er zurückgaloppierte.
«Nun, sie sind eben nicht immer freundlich zu ihren Reitern», wieder lachte er. Anscheinend schien es ihm zu gefallen, dass Nayara so rein gar keine Ahnung hatte.
«Nicht witzig», meinte sie und rieb sich ihren Ellbogen, den sie beim Aufprall ein wenig verletzt hatte. Thomas half ihr auf und gemeinsam gingen sie weiter zur Strasse. Nayara bemerkte schnell, dass dort viel mehr los war als oben im Dorf. Autos rasten an ihnen vorbei und weiter unten sah sie die grosse Stadt. Nayara fand, dass sie Paris glich.
«Bereit?», fragte Thomas und riss sie aus ihren Gedanken.
«Wofür?», sie sah ihn besorgt an. «Hör zu, ich hab keine Lust auf noch so eine verrückte Überraschung.» Thomas schüttelte den Kopf und begann loszulaufen.
Anscheinend war er müde. Den Weg vom Wald bis in die Stadt verbrachten sie schweigend. Nayara schossen Gedanken durch den Kopf: Was, wenn Niel überhaupt nicht in der Stadt war? Was, wenn er uns nicht sehen will? Nayara wusste nichts über ihn. Sie wusste nicht, wo

er lebte oder wo er herkam. Sie dachte, sie kannte ihn, aber das tat sie nicht. Sie musste immer wieder an Alice denken, die urplötzlich verschwunden war und an den grossen Fehler, Lillian mit einem Stein zu bewerfen. Allmählich gefiel es ihr hier immer weniger. Ihrer Mutter ging es miserabel, ihr Vater mochte sie nicht und sie musste jemanden finden, der sie töten wollte. Sie seufzte vor sich hin. Thomas bemerkte es. Glücklicherweise oder dummerweise?
«Was ist los?», fragte er und hielt inne.
«Nichts», log Nayara und wollte weitermarschieren, aber Thomas hinderte sie daran.
«Dich plagt etwas. Du kannst es vor mir nicht verbergen», Nayara wusste, dass er Recht hatte. Mit dem Erlebnis seiner Mutter hatte sich bestimmt viel in seinem Leben verändert. Also begann sie ihm zu erzählen, was sie dachte. Er hörte aufmerksam zu und hielt ihre Schulter.
«Auch wenn wir Mr. Tondus hier nicht finden, werden wir weitersuchen. Und ich werde dich begleiten». Nayara lächelte.
Sie gingen weiter. Die Sonne verschwand am Himmel und grosse Wolken taten sich auf. Allmählich wurde es kühler, doch es war immer noch angenehm. Sie erreichten das grosse Stadttor, das aus zwei riesigen, unechten Palmen bestand. Menschen standen dort und wollten hinein. Nayara fiel ein Mädchen auf, dass sie gesehen hatte, als sie das erste Mal nach Hyperville kam.

Die unbekannte Schwester

«Ich kenne dieses Mädchen», flüsterte sie zu Thomas und wies mit dem Finger auf sie.
«Wirklich? Woher?», fragte er und sah sie misstrauisch an.
«Damals als ich in Hyperville angekommen bin, hab ich sie gesehen. Sie stand in der Menschenmenge», Thomas nickte.
«Hey, du!», Nayara ging bereits auf sie zu, bevor Thomas etwas sagen oder tun konnte.
«Hallo», sagte das Mädchen unsicher.
«Erinnerst du dich an mich?», fragte Nayara begierig und Thomas trottete neben sie.
«Nicht mehr so richtig, nein», antwortete sie und eine Frau direkt hinter ihr fixierte Nayara. Sie warf ihr einen empörten Blick zu und zog das Mädchen an der Schulter davon.
«Okay...»
«Das waren die Loypen. Eine sehr verärgerte Familie», Thomas sah ihnen nach.
«Was hast du erwartet? Dass sie deine Freundin wird?», fragte er als Nayara nichts sagte.
«Nein. Aber ich frage mich, was sie hier macht. Ist es nicht so, dass man eigentlich nicht nach draussen gehen soll?», Thomas sah sie an.
«Die Loypen, musst du wissen, halten sich nicht an Regeln oder Gesetze. Sie sind der Meinung, dass sie sich alles erlauben können.»
Gemeinsam gingen sie weiter. Die Stadt war voll von Menschen und nirgends war es ruhig. Überall herrschte

reger Betrieb und die Leute hetzten durch überfüllte Strassen.
«Wohin wollen wir jetzt?», fragte Thomas und sah sich um.
«Ich habe keine Ahnung», meinte Nayara und es gefiel ihr nicht, das sagen zu müssen.
«Wie wär's wenn wir in einem Pub oder so nachsehen?», schlug Thomas vor und wies mit seinen Fingern auf eine heruntergekommene Bude, direkt neben ihnen.
«Glaubst du wirklich, er würde sich an solchen Orten aufhalten?»
«Man kann nie wissen.»
Gemeinsam öffneten sie eine knarrende Tür und betraten den nach dreckigen Socken und Zigaretten riechenden Pub. Sie marschierten zur Theke und eine hässliche, kleine Frau mit grosser Warze auf der Nase gluckste sie an.
«Hier gibt es nichts für Kinder», meinte der Mann hinter der Theke brummig und verschränkte seine fetten Arme.
«Wir wollen auch nichts bestellen», Thomas lächelte und hoffte auf eine freundliche Geste des Mannes.
«Dann verschwindet hier», sagte er nur und begann die Getränke zu mischen.
«Kennen Sie jemanden namens Niel Tondus?», fragte Nayara und folgte dem Mann, als er an der Theke entlanglief.
«Nein», er warf das Getränk einem anderen Mann hin, der wütend den Pub verliess, ohne zu bezahlen. Nayara und Thomas folgten ihm, da sie keine Lust mehr hatten, sich weiter mit dem Miesepeter zu unterhalten.

Es wurde wieder laut und sie eilten eine einsame Strasse entlang. Es schien als hätten sie einen Teil der Stadt erreicht, indem sich sehr wenige Menschen aufhielten, obwohl Nayara niemals erwartet hätte, dass in dieser Stadt sowas überhaupt möglich war.
«Wo suchen wir jetzt? Die Idee mit dem Pub war wohl nicht so ideal», Nayara nickte.
«So wie ich Mr. Tondus kenne, würde er sich eher in einem edlen Viertel aufhalten. Ich meine, er ist nicht gerade der, der wenig Geld hat, oder?», Nayara warf einen „Ich-bin-mir-nicht-sicher-Blick" zu Thomas.
«Woher willst du wissen, dass er viel Geld hat?», er sah sie grinsend an.
«Tja…», murmelte sie, «ich vermute es.» Beide begannen zu lachen und sie wechselten die Strasse um das einsame Viertel zu verlassen.
Die Stadt war nicht riesig, aber dennoch gross genug, um zu Fuss nicht überall hinzukommen. In einem edleren Viertel sahen sie viele Frauen mit dicken Pelzmänteln und hohen Schuhen. Nayara war sich sicher, dass Thomas oft merkwürdig angestarrt wurde.
Die Strasse war lang und links und rechts gab es haufenweise Läden bei denen der Mindestpreis bei zweihundertfünfzig Pfund lag.
«Denkst du wirklich, er ist hier?», fragte Thomas und blieb vor einem Laden mit der Überschrift *The Golden Crown* stehen.
«Ich weiss es nicht. Vielleicht ist er auch gar nicht hier in der Stadt. Er könnte schon in Asien oder sonst wo sein», Thomas nickte und Nayara ging zurück zu ihm. Sie hatte vorerst nicht bemerkt, dass er stehen geblieben war.

«Was hast du?», fragte sie und musterte zuerst Thomas und danach die Innendekoration des Ladens. Es gab hauptsächlich Taschen und Uhren.
«Siehst du diese Tasche dort?», fragte er und wies mit seiner linken Hand auf eine weisse, mit goldenen Knöpfen und vielen Details übersäte Tasche.
«Ja. Was ist mit ihr? Willst du sie haben oder was?», sie lachte und stellte sich Thomas mit einer solchen Tasche vor.
«Nein», sagte er matt, «meine Mutter hat sie immer haben wollen.» Nayara hörte schlagartig auf zu lachen. Sie wusste, dass er alles, was ihn an seine Mutter erinnerte, haben wollte. Dann wollte er es seiner Mutter geben, auch wenn sie von dannen war.
«Komm. Wir müssen weiter», meinte sie schliesslich, nachdem sie noch eine Weile schweigend auf die Tasche starrten.
«Nein... Weisst du was? Ich bleibe noch ein wenig hier», erschrocken sah Nayara Thomas an, der den Blick wieder auf die Tasche fixierte.
«Wie jetzt? Willst du bei dieser Tasche stehen bleiben, obwohl du sie so oder so nicht kaufen kannst?», fragte sie ungläubig und wollte ihn mit sich mit zerren.
«Ja. Genau das möchte ich», er lächelte, sah Nayara jedoch nicht an. Sie liess ihn los.
«Das ist nicht dein Ernst, oder? Hör mir zu; auch wenn du die Tasche hättest, was willst du damit? Deine Mutter ist nicht mehr da und meine vielleicht auch nicht mehr lange, wenn ich nicht endlich diesen Tondus finde», sagte sie, in der Hoffnung Thomas würde nachgeben. Aber er

sagte nichts, seinen Blick immer noch auf die Tasche
fixiert. Nayara seufzte.
«Gut, wie du willst», sagte sie und trampelte davon.
Sie war nun allein in einer Stadt, die sie nicht kannte.
Nayara konnte es nicht fassen, dass Thomas lieber bei
einer reglosen Tasche blieb, statt ihr zu helfen. Ihre Beine
trugen sie durch Strassen, in denen sie schon einmal war.
Jedenfalls hatte sie dieses Gefühl. Sie hatte Hunger, hatte
seit Stunden nicht mehr geschlafen und wollte sich
eigentlich irgendwo ausruhen. Wie gerufen kam eine
rundliche Frau auf sie zu und lächelte.
«Hallo, junge Dame», sagte sie und nahm Nayara in die
Arme.
«Ähm… hallo», sagte auch Nayara doch sie war sich
nicht sicher, was sie davon halten sollte.
«Du siehst deiner Mutter so ähnlich», murmelte sie und
nahm Nayara mit.
«Sie kennen meine Mutter?», rutschte es ihr heraus und
die Frau grinste, sagte jedoch nichts. Sie gingen eine
nasse Strasse mit Pflastersteinen entlang. Sie war nicht
mehr so edel wie die vorherige und das gefiel Nayara
wesentlich besser.
«Hier rein», meinte die Frau und führte Nayara in eine
kleine Wohnung, welche unterirdisch lag. Es war dunkel
und es roch nach Veilchen. Eine grosse Blumenvase
stand auf einem kleinen Holztisch, der vor einem
Fernseher stand. Das Wohnzimmer war viel häuslicher
eingerichtet als jenes in Hyperville und Nayara fühlte
sich ziemlich wohl, auch wenn sie immer noch gerne
gewusst hätte, woher diese Frau ihre Mutter kannte.
Hinter dem Tisch stand ein ziemlich verlebtes Sofa.

«Ich mach dir Tee», sagte sie und eilte in die Küche, die noch viel kleiner war als das ohnehin schon knappe Wohnzimmer.
«Wohnen Sie alleine hier?», wollte Nayara wissen, als sie mit einem Silbertablett wiederkam.
«Ja. Ich bin früh von Zuhause ausgezogen», antwortete sie und schenkte Nayara Tee in eine ordentliche Tasse ein.
«Woher kennen Sie meine Mutter?», fragte Nayara erneut und die Frau seufzte.
«Du musst wissen, meine Liebe», begann sie und nippte an ihrer Tasse.
«Das Leben deiner Mutter hat nicht hier in England begonnen», sie lächelte.
«Wer sind Sie?», fragte Nayara und sah die Frau ernst an.
«Ich bin Judy Belles», antwortete sie und sah Nayara grinsend an.
«Judy Belles?», wiederholte Nayara.
«Richtig. Und somit die Schwester deiner Mutter», Nayara verschluckte sich und prustete Tee aus ihrem Mund.
«Wie geht das?», fragte sie.
«Nun. Wie ich eben gesagt habe, das Leben deiner Mutter begann nicht hier in England, sondern in Amerika»
«Amerika», ungläubig sah Nayara sie mit Glubschaugen an.
«Richtig. Wir waren zwei Schwestern, die alles hatten, was sie sich wünschten. Das kannst du dir sicherlich vorstellen», Nayara nickte und dachte an zwei wunderschöne Schwestern, wie in einem Film.

«Was ist passiert?», sie hielt ihre Tasse dicht an den Mund und sah Judy über den Tassenrand hinweg an.
«Sehr viel», meinte sie und sah auf ihre Hände, die sie in ihrem Schoss gefaltet hielt.
«Wir lebten gemeinsam in einem kleinen Herrenhaus, das einst unserem Grossvater gehörte. Unsere Mutter war eine reiche Herzogin und heiratete unseren Vater, einen erfolgreichen Geschäftsmann», sie hielt kurz inne und holte ein dickes Buch aus einem Regal, das Nayara vorhin gar nicht aufgefallen war. Sie blätterte darin und irgendwann hielt sie das Buch Nayara hin. Es war ein Foto, auf dem ihre Mutter, Judy und deren Eltern zu sehen waren.
«Wir waren damals vierzehn Jahre jung», sagte Judy lächelnd. Nayara sah ihre Mutter, die ein helles, knielanges Kleid trug. Ihre hellbraunen Haaren zu zwei ordentlichen Zöpfen zusammengeflochten und ein bezauberndes Lächeln. Daneben stand Judy und sah sehr ähnlich aus. Sie hatte ebenfalls ein Kleid an, das einem Korallenrot glich. Ihre blonden Haare lagen ordentlich auf ihren Schultern, doch sie lächelte nicht. Die Mutter hielt mit der rechten Hand ihren Oberarm und es sah sehr danach aus, als würde sie ihn sehr stark drücken. Die Mutter hatte sehr dunkles, gewelltes Haar. Sie hatte es zu einem Pompadour zusammengebunden, den Rest liess sie ihren Rücken herabhängen. Sie hatte ein spitzes Kinn und kleine Augen. Ihre lange Hakennase viel Nayara als erstes auf. Auf ihrem Dekolleté lag eine schwer aussehende, schwarze Kette mit Edelsteinen. Sie trug ein auberginefarbenes Abendkleid.

Ihr Mann hingegen, der direkt hinter Nayaras Mutter
stand, trug einen einfachen Anzug in Schwarz mit einer
weissen Krawatte. Er sah sehr sympathisch aus und
lächelte so wie seine Tochter. Sein Gesicht lag ein wenig
im Dunkeln, aber er schien braune Augen zu haben,
genau wie Nayaras Mutter.
«Warum lächeln Sie nicht?», fragte Nayara und las die
kragselige Schrift in einem kleinen Balken, der die
Namen der vier Personen preisgab.

*Thomas Belles – Timela Belles – Judy Belles – Caty
Belles*

«Nenn mich Judy», sagte sie und in ihrer Stimme lag ein
unechtes Lachen.
«Okay… Judy. Weshalb lachst du nicht?», fragte Nayara
erneut und musterte das Bild.
«Es war der Tag, an dem ich herausgefunden hatte, dass
meine Schwester ein Tagebuch geführt hatte», antwortet
sie und brachte Kekse ins Wohnzimmer.
«Meine Mum hatte Tagebuch geschrieben?», Nayara
erinnerte sich an die Zeit in Frankreich, wo sie selbst viel
in ihr Buch schrieb, welches sie immer bei sich trug.
«Selbstverständlich. Sie sass oft im Garten und schrieb
vor sich hin. Jeden Tag», sie lächelte das Foto an und
strich mit ihrem Finger darüber.
«War es denn schlimm, Tagebuch zu führen?», wollte
Nayara wissen, denn sie begriff immer noch nicht richtig.
«Nicht direkt. Unsere Mutter wollte strikt nicht, dass wir
Bücher schrieben. Sie hatte Sorge, wir würden es so zu
nichts bringen, aber Timela konnte damit nicht aufhören.

Sie liebte es», sie seufzte und sah wieder ihre Hände an, die zurück in ihren Schoss gewandert waren.
«Warum konnte ich nicht zu dir? Man hat doch sicherlich gewusst, dass meine Mutter eine Schwester hatte. Weshalb konnte ich nicht bei dir leben, statt bei Alice und David?», fragte Nayara und war überglücklich, die Schwester ihrer Mutter kennengelernt zu haben.
«Das ist eine sehr traurige, und zugleich böse Geschichte», antwortete sie.
«Bitte erzähle sie mir», meinte Nayara und nahm einen Keks.
«Es war so, dass ich an diesem Tag mit der Entscheidung gerungen hatte, unserer Mutter zu sagen, dass Timela ein Tagebuch führte oder es dabei belassen sollte. Es war so, dass deine Mutter und ich keine Herzensschwestern waren, die es Tag und Nacht gut miteinander hatten. Wir stritten uns häufig und dann, eines Tages da –«, sie brach ab und gab einen leisen Schluchzer von sich. Nayara befürchtete etwas wirklich Grauenhaftes, aber dann fuhr sie fort: «Ich war achtzehn, deine Mutter zehn. Wir hatten einen heftigen Streit hinter uns. Ich weiss nicht mehr, worum es ging, aber ich sagte ihr, dafür werde sie bezahlen und das tat sie dann auch, zu einem sehr hohen Preis.» Wieder schluchzte sie und trank einen Schluck Tee.
«Was ist passiert?», fragte Nayara vorsichtig.
«Deiner Mutter hatte es in Amerika nie gefallen. Sie wollte immer aufs Land mit Tieren und einem Hof», sagte sie und schien sich wieder ein wenig gesammelt zu haben.

«Ich hatte ihr Tagebuch gelesen. Sie schwärmte von alldem, was unsere Mutter uns verbot. Ich sagte es ihr und ohne zu zögern schickte sie Timela fort. Sie durfte nie wiederkommen», ihre Stimme wurde schwach und trübe. Nayara sass da, den Keks in ihrem Schoss und die Augen fest auf Judy fixiert.
«Du hast meine Mutter einfach so verraten?», fragte sie und klang gereizt.
«Nicht doch. Obwohl ich acht Jahre älter als meine Schwester bin, stiess sie mich in den Schatten. Sie hatte viele Freunde, ich keine. Sie bekam oft Besuch, ich nie. Sie bekam Briefe von überall her, ich keine. Wenn wir Gäste hatten, behandelte sie mich wie Luft. Sie wollte nicht, dass ihre ältere Schwester mehr Aufmerksamkeit erlangte als sie. Meine Mutter fand Timela viel interessanter als mich und bevorzugte sie in jeglicher Hinsicht. Wie hättest du reagiert, meine Liebe, wenn es dir so ergangen wäre?», Nayara dachte nach. Sie war ein Einzelkind und konnte es sich deshalb nicht wirklich vorstellen, wie es wohl sein musste. Und da sie praktisch immer alleine herumgesessen hatte, schien das für sie kein Grund zu sein, jemanden zu verraten.
«Ich war immer allein. Deshalb kann ich es nicht verstehen», sagte sie. Judy sah sie an und nickte leicht. «Verstehe», murmelte sie dann und ging wieder in die Küche, um den mit Schokolade bekleckerten Teller sauber zu machen. Nayara betrachtete noch einmal das Foto. Ihre Mutter lächelte aber es gefiel ihr nicht...
Nachdem Judy und Nayara noch eine Weile diskutierten und darüber sprachen, wie es Timela wohl gerade ging, knurrte Nayaras Magen immer lauter.

«Ich koche dir etwas», sagte Judy und tätschelte ihr die Wange.
«Danke», Nayara schaute ihr nach wie sie zum x-ten Mal in der Küche verschwand. Sie war hundemüde und stützte ihren Kopf auf der Sofalehne ab. Judy musste eine grosse Mahlzeit gekocht haben, denn als sie wiederkam, um Nayara den Teller zu bringen, schlief sie bereits tief und fest. Auch wenn das Sofa nicht das bequemste war, Nayara war hoch aus zufrieden, endlich überhaupt schlafen zu können. Ihre Nacht war traumlos und ruhig. Die verfluchten Träume hatten schon länger aufgehört. Am nächsten Morgen weckten sie einige blendende Sonnenstrahlen, die sich durch das schmale Fenster hinter dem Sofa durchschlugen.
«Guten Morgen», begrüsste sie Judy, die mit einem grosszügigen Tablett ins Wohnzimmer kam. Darauf war ein Teller mit Rührei und Speck, Orangensaft, Brot und einem Joghurt. Nayara schlang das Rührei hinunter und rülpste ein verschlucktes «Danke» dazwischen. Als sie fertig war, half sie Judy beim Abwasch. Sie war schon ziemlich alt. Nayara erkannte es an ihrem Haaransatz, wo bereits dunkelgraue Haare wuchsen.
«Vielen Dank», wiederholte Nayara und liess sich wieder auf dem Sofa nieder. Judy zwinkerte ihr zu und setzte sich in einen Sessel, der überhaupt nicht zum Sofa passte.
«Du hast mir aber immer noch nicht gesagt, weshalb ich nicht zu dir kommen konnte», Nayara ergriff das Wort und Judy seufzte.
«Du willst die Geschichte zu Ende hören, nicht wahr?»
«Eine Geschichte ist keine Geschichte, wenn sie kein Ende hat», zwinkernd setzte sie sich aufrechter hin.

«Nun gut...», Judy holte tief Luft, legte ihre Schürze beiseite und schloss kurz die Augen.
«Nachdem deine Mutter ausser Haus war, widmete sich meine Mutter wieder mir zu, was ich sehr genossen hatte. Sie schätzte meine Tat, es ihr gesagt zu haben aber mein Vater verachtete mich danach. Er bewunderte Timela führ ihr Talent, schreiben zu können. Meine Mutter bekam nie mit, dass mein Vater sehr dagegen war, Timela rauszuwerfen, doch er sagte mir, es wäre ihm egal, wenn ich es ihr sagen würde, da er genau wusste, dass ich es nie gewagt hätte. Zurück zu deiner Frage; Meine Mutter starb, als ich sechsundzwanzig Jahre alt war. Es war ein grosser Verlust für mich, denn ich war von nun an allein mit meinem Vater, der mich für meine Tat immer noch verabscheute. Als ich achtundzwanzig war, ging ich von Zuhause weg. Timela hasste mich mehr als alles andere. Genau wie mein Vater. Ich lebte in einem modernen Haus in New York, bis ein Mann mich eines Tages besuchen kam. Ich war siebenunddreissig und er erklärte mir, dass meine Schwester eine Tochter hätte, aber ins Gefängnis müsse. Ich fing gleich an, meine Sachen zu packen. Ich wusste, dass Timela mich verleugnen würde, denn sie würde niemals zulassen, dass du bei mir leben dürftest. Aber die Chance, dass sie nach einer Schwester suchen würden, bestand. Also reiste ich von da nach dort und von dort nach da, bis ich schliesslich hierherkam und meine Ruhe fand», sie sah Nayara an, erwartete aber keine Antwort. Sie senkte den Kopf und strich über den Sessel, als ob er uneben wäre.
«Wie hiess dieser Mann», Nayara hatte einen

Geistesblitz, wusste aber nicht, ob es wirklich sein konnte.
«Ich erinnere mich kaum daran… irgendwie mit «T» oder «P»…», murmelte Judy und dachte angestrengt nach.
«Tondus?», fragte Nayara hoffnungsvoll.
«Ja, ja ich glaube, so hiess er», antwortete sie und sah Nayara mit grossen Augen an, die fast platzte vor Freude.
«Weisst du, wo der Mann danach hinging?», wollte sie wissen und hämmerte mit den Fäusten auf ihre Oberschenkel.
«Wenn ich mich richtig erinnere, erzählte er irgendetwas von San Marino. Ich bin mir aber nicht mehr sicher. Schliesslich ist es schon fünfundzwanzig Jahre her», sie lehnte sich zurück und richtete ihre Augen auf die dunkelbraune Zimmerdecke.
«San Marino…», murmelte Nayara und dachte scharf nach. Sie konnte nicht nach San Marino gehen. Es war schlicht und einfach viel zu weit weg. Aber sie musste irgendwie Mr. Tondus erreichen.
«Hast du seine Nummer?», fragte Nayara schliesslich wie aus der Kanone geschossen.
«Bitte!? Ich habe beschlossen, ein Singleleben zu führen, bis an mein Lebensende. Obwohl ich gestehen muss, dass er schon ziemlich gut aussah», Nayara lachte kurz, wurde danach wieder todernst.
«Es geht nicht darum. Ich muss mit ihm sprechen», sie biss sich auf die Unterlippe und tippelte mit dem Fuss herum.
«Tut mir leid, meine Liebe. Ich habe seine Nummer leider nicht. Aber sag mal, möchtest du vielleicht noch

ein Bad nehmen, bevor du wieder aufbrichst?», fragte Judy und warf einen Blick auf Nayaras fettigen Haare.
«Das wäre wirklich ausgezeichnet», antwortete sie und ging in das winzige Badezimmer, das mit einer einfachen Badewanne, einer Toilette und einem holzigen Waschbecken ausgestattet war. Am Boden lag ein weicher honiggelber Teppich, der nicht wirklich mit der babyblauen Wand zusammenpasste. Sie liess warmes Wasser ein und Gänsehaut bildete sich auf ihren Armen, als sie mit der Zehe das Wasser berührte. Sie verliess das Badezimmer erst am Abend wieder. Ihre dunkelbraunen Haare frisch gewaschen und gut gelaunt erschien sie wieder im dunklen Wohnzimmer.
«Da bist du ja wieder», Judy stellte ähnliche Kekse wie tags zuvor hin und schenkte ihr erneut eine Tasse Tee ein.
«Ja. Hat wirklich gut getan», meinte Nayara und bediente sich an den Keksen.
«Ich muss aber auch schon bald wieder los. Ich muss herausfinden, wie ich mit Mr. Tondus sprechen kann», sagte sie, während sie drei Kekse auf einmal in den Mund schob.
«Da kann ich dir leider nicht behilflich sein, meine Liebe», Niedergeschlagen ging Judy in die Küche und wischte den Tisch ab.
«Keine grosse Sache. Ich habe einen Freund, der mir sicher helfen kann», sie lächelte und wollte Judy helfen, doch sie meinte, es wäre okay. Nayara schaltete den Fernseher an und zappte durch die verschiedenen Programme. Nirgends war etwas Schlaues zu sehen, also schaltete sie wieder aus.
«Sag mal Judy, hast du jemals Arnold kennengelernt?»,

fragte Nayara plötzlich und starrte auf einen dunklen Fleck vor dem Fernseher.
«Bitte?», sie lugte von der Küche ins Wohnzimmer.
«Nein. Obwohl ich meinen Schwager liebend gerne kennengelernt hätte. Aber ich glaube, Timela hätte das nicht gewollt», murmelte sie und begann wieder zu schrubben.
«Meinst du, meine Mum hasst dich immer noch?», fragte Nayara überrascht und betrat die Küche.
«Nun... wir haben uns seit jenem Tag nie wiedergesehen. Weder telefoniert noch Briefe geschrieben. Ich glaube, sie ist sehr zufrieden, so wie es ist», Judy schien nicht glücklich zu sein, ihre Schwester nie sehen zu können und das merkte Nayara. Sie ging nicht weiter drauf ein und liess die Sache auf sich ruhen.
«Macht es dir was aus, wenn ich nun gehe? Es dauert, bis ich wieder zuhause ankomme», sagte Nayara und schlich sich zur Tür.
«Warte», Judy warf den Lappen in eine Ecke und schnappte sich Schlüssel, die auf einer Kommode lagen. «Ich werde dich bis zum Stadtrand fahren.» Nayara bedankte sich und gemeinsam stiegen sie in ein lindengrünfarbenes Auto.

«Warum kommst du nicht einfach mit?», Nayara blieb beim Wagen stehen, als sie angekommen waren.
«Sie würde sich schämen, mich zu sehen», meinte Judy und lächelte. Sie erinnerte Nayara stark an Thomas.
«Wie du meinst. Aber ich möchte dich wiedersehen», sagte Nayara und schlang ihre dünnen Arme um Judy. Sie

erwiderte die Umarmung und lächelte in Nayaras Nacken hinein.
«Das werden wir. Aber du musst mir versprechen, dass es meiner Schwester gut geht», sagte sie, löste die Umarmung und hielt Nayaras Oberarme fest.
«Ich werde dafür sorgen, dass es ihr gut geht», Nayara zwinkerte ihr zu und marschierte davon. Sie war sich, je mehr Schritte sie machte, umso weniger sicher, was sie Judy soeben versprochen hatte. Die Strasse kam ihr allmählich viel länger vor, als damals mit Thomas. Als sie sich dem Wald näherte, konnte sie nicht glauben wer sie dort am Waldrand stehen sah. Ihre Füsse trugen sie in schnellstem Tempo hoch zum Wald und sie fiel dem kleinen Wicht um den Hals.

Ein vielsagender Brief

Darrs, der kleine Wicht, der oftmals mürrisch und schlecht gelaunt wirkte, stand da und schien auf Nayara zu warten.
«Was machst du hier? Wo warst du die ganze Zeit? Ich hab dich nirgends gefunden!», Nayara war völlig aus dem Häuschen und hüpfte herum wie ein kleines Kind.
«Ich hielt mich im Ruhigen auf. Hatte keine grosse Lust auf Gesellschaft. Aber als ich hörte, dass du das Tal verlassen hast, war ich stinksauer», sagte er und Nayaras überglückliche Laune verflog.
«Warum denn? Ich hab Mums Schwester getroffen und ich komm immer weiter!», sagte sie begeistert und wedelte mit den Händen herum.
«Deine Mutter liegt halbtot in ihrem Sessel und dein Vater ist genauso wütend wie ich!», schimpfte Darrs und seine Stimme hallte in Nayaras Ohren wider.
«Was?», sie dachte, sie höre nicht richtig. Und bevor Darrs noch ein weiteres Wort sagen konnte, rannte sie durch den Wald, wartete ungeduldig auf den Blätterdungo und spurtete keuchend zurück ins Dorf. Viele sahen sie misstrauisch an, aber sie bemerkte es kaum. Die Worte von Darrs drehten sich in ihrem Kopf und sie beschleunigte ihr Tempo, bis sie schliesslich die alte Hütte erreichte, die nichts im Gegensatz zur Wohnung von Judy war.
«Mum!? Dad!?», kreischte sie und schlug beinahe die Tür ein. Ihre Mutter sass im Sessel, den Kopf auf den rechten Arm gelehnt und döste. Ihr Vater stand mit purpurrotem Kopf hinter dem Sessel und musterte sie haargenau.

«Wo – zur Hölle – bist – du gewesen!», brüllte er und
Nayara griff sich an den Kopf.
«Das ist eine sehr, sehr lange Geschichte», sie streckte
die Hände voraus um zu zeigen, dass nichts weiter
Schlimmes passiert war.
«Hier liegt ein Brief für dich», brummte er und ging
hinaus. Nayara betrachtete den gelben Umschlag neben
dem Sessel und nahm ihn in die Hand. Es stand nur
Nayara Lynch in einer sehr krakeligen Schrift auf dem
Umschlag. Sie riss ihn auf wie ein Tiger, der fünf
Wochen kein Essen mehr bekommen hatte und las
folgendes:

Liebe Nayara

*Wenn du diesen Brief liest, muss ich dir leider mitteilen,
dass ich wahrscheinlich nicht mehr lebe. Ich habe mir
dieses Schicksal selbst ausgesucht, als ich dich beschützt
habe, aber es war es mir Wert. Du hast bestimmt
unendlich viele Fragen und da ich von Dannen bin, wird
es schwer, sie dir zu beantworten. Du fragst dich, wie ich
dich gerettet habe und warum? Nun, ich nehme an, du
hast bereits erfahren, dass ich damals dort war, als du
drei Jahre alt warst. Du warst schon vor deiner Geburt
zum Sterben verurteilt und ich hätte dich zu ihr bringen
müssen. Man hatte aber herausgefunden, dass dein Vater
einen Cousin hatte, zu welchem man dich dann gebracht
hatte. Ich fand es klug, dass sie dies taten, denn
ansonsten würdest du nicht mehr leben und ich wäre
dafür verantwortlich gewesen. Jedenfalls, ich habe dich
die Tage beobachtet und gemerkt, wie wertvoll du und*

deine Gabe sind. Ich konnte es nicht übers Herz bringen, dich grundlos auszuliefern. Ich kam, kurz nachdem du fünfzehn wurdest. Ich brachte dich so schnell ich konnte zu deiner Familie, damit sich euer Liebesbann bilden kann. Du weisst ja hoffentlich was das ist.
Vielleicht beantwortet dies deine Fragen. Ich wollte keine Zeit verlieren und dich und deine Familie am Leben erhalten. Ich weiss sehr wohl, dass deine Mutter seit Wochen gefoltert wird, aber ich weiss nicht, wie du es aufhalten kannst. Das einzige was ich weiss ist, dass sie nicht glücklich ist. Vielleicht kannst du etwas damit anfangen.
Nayara, tu mir einen Gefallen und bring das Ganze zu Ende. Ich bin nicht umsonst gestorben, ich bin für dich gestorben.

Leb Wohl
Mr. N. Tondus

Als Nayara den Brief fertig gelesen hatte, floss eine einsame Träne ihre rechte Wange hinunter. Sie warf einen Blick zu ihrer Mutter, die vor kurzem aufgewacht war und zeigte ihr den Brief. Sie lächelte matt und öffnete ihre schwachen Arme und Nayara glitt zu ihr hinüber. Gemeinsam sassen sie da, still weinend, der Brief am Boden liegend. Nayara wollte nichts mehr, als in Sicherheit sein. Sie hätte nie gedacht, dass irgendwann jemand für sie sterben musste und sie würde dieses Leid nicht ein zweites Mal ertragen können. Sie löste die Umarmung ihrer Mutter und wischte sich die Augen trocken.

«Es wird alles gut...», begann Nayara schluchzend und wollte soeben von dem Versprechen erzählen, dass sie mit Judy gemacht hatte.
«Mum?», scheu nahm sie einen Stuhl und setzte sich neben sie.
Timela richtete sich vorsichtig auf und lauschte aufmerksam.
«Ich habe mit deiner Schwester geredet», bevor sie weiterfahren konnte, hatte sich Timela erhoben und flüsterte ganz leise: «Du hast mit *wem* geredet?» Die beiden waren schockiert, dass Timela wieder sprechen konnte. Sie liess sich im Sessel nieder und fasste sich an den Hals.
«Sie hat mir erzählt was passiert war, aber ich will nicht weiter drauf eingehen –«, wieder schnitt ihr Timela das Wort ab.
«Wie kannst du es wagen, mit ihr zu sprechen», flüsterte sie.
«Ich kannte sie davor ja nicht einmal», gab Nayara zurück und wollte eigentlich zum Punkt kommen.
«Das war doch offensichtlich!», nun wurde sie laut.
Nayara wich zurück und stand auf.
«Sie sorgt sich um dich, weisst du das!? Sie war richtig traurig, als wir über dich gesprochen haben! Ich habe ihr versprochen, dass es dir wieder gut geht!», brüllte Nayara und ihr Kopf färbte sich langsam zu einem hellen Rot.
«Das ist mir egal. Sie hat mich verraten. Wegen ihr musste ich von Zuhause weg», murmelte sie und die Farbe auf Nayaras Gesicht verschwand.
«Warum hast du überhaupt Tagebuch geschrieben, wenn du nicht durftest?», sie setzte sich wieder.

«So ist das also, hm? Du denkst wohl, meine Schwester hätte mehr Mitleid verdient! Die wohnt in einem einfachen Haus, hat was sie braucht und sie mich doch mal an!», sie hob die Hände in die Höhe und sah zur Decke.
«Nein. Das denke ich nicht. Ich kenne eure Kindheit nicht und eigentlich wollte ich nur sagen, dass sie sich um dich sorgt. Aber wenn es dir sowas von egal ist, dann ist das nicht mein Problem», sie watschelte davon, obwohl sie nicht genau wusste, wo sie in dem Haus hin sollte. Es gab ein Obergeschoss, aber sie war nie oben, da Arnold ihr immer gesagt hatte, sie sollte nicht nach oben gehen.
«Okay», sagte Timela dann und riss Nayara aus ihren Überlegungen.
«Was?»
«Es tut mir leid. Ich konnte nicht wissen, dass es sie kümmert. Wirst du sie wiedersehen?», fragte sie in einem äusserst merkwürdigen Ton.
«Ich weiss es nicht. Ich habe ihr angeboten mitzukommen, aber sie wollte nicht. Wegen dir», fügte Nayara hinzu und verliess das Haus. Es roch stark nach Knoblauch und die Luft war dick. Draussen war es dunkel. Nayara war sich nicht sicher, ob Thomas schon wieder zurückgekehrt war, aber sie fand es ziemlich bescheuert von ihm, wenn er es nicht wäre. Sie ging runter zum See um nachzuschauen. Die Hütte, in der Thomas lebte, war am anderen Ende vom See und Nayara rannte hin.
«Thomas?», fragte sie und klopfte sanft an die Tür.
«Komm rein», sagte eine Frauenstimme und Nayara trat ein. Am Tisch sassen Thomas und eine alte Frau mit

grauen, zu einem Knoten gebundenen Haaren, einem kieselgrauen Kleid und dünnen Schuhen. Sie hatte Falten im ganzen Gesicht und lächelte.
«Hallo Nayara», sagte sie und winkte sie zu sich hinüber.
Nayara setzte sich zwischen Thomas und die Frau.
«Das ist Miss Wooler», sagte Thomas und lächelte matt.
«Freut mich», Nayara hob die Hand und schüttelte sie.
Sie liess ruckartig wieder los, da sie das Gefühl hatte, die Hand zu zerdrücken.
«Wann bist du von der Tasche losgekommen?», fragte Nayara dann und beachtete Miss Wooler nicht mehr.
«Gar nicht», antwortete Thomas und stand auf.
«Was meint er damit?», Nayara sah Miss Wooler an, die immer noch über ihr ganzes Gesicht strahlte. Als Thomas wiederkam, hielt er die weisse Tasche mit den goldenen Riemen und Knöpfen in den Armen.
«Du hast sie geklaut!», kreischte Nayara und war auf einmal auf den Beinen.
«So könnte man es sagen...», Thomas grinste und wurde rot.
«Warum zum Teufel hast du die geklaut? Wenn die dich finden, sitzt du im Gefängnis! Und was willst du überhaupt mit der?», sie warf einen angewiderten Blick auf die Tasche.
«Ich weiss es nicht», sagte Thomas und senkte den Kopf.
«Warum bringst du sie nicht zurück?», meldete sich Miss Wooler und ihre Stimme war kratzig und alt.
«Die werden mich genauso verhaften», meinte Thomas und setzte sich wieder.
«Du bist doch sonst immer so schlau. Was hast du dir dabei gedacht?», Nayara konnte es nicht fassen, dass ihr

bester Freund eine für ihn nutzlose Tasche im Wert von vierhundertachtundachtzig Pfund *gestohlen* hatte.
«Miss Wooler hat Recht. Du solltest sie wirklich zurückbringen», Nayara stützte den Kopf in die Hand und sah Thomas an.
«Liebes Kind, nenn mich Marian.»
«Ich werde sie einfach verbrennen», warf Thomas ein und musterte die Tasche mit einem trüben Blick.
«Spinnst du!?», Nayara riss ihm die Tasche aus den Händen und hob sie in die Luft.
«Diese Tasche kostet ein Vermögen und du willst sie einfach *verbrennen*?», sie sah ihn entsetzt an.
«Nayara bitte. Du nervst in letzter Zeit total mit deinen langen Diskussionen», Thomas nahm sich die Tasche wieder und ging nach draussen. Miss Wooler und Nayara schauten sich an. Es dauerte nicht lange, bis sie ein leises Knistern hörten. Nayara spurtete hinaus und sah Thomas, wie er gerade die Tasche ins Feuer werfen wollte.
«Warte!», schrie Nayara und blieb ruckartig stehen, als sie das Feuer ins Visier nahm.
«Was ist denn jetzt noch?», Thomas wippte genervt mit dem Fuss auf und ab.
Bald wird es vorbei sein, doch bis dahin wird noch viel passieren. Du wirst verlieren und gewinnen, was du liebst.
«Schöne Worte», Miss Wooler war mit ihrem Gehstock angekommen.
«Du konntest sie hören?», fragten Thomas und Nayara wie aus einem Mund.
«Das ist das einzige, was ich noch kann», sagte sie lächelnd und stützte sich.

«Was ist passiert?», fragte Nayara vorsichtig und Thomas vergass seine Tasche völlig.
«Ich liess es nicht mehr zu», antwortete sie und lächelte immer noch. Sie tat Nayara leid, aber sie fand, dass sie keine Zeit hatte, sich um sie zu kümmern.
«Was sollen wir jetzt tun?», sie sah Thomas an, der leicht mit den Achseln zuckte.
«Der Brief», sagte sie und packte Thomas am Arm, der beinahe über seine Beine stolperte.
«Was für ein Brief?», fragte er, während sie die Hügel hoch rannten, zur Hütte, in der Nayara lebte.
«Ich habe einen Brief bekommen», keuchte sie und zerrte Thomas hinter sich her, der nur halb so schnell gehen konnte wie sie.
«Von wem?»
«Niel Tondus», Thomas riss seine Hand los und blieb stehen.
«Komm schon. Du musst den Brief lesen», Nayara marschierte weiter. Als sie bei der Hütte waren, stand Arnold vor der Tür.
«Deine Mutter ist tot», sagte er mit einer schweren Stimme. Über der Tür baumelte eine einsame Laterne, die das Gesicht von Arnold in der Dunkelheit erhellte. Seine Augen waren rot und durchnässt. Er musste Timela wirklich geliebt haben. Nayara sagte nichts. Sie stand da, das Gesicht in den Händen verborgen und sackte zu Boden. Arnold und Thomas knieten zu ihr hinunter, um sie in den Arm zu nehmen. Sie weinte und sie machte sich nicht die Mühe, es zu verbergen. Sie schrie und dachte daran, wie wenig Zeit sie mit ihrer Mutter

verbracht hatte. Wie viel sie noch hätten gemeinsam erleben können. Als Familie.
«Dad?», sagte sie dann, kaum hörbar.
«Du musst von nun an immer bei mir bleiben, egal was passiert», schluchzend stand sie auf und wischte sich die Augen.
«Nayara, ich weiss mehr, als du denkst», sagte Arnold und Nayara bekam eine Gänsehaut, da ihr Vater ihren Namen wahrscheinlich das erste Mal ausgesprochen hatte.
«Thomas, bitte bleib auch hier», forderte sie ihn auf und er nickte schwach.
«Wo ist Mum?», wollte sie danach wissen und betrat die Hütte.
«Ich hab sie runter zum Friedhof gebracht», Arnold hielt die Schulter seiner Tochter und das erste Mal fühlte sich Nayara wohl bei ihm. Im dreckigen Wohnzimmer sass David, der sehr niedergeschlagen dreinblickte, jedoch nicht weinte.
«David!», sagte Nayara und sie war auch froh, ihn zu sehen.
«Wie geht es dir», fragte er und Nayara zog eine Grimasse.
«Dumme Frage», fügte er hinzu.
«Können wir zum Friedhof gehen?», sie stand bereits wieder bei der Tür.
«Die Beerdigung findet in zwei Tagen statt», Arnold ging zu ihr und brachte sie zurück. Gemeinsam zwängten sie sich in die kleine Stube und sassen stillschweigend da.
«Deine Mutter wollte dieses Haus immer renovieren und aufpäppeln», begann Arnold und unterbrach die Stille.

«Aber das Geld reichte kaum», fügte er hinzu.
«Das müssen wir ändern», meldete sich David zu Wort und stand auf.
«Was meinst du?», Thomas sah ihn an.
«Ich werde dafür sorgen, dass der Traum deiner Frau in Erfüllung geht», sagte er und lächelte Arnold an, der strahlte, wie Nayara ihn noch nie gesehen hatte. Sie sprachen miteinander, wie wenn sie sich schon seit Jahren nicht mehr gesehen hätten.
Plötzlich unterbrach ein dumpfes Klopfen die Stimmung. Nayara huschte zur Tür und Judy Belles, die Schwester von Timela stürmte herein.
«Du hast mir versprochen, es würde ihr gut gehen!», kreischte sie, das Gesicht von Tränen überflutet.
«Ich –«, Nayara wusste nicht wirklich, was sie sagen sollte, denn sie hatte es ihr tatsächlich versprochen. Sie sah die anderen an, die Judy genauso ratlos ansahen wie Nayara.
«Lass gut sein, Judy», sagte Arnold in strengem Ton und Nayara wich ein bisschen zurück.
«Dieses Kind hat es mir versprochen! Sie hat mir gesagt, sie wird darauf achten, dass es meiner Schwester wieder gut geht! Und wo ist sie jetzt? Tot!», sie liess sich erschöpft in den Sessel fallen, wo vorhin Nayara gesessen hatte.
«Sie ist nicht einfach so gestorben. Und weder du, noch Nayara oder irgendjemand sonst hätte etwas tun können», immer noch streng sah Arnold seine Schwägerin an.
«Wie ist sie denn gestorben?», wollte auch David wissen und Arnold und Nayara sahen sich an. Sollten sie es allen erzählen? Thomas wusste bereits, worum es ging und

David wurde auch schon einmal involviert. Aber Nayara war sich sicher, dass Judy nicht sehr locker damit umgehen konnte. Was, wenn sie das Ganze für eine Lüge hielt?
«Das ist eine sehr komplizierte Geschichte», Arnold schaute Nayara an und sie lehnte sich zurück.
«Ich hab Zeit», entgegnete Judy und verschränkte ihre dicken Arme.
«Wir aber nicht.» Sie standen auf. Judy wurde sauer und ging, da ihr niemand erzählen wollte, wie ihre Schwester starb. David knurrte leise vor sich hin und Thomas nickte sanft. Als Judy weg war, spähte Nayara aus dem Fenster, um ihr nachzuschauen, aber es war zu dunkel, um etwas zu erkennen.
«Seit wann wird es *so* dunkel, dass man *gar nichts* mehr sehen kann?», fragte sie und sah in die kleine Runde.
«Wie meinst du das?», Thomas ging ebenfalls zum Fenster und erkannte genauso wenig wie Nayara.
«Das ist nicht normal», er setzte sich wieder und setzte ein hochkonzentrierter Blick auf.
«Ist ja nicht schlimm, nur bisschen dunkel», meinte David und lehnte zurück.
«Mein lieber Cousin», begann Arnold und erhob sich, «du weisst wahrscheinlich nicht, wie es ist, wenn es ganz dunkel ist. Du mit deinen vielen Lichtern in Paris.»
Niemand sagte etwas. David stand ebenfalls auf und verschränkte die Arme.
«Lassen wir das», meinte Nayara und zwängte sich zwischen die beiden.
«Ich gehe jetzt. Bleibt hier, ja?», forderte sie die anderen auf und verliess die Hütte. Sie hörte noch, wie David

fragte, wohin sie denn ginge, aber niemand schien zu antworten. Nayara wusste genau, wohin sie wollte. Sie musste ihren Freunden sagen, was passiert war auch wenn sie sich sicher war, dass sie es bereits erfahren hatten. Sie ging in zügigen Schritten voran, schaute weder rechts, noch links. Ihr kam diese Nacht unheimlich lange vor. Sie sah nicht, wohin sie ging, aber es schien, als kannten ihre Füsse den richtigen Weg. Sie fokussierte sich auf das, was in der Ferne lag, denn sie hatte das Gefühl, als könnte sie irgendwie sehen, was dort war, auch wenn völlige Dunkelheit herrschte.

Amorta

Sie war angekommen, wo sie wollte. Im *Forest of the Green Forgetfulness.* Sie erkannte nichts. Die Bäume waren genauso schwarz wie alles andere, aber sie hoffte, dass bald jemand kommen würde. Penelope erschien, jedoch sah sie viel blasser aus als sonst. Niemand war mit ihr gekommen, aber sie kam.
«Penelope!», schrie Nayara und wollte ihr um den Hals fallen, doch sie war reine Luft.
«Was ist passiert?», fragte sie schockiert und versuchte, das Einhorn zu streicheln, aber sie konnte es nicht berühren.
«Ich bin gegangen, Nayara», sagte sie und eine silberne Träne floss aus ihrem königsblauen Auge.
«Nein», flüsterte Nayara und ging verzweifelt um Penelope herum.
«Nicht heute», fügte sie hinzu, immer noch herumschwirrend.
«Bald ist es soweit und ich werde nicht mehr existieren... pass auf dich auf, Nayara», und nach diesem Satz dauerte es nicht mehr lange und sie zerfloss. Nayara hatte noch nie den Tod eines Einhorns erlebt und sie schwor sich, dass dies das erste und letzte Mal war. Ihr Kopf begann heftig zu pochen und sie sackte erneut zusammen. Sie konnte nicht weinen. Ihr Kopf schmerzte zu sehr.
«Es wird immer schlimmer», flüsterte eine Stimme hinter ihr und sie drehte sich um.
«Grame», flüsterte sie und sah den alten, grauen Zwerg an.

«Du musst dich beeilen, Nayara. Deine Zeit streicht davon», sagte er ruhig und berührte ihren Kopf mit seiner steinernen Hand.
«Was geht hier vor? Warum habe ich auf einmal Kopfschmerzen? Wie ist sie gestorben?», fragte sie hastig.
«Eines nach dem anderen. Darrs hat sich verletzt und er wünscht dich zu sehen.» Nayara stand auf und sah Grame an, der sie an der Hand nahm und losmarschierte. Sie konnte immer noch nichts sehen, sie sah nur das Zerfliessen von Penelope.
«Wie hat er sich verletzt?», fragte sie, nachdem die winzigen Lichtpunkte verschwunden waren.
«Indem er versucht hat, dich zu retten», antwortete Grame und Nayara blieb stehen.
«Ich will sofort, dass alle aufhören mich zu retten», sagte sie streng und bewegte sich nicht mehr.
«Das ist und bleibt allein die Sache von demjenigen, der dich retten will», er ging weiter und Nayara wusste, wenn sie nicht mitging, würde sie nicht mehr aus dem Wald rausfinden. Sie fragte sich. weshalb denn alle so dringend ihr Leben retten wollten, wenn sie selbst doch viel mehr Leben retten konnte, wenn sie einfach starb. Sie dachte darüber nach. Niemand mehr müsste sich selbst in Gefahr bringen, um Nayara zu retten und niemand mehr müsste sterben, um Nayara zu retten. Sie fand es eine gute Idee, aber sie wusste, niemand würde zulassen, dass sie sich selbst opferte.
Als sie ankamen, erkannte Nayara genauso wenig wie vorher. Doch sie erkannte Lillian mit einer Laterne in der Hand, die immer noch eine grosse Beule an der Stirn

hatte. Neben ihr lag Darrs, der kleine, mürrische Wicht, ein Auge geschlossen und überall offene Wunden. Er sah gar nicht gut aus.
«Darrs!», rief sie und kniete zu ihm hinunter. Grame hielt ihre Schulter, was nun von der Grössenperspektive hinhaute.
«Wie ist das passiert?», fragte sie und drehte sich um.
«Du hast mich mit einem Stein beworfen, erinnerst du dich?», quiekte Lillian und liess die Laterne fallen.
«Ich meine nicht dich! Ich meine ihn!», sie wies wütend auf Darrs, der sich leicht auf die rechte Seite drehte.
«Ich denke, es lohnt sich nicht mehr, dir die Dinge zu verheimlichen», sagte Grame und sah sie an.
«Nein, das tut es nicht», antwortete sie und sah den Zwerg flehend an.
«Es gibt ein sogenanntes Portal, welches deine Welt von meiner trennt», begann er und sah auf Darrs hinab.
«Ein Portal? Wirklich jetzt?», Nayara konnte nicht glauben, dass es sowas wirklich gab, denn bis jetzt dachte sie immer, man müsse es einfach nur *wollen*.
«Gewiss. Damals im Winter, als Bob sich sehr merkwürdig verhalten hatte, drang Amorta hinein. Es gelang ihr, dass Portal zu öffnen, was ich bis heute noch nicht verstehe. Jedoch konnten es Darrs und Penelope verhindern», seine Stimme war schwach. Nayara bekam Gänsehaut als Penelopes Namen fiel.
«Du – du *verstehst* es nicht?», wiederholte Nayara und war schockiert. Sie hatte immer angenommen, dass Grame alles verstand, aber so war es wohl nicht. Sie musste einsehen, dass auch das weiseste und schlauste Wesen nicht alles wissen konnte.

«Ja, Nayara», er wendete sich ab, «ich verstehe es nicht.»
Die Nacht dauerte Jahre, so kam es Nayara zumindest
vor. Darrs lag halb tot vor ihr, Lillian beklagte sich über
den einen Vorfall im Wald und Grame wusste nicht
weiter. Die Lage wurde brenzlig.
«Wir müssen etwas unternehmen», sagte sie dann
entschlossen und stand auf. Ihre Knie waren
eingeschlafen und sie hüpfte wild herum.
«Was willst du machen?», fragte Grame achselzuckend.
«Ich weiss es nicht, aber es muss etwas geben, das
Amorta aufhält. Ich kann nicht zulassen, dass sie noch
mehr Leben zerstört», sie marschierte auf und ab. Sie
dachte an Thomas, der seine Mutter Wendy verloren hatte
und all die anderen Familien, die Verwandte oder
Freunde verloren hatten.
«Was ist sie eigentlich? Wie ist ihre Geschichte? Ich
meine, es ist doch kaum möglich, dass jemand so viel
Leben zerstören kann, ohne selber irgendwann zu
sterben», sagte sie und hielt inne. Grame fasste sich an
den Kopf und setzte sich ins feuchte Gras.
«Ich wusste, dass du mir irgendwann diese Fragen stellen
würdest und hoffte immer, sie nie beantworten zu
müssen», er seufzte schwer.
«Warum?»
«Das alles ist sehr kompliziert, Nayara. Ich kann dir die
Dinge, die du gerne erfahren möchtest, nicht jetzt auf die
Schnelle erklären. Hab Geduld, bitte», er sah sie genauso
flehend an wie sie ihn vorhin.
«Diese Geduld», flüsterte sie, «hab ich sowas von satt.»
Grame nickte schwach.
«Das weiss ich, gewiss. Aber ohne deine Geduld, Nayara,

kommen wir nirgends hin.» Er rollte sich zusammen und ging. Lillian stand immer noch neben Darrs und sah ihn mit rotunterlaufenen Augen an.

«Pass auf ihn auf, ja?», sagte Nayara zu ihr und eilte davon. Lillian nickte schwach und schien vergessen zu haben, auf Nayara wütend zu sein.

Zurück in der Hütte standen alle auf, als sie die Tür betrat.

«Wo warst du? Alles in Ordnung?», fragte Thomas und nahm sie in den Arm. Nayara war nahe dabei, wie Gummi zusammenzufallen, aber Thomas brachte sie in einen Sessel.

«Was ist passiert?», David sah seine Pflegetochter an und hielt ihr die Schulter. Erst jetzt wurde Nayara richtig bewusst, wen sie alles verloren hatte und wen sie alles noch verlieren konnte.

«Thomas», begann sie und er hörte aufmerksam zu. «Wir müssen handeln.» Stille herrschte. Thomas nickte schwach, doch er war sich nicht wirklich sicher, was sie damit meinte. Arnold sah seine Tochter an und atmete tief ein.

«Nayara was hast du vor?», fragte er.

«Wir haben keine Zeit und ich keine Geduld mehr», meinte sie und fasste sich an die Schläfe.

«Wovon redest du?», David liess ihre Schulter los und lehnte an die Wand hinter ihm.

«Es ist kompliziert. Ich kann nicht sagen, was ich vor hab, weil ich es selber noch nicht genau weiss. Wir müssen aufpassen...», sie gähnte. Niemand sprach und jeder schien zu warten, dass Nayara noch Weiteres erklärte, aber sie sagte nichts. Die Nacht zog dahin und es dauerte nicht lange, bis alle eingeschlafen waren.

Am nächsten Morgen wachte Nayara als erste auf. Sie hatte miserabel geschlafen und hatte geträumt, dass Travers und Lilly, die beiden Geschwister sie fies lachend verfolgten. Thomas war nicht mehr im Wohnzimmer.
«Wo ist Thomas?», rief Nayara und war von einem Moment auf den anderen hellwach.
«Wie?», David reckte sich vom Boden auf und sein Rücken schmerzte.
«Thomas ist weg», sagte Nayara und begann die Hütte auf den Kopf zu stellen.
«Nur mit der Ruhe. Er ist vielleicht einkaufen gegangen», meinte David und streckte sich.
«Einkaufen?», wiederholte Nayara und sah ihn zornig an. Im selben Moment ging die Holztür auf.
«Morgen», Thomas erschien mit einem Krug in der Hand.
«Wo warst du?», rief Nayara und fasste ihn an die Schultern.
«Hab Milch geholt. Dachte, wäre gut für ein kleines Frühstück», er lächelte verwirrt und hielt den Krug ein wenig in die Höhe. David ging freudig auf ihn zu und holte vier Gläser.
«Warum geht ihr alle so locker mit der jetzigen Situation um? *Ein kleines Frühstück...* Hast du sie noch alle!?», Nayara ging in zügigen Schritt nach draussen. Die helle Morgensonne blendete sie und der Himmel hatte ein leuchtendes türkisblau angenommen. Es war ein schöner, wolkenfreier Frühlingstag.

Es waren noch nicht viele Leute auf. Eine Katze schlenderte gemütlich über den trockenen Boden und ein alter Herr fegte seinen Vorplatz. Nayara war sauer. Warum verstand niemand wie schwer die Lage war? Warum begriff niemand, dass jeder bald *sterben* konnte? Sie marschierte vor sich hin und dachte nach. Was, wenn sie sich das alles nur einbildete? Was, wenn Wendy und Thomas' Mutter ganz normal gestorben sind? Doch dann kam ihr wieder in den Sinn, was Thomas erzählt hatte und das konnte nicht normal sein. Seine Mutter wurde von der Person ermordet, die nun auch Nayara ermorden wollte und schon unzählige andere, glückliche Menschen getötet hatte. Nayara hatte keine Geduld mehr. Sie rannte den Hof entlang Richtung Wald. Sie musste mit Grame sprechen, auch wenn er wieder mit der gleichen Leier kam, sie bräuchte Geduld.

 Im Wald war es aussergewöhnlich ruhig. Keine Vögel zwitscherten und es schien, als wäre der Wald eingefroren. Normalerweise fiel Nayara immer etwas auf, aber heute war es anders. Kalt und fremd.

«Du musst von hier verschwinden!», flüsterte etwas hinter ihr und sie drehte sich um. Eine kleine Waldelfe hopste oberhalb ihres Kopfes von links nach rechts.

«Warum?», fragte Nayara, obwohl sie eigentlich etwas Anderes fragen wollte.

«Frag nicht warum, tu es einfach», sagte die Elfe und zupfte an Nayaras Haaren, was sie kaum spürte.

«Ich bleibe hier, vor allem in dieser Situation», gab sie barsch zurück und machte eine einfache Handbewegung, was die Elfe nach hinten spicken liess.

«Genau deshalb musst du gehen! Wir wollen dich nicht verlieren!», Nayara blieb genervt stehen und verschränkte ihre Arme vor der Elfe, die wieder zurückgeflogen kam.
«Und ich will keine Freunde mehr verlieren. Lass mich bitte allein», sie verliess die Elfe und marschierte tiefer in den Wald hinein. Ihr war unwohl zumute, da sie nun wusste, dass sie keinen Liebesbann mehr herstellen konnte, der sie beschützen konnte. Ihre Mutter war tot und somit gab es keine Möglichkeit, irgendeinen Schutz herzustellen.
«Du machst dir sorgen», Adam stand gelassen neben einem Baum und musterte Nayara.
«Ja», sagte sie, drehte sich jedoch nicht zu ihm um.
«Warum sollte ich mir keine machen? Jeder könnte sofort sterben», murmelte sie und fasste sich an ihren linken Oberarm.
«Sie es mal so», meinte Adam und geleitete zu ihr hinüber.
«Du wirst die Menschen, die sterben, nie wirklich verlieren.» Nayara drehte sich endlich um.
«Das ist nicht wirklich hilfreich», sie rollte mit den Augen und liess sich ins Gras fallen.
«Es könnte noch so viel Schreckliches passieren und ich hab einfach keine Lust darauf», sagte sie und vergrub ihren Kopf in den Händen.
«Darauf hat niemand Lust, Nayara. Aber wir können die Dinge nun mal nicht ändern. Es wird kommen, was kommen muss», er berührte sanft ihren Kopf und verschwand dann, ein bisschen abseits von Nayara, da sie sich einst gewünscht hatte, dass er nicht direkt neben ihr verschwinden sollte.

«Es wird kommen, was kommen muss», wiederholte sie leise vor sich hin und seufzte schwer. Sie blieb noch lange so sitzen, traurig und ahnungslos, was sie noch unternehmen könnte. Sie befürchtete, dass alles bald vorbei sein würde und überlegte sich sogar, einen Abschiedsbrief zu schreiben für jene, die ihr nahe gestanden hatten. Nayara begann, die Leute zu erwähnen, die ihr wichtig waren, bis ein lautes Rascheln ihre Gedanken unterbrach. Sie richtete sich auf und sah sich um, in der Hoffnung, Darrs oder sonst wer zu sehen, aber es war ganz jemand anders. Es war eine Frau. Sie sah ziemlich mitgenommen aus und humpelte. Nayara schritt zu ihr um ihr zu helfen, bis sie das Gesicht der Dame erkannte. Sie schreckte so dermassen zusammen, dass sie hinfiel und ihre Ellbogen aufschürfte.
«Alice?», fragte sie mit ungewöhnlich hoher Stimme.
«Nayara», keuchte Alice schwer und zwang sich zu einem Lächeln.
«Wo warst du denn?», Nayara stand mittlerweile wieder und griff Alice unter die Arme, da sie kaum stehen konnte.
«Ich weiss es nicht mehr», murmelte sie und fasste sich an die Stirn.
«Es war dunkel und ich habe kaum was mitbekommen.» Sie seufzte und schien völlig durcheinander zu sein.
Nayara eilte schleunigst zum Dorf um Alice zu David zu bringen.
«Wir werden dich in eine Hütte bringen und dann wirst du wieder gesund», versicherte Nayara und Alice lächelte.

«Lieb von dir.» Der Weg vom Wald bis hin zum Dorf kam Nayara nun unglaublich lange vor. Als sie schliesslich ankamen, waren alle bereits auf den Beinen; Pferde kutschierten in schnellem Tempo, Leute rannten hin und her, um Mitteilungen oder Esswaren zu überreichen, Tiere spielten kreuz und quer über die Strassen und die Brunnen wurden ununterbrochen benutzt.
«Wo sind wir hier?», fragte Alice und sah die Meute angewidert an.
«Mein Heimatort», antwortete Nayara und erinnerte sich daran, dass Alice einst mit David darüber gesprochen hatte und sie vermutete, dass sie vielleicht ihr Gedächtnis teilweise verloren hatte.
«Ah», machte sie und sah sich noch genauer um. Der Mann, den Nayara am Morgen bereits gesehen hatte, stand immer noch da und fegte an derselben Stelle.
«Wir sind bald da», sie sah Alice mitleidend an und tätschelte ihr sanft die Schulter. Einige Kinder konnten es nicht lassen, sie anzustarren und zu tuscheln.
Angekommen in der Hütte, las Arnold die Zeitung aber David war nicht anwesend.
«Hi», sagte Nayara und ihr Vater legte die Zeitung beiseite.
«Du musst Alice sein», murmelte er und kam auf die beiden zu.
«Richtig. Guten Morgen, Arnold», antwortete sie und lächelte. Er sah sie ein wenig verdutzt an, lachte dann aber auch.

«Wir brauchen jetzt dringend David und danach bringen wir sie zu Ervos, damit sie wieder gesund wird», sagte Nayara streng, die das Grinsen der beiden nicht ertrug.
«Einverstanden. Ich werde ihn holen.» Und dann war Arnold auch schon ausser Haus. Nayara wies Alice den heruntergekommenen Sessel, in dem einst Timela gesessen hatte.
«Wie geht es deiner Mutter? Arbeitet sie häufig?», fragte Alice interessiert und konnte ja kaum ahnen, dass sie von Dannen gegangen war.
«Sie ist tot», murmelte Nayara und senkte den Kopf. Die beiden fielen in peinliches Schweigen, bis die Tür mit einem lauten Knall aufgerissen wurde und David hereinstürmte.
«Alice, mon amour!», schrie er und umarmte sie stürmisch. Alice Gesicht war nach wenigen Augenblicken mit Tränen übersät und Nayara genoss den Moment, wahre Liebe zu erleben. Arnold ging währen dessen in die Küche und tat wohl so, als wolle er etwas kochen.
«Wo hast du gesteckt», er stand wieder aufrecht und sah auf seine Frau hinab.
«Ich kann mich nicht erinnern», antwortete sie und wurde wieder matt.
«Ich hab doch gesagt, dass ich sie gern zu Ervos bringen möchte», meldete sich Nayara genervt.
«Nur mit der Ruhe. Diesen Moment muss man erst mal geniessen!», er küsste Alice und sie schien direkt wieder fit zu sein.
«Vielleicht hat sie recht, David», meinte Alice schliesslich und nickte leicht.

«Nun denn. Aber morgen… da werden wir so richtig die Zeit gemeinsam geniessen», sagte er und hob die Hand in die Höhe.
«Morgen ist die Beerdigung meiner Mutter!», rief Nayara und lief purpurrot an.
«Gut, dann eben übermorgen», schnauzte David und ging hinaus. Nayara half Alice erneut beim Gehen und so marschierten sie zur Hütte von Ervos. Sie klopfte, denn sie fand, es war nicht ein dringender Notfall wie damals, als sie diese schrecklichen Träume hatte.
«Vielleicht ist er nicht zuhause?», riet Alice und wollte zu einem der kleinen Fenster hinübergehen, um hineinzuschauen. Kurz danach aber ging die holzige Türe auf und der alte, zerzauste Schamane (so nannte man ihn im Dorf) erschien. Nayara fand, dass er noch viel zerlumpter als bei ihrer ersten Begegnung aussah.
«Guten Tag», sagte sie langsam und sah ihn an.
«Hallo», antwortete er verwirrt und bat sie dann hinein.
«Was kann ich für euch tun?», er sah Alice an und lächelte leicht.
«Schön, dich kennenlernen zu dürfen, Alice. Man befürchtete ja, du wärst bereits tot», sagte er in angenehmen Ton und begann in seinem Kessel zu rühren.
«Bitte?», sie schien sich verhört zu haben.
«Nun, wie bist du wieder hierhergekommen?», fragte Ervos, ohne auf ihre Verwirrung zu achten.
«Ich erinnere mich nicht», sagte Alice.
«Wie haben Sie reagiert, als Sie erfahren haben, dass ihre Kinder weg sind?», warf Nayara ein und war auf einmal mehr daran interessiert, wie Ervos die ganze Sache sah.

«Um ehrlich zu sein, habe ich schon früh gewusst, dass die beiden irgendwann verschwinden», gab er ruhig zu und zwinkerte Nayara zu. Sie machte grosse Augen und verstummte dann.
«Leg dich doch hier auf die Matratze», er wies Alice mit seiner schrumpeligen und zittrigen Hand auf die etwas zerfetzte Matratze.
«Wie Sie meinen...», sie legte sich, wenn auch recht widerwillig auf die Matratze und Ervos begann sie zu untersuchen. Jedenfalls schien es danach, denn er fuhr mit seinen Händen über ihren ganzen Körper und schloss die Augen. Dabei summte er immer dieselbe Melodie.
«Jaja...», sagte er zwischen durch und lächelte.
«Was tut er da?», flüsterte Alice rasch zu David, der antworten wollte, doch Ervos kam ihm zuvor.
«Ich helfe dir, zu überleben», sagte er lächelnd und Alice machte grosse Augen. Nayara ahnte, wie sie sich fühlen musste, denn schliesslich war auch sie vor Kurzem hier. Aber für Alice, die an all die Dinge nicht glaubte, würde es wohl schwer werden, dies nicht als übler Scherz zu betrachten. Nach etlichen Minuten schlich Ervos weg von Alice, die sofort wieder aufstehen wollte.
«Nur mit der Ruhe. Bleib noch ein bisschen liegen, ich werde nur kurz mein schönes Töpfchen in Betrieb nehmen», Nayara begriff nicht, warum er das sagte, denn der Kessel war schon beinahe am Überlaufen.
Also legte sich Alice wieder angespannt hin und sah aus den Augenwinkel zu, was Ervos trieb.
«Du musst wissen», begann er und dies erinnerte Nayara mit Schrecken an die kurze Zeit, die sie auf der Matratze verbracht hatte.

«Menschen, die von einer solch derart starken Macht beschlagnahmt werden, sind nicht leicht zu heilen», niemand sagte etwas und jeder war gespannt, was wohl als nächstes folgen mochte. Alice begriff immer weniger, genauso David und Nayara.
«Was meinen Sie damit?», fragte Nayara gespannt.
«Wie du sicherlich weisst, gibt es jemanden, der im Stande ist, Menschen zu töten, ohne sie berühren zu müssen», fuhr er fort und Nayara wollte gar nicht mehr zuhören, denn sie bereute bereits, gefragt zu haben.
«Also bitte! Es ist doch wohl kaum möglich, jemanden zu töten, ohne in anzufassen!», empört meldete sich Alice und setzte sich auf.
«Ehrlich. Ich habe keine Lust auf solche Scherze!», sie stand auf und verliess die Hütte.
«Tut mir leid. Sie ist nicht gut auf solche Dinge zu sprechen», entschuldigte sich Nayara und rannte ihr hinterher. David winkte Ervos einige Male, würgte komische Laute von sich und spurtete dann Nayara und Alice hinterher.
«Was soll dieser Mist?», fragte Alice, als sie endlich innehielt.
«Was soll dein Mist?», David verschränkte die Arme.
«Wie jetzt. Willst du mir etwa sagen, dass dieser Alte da kein blödes Hokuspokus gemacht hat?», sie verschränkte die Arme ebenfalls und Nayara erinnerte sich an die Zeit in Paris.
«Nein, hat er nicht», warf Nayara ruhig ein.
«Pah!», machte Alice nur und wendete den Kopf zur Seite wie ein beleidigter Hund.

«Wirklich nicht», sagte auch David und Alice musste sich geschlagen geben.
«Lass ihn einfach machen, oder du wirst wirklich sterben», murmelte Nayara und versuchte benommen zu klingen, was ihr nicht wirklich gelang.
«Sterben...», wiederholte Alice während sie zurück zu Ervos gingen.
«Ich werde nicht einfach so sterben», meinte sie dann entschlossen, klang aber nicht sehr überzeugt.
Wieder in der engen Hütte legte Alice sich wieder auf die Matratze. Ervos hatte an seinem Gebräu weitergearbeitet, als sie ausser Haus waren. Nayara vermutete, dass er genau gewusst hatte, dass sie zurückkommen würden.
«Nur noch einige Tropfen vom Blasamseröl und drei Abschnitte des Fidiäruskreises», murmelte er und grinste.
Nayara verstand kein Wort, aber sie wusste, es war nichts Schlimmes.
«Was muss ich tun?», fragte Alice, nachdem ihr Ervos eine Holzschale hinhielt, in der sich das Gebräu langsam im Kreis drehte.
«Trinken», schlug er mit einer witzigen Miene vor, als ob es das normalste auf der Welt wäre.
«Dieses Gebräu hier?», sie stellte die Schale sanft auf ein bald in sich zusammenfallendes Regal und verschränkte die Arme.
«Nie und nimmer werde ich solche Substanzen zu mir nehmen!», sie lamentierte noch eine Weile, was alles mit ihrem Körper passieren konnte und dass sie keine Lust hatte, sieben Jahre an Erbrechen zu leiden. Als sie dann endlich eine Pause machte, um Luft zu holen, sagte Ervos ruhig: «Wenn du lieber sterben möchtest, nur zu.»

David und Nayara sahen Alice an. Beide wussten, dass er Recht hatte und Alice musste da durch.
«Schön!», fauchte sie, nahm die Schale wieder in die Hand und trank die schlammgrüne Flüssigkeit in einem Zug leer. Auch wenn sie es nicht zugeben mochte, ihr war warm und sie fühlte sich gut.
«Und?», David hielt die Schulter seiner Frau.
«Keinen grossen Unterschied. Nur etwas wärmer», sagte sie und stand auf.
«Ich hätte nun grosse Lust auf ein warmes Schaumbad. Wollen wir?», sie marschierte los. Nayara verstand gerade nicht, was im Kopf von Alice abging, ob sie vielleicht dachte, eine Sauna mit Whirlpool vorzufinden? Wenn ja, war sie einfach richtig dumm.
Alice war schon beinahe beim Haus. Arnold stand in der Tür und sah zu wie sie anmarschiert kamen.
«Verlief alles so, wie es sollte?», fragte er und öffnete die Tür. Alice stürmte hinein, rannte nach oben und schrie laut auf.
«Sie dachte, sie könne ein Schaumbad nehmen», klärte Nayara ihren Vater auf, der grinsend nickte.
«Sie muss sich eben noch einleben», warf David ein und schüttelte den Kopf.
«Ihr werdet nicht nach Paris zurückkehren?», fragte Nayara schockiert.
«Nun... mit Alice wird es schwer, hierzubleiben», gab David zu und betrat das Haus.
«Das ist ja eine völlige Bruchbude!», kreischte sie und hatte die Arme verschränkt.

«Was hast du erwartet? Eine Luxusvilla mit Swimmingpool direkt am Meer?», fragte Nayara und sah sie argwöhnisch an.
«Sowas in der Art, ja», murmelte sie leise und lief rot an. Alle lachten.
«Vergiss es Alice», sagte David und legte die breite Hand auf die Schulter seiner Frau.
«Ich will sofort zurück nach Paris!», schrie sie und stampfte mit dem rechten Fuss auf und ab.
«Verhalte dich nicht wie ein kleines Kind. Bitte», fügte er hinzu, als sie ihn verdutzt ansah.
«Er hat recht. Die Lage ist höchst kompliziert, morgen ist die Beerdigung von Nayaras Mutter und wir haben heute und morgen, vielleicht auch noch in einer Woche, keine Zeit nachhause zu reisen», erklärte David sanft und Alice liess sich in einen Sessel fallen.
«Das ist eine Katastrophe», keuchte sie, als hätte sie einen 10-km-Lauf hinter sich und wäre kurz vorm Tod.
«Du wirst es aushalten. Ich war anfangs auch ziemlich kritisch, doch wie man sieht, ich stehe noch», er lachte, doch Alice schien nicht zum Lachen zumute zu sein.
«Und dazu kommt, dass wir das ganze Haus renovieren werden. Nayaras Mutter hatte sich das nämlich gewünscht», fügte er hinzu und schmunzelte.
«Ach…», machte Alice, nicht sehr überzeugt.
«Und woher bezahlst du das alles? Ich nehme an, diese Landratten hier haben nicht viel Geld.» Damit hatte sie recht. Nayaras Familie hatte wirklich nicht viel Geld und Nayara warf einen raschen Blick zu ihrem Vater, der sich nicht im Geringsten daran störte, dass Alice ihn eine Landratte nannte.

«Na von unserem natürlich», er war hell begeistert und Alice stöhnte noch lauter auf als zuvor, sodass die anderen ihre Ohren zuhielten.
«Von unserem Geld!? Du verschaukelst mich!», sie drückte den Handrücken auf ihre Stirn und schien tatsächlich in Ohnmacht zu fallen. David spurtete in die Küche und kam mit einem verdreckten und durchlöcherten Lappen wieder, den er schnell unter kaltes Wasser gehalten hatte.
«Als ob das so schlimm ist... », Nayara schüttelte den Kopf.
«Nun... Alice ist es eben nicht gewohnt, so zu leben», meinte David und Arnold brummte.
«Von mir aus kann sie da liegen bleiben. Aber irgendwann müssen wir sie aus dem Haus bringen», er ging nach oben und kam nicht wieder. Nayara betrachtete ihre Pflegemutter und wartete, ob sie wieder zu sich kam. Wenn nicht, dann gäbe es nur einen Grund, der Sinn ergeben würde.
David betupfte weiterhin ihre Stirn, bis sie schliesslich langsam ihre Augen öffnete.
«Was ist passiert?», fragte sie und blinzelte.
«Du bist in Ohnmacht gefallen, als du erfahren hast, dass wir unser Geld benutzen wollen, um das Haus zu renovieren», erklärte David und sah sie lächelnd an.
«Ach so. Ich hätte nun gern eine Tasse Tee, wenn's genehm ist», murmelte sie und lehnte zurück. Nayara schlenderte in die Küche und kochte Wasser heiss auf. Sie hörte wie sich David mit Alice unterhielt.
«Wir können hier bleiben», sagte er schwärmerisch.

«Hier? Hast du das Land mal gesehen? Hier leben nur Landstreicher», sagte Alice ein wenig sauer.
«Du wirst sehen. Wenn dieses Haus renoviert ist, dann –«
«Dieses Haus wird nicht renoviert. Nicht mit meinem Geld.» Die beiden schwiegen sich an und Nayara kam mit der Teekanne zurück.
«Hat ja lange gedauert», kommentierte Alice und trank aus der Tasse, die ihr Nayara bereits gefüllt hatte.
«Du kannst ja wieder gehen, wenn du willst», Nayara stellte die Kanne auf einen Tisch, der drohte, jeden Moment zusammenzukrachen.
«Werde ich auch, nur keine Sorge», gab sie als Antwort und schmunzelte.
«Ich will nicht zurück, Alice. Wieso lebst du dich hier nicht einfach ein?», fragte David und sah seine Frau hoffnungsvoll an.
«Weil du mir am Tag unserer Hochzeit geschworen hast, dass wir immer in Paris bleiben werden. Die Stadt der Liebe, wie es so schön heisst. Du wolltest mit mir dein ganzes Leben dort verbringen», murmelte sie und trank noch einen Schluck. David starrte sie an und schien sich wieder daran zu erinnern.
«Du hast es vergessen, nicht wahr?», fragte Alice und nickte langsam.
«Natürlich nicht… wie könnte ich mein eigenes Versprechen vergessen?», er klang nicht überzeugend und anscheinend merkte das Alice.
«Tu es un salaud», sagte Alice ruhig und stand auf. Die Tasse liess sie auf dem Tisch liegen und kurz danach verliess sie das Haus.

«Was hat sie gesagt?», fragte Nayara die auch nach fünfzehn Jahren noch kein Französisch konnte.
«Dass ich ein Mistkerl sei», murmelte David und klang ziemlich niedergeschlagen.
«Bist du aber auch», gab Nayara offen zu.
«Was denkst du dir dabei, ein solches Versprechen zu brechen? Und zudem, ich hab dich öfters zusammen mit der Frau von der kleinen Hütte gesehen», sie verschränkte die Arme.
«Ich dachte, ich würde Alice nie wiedersehen!», rief er und fuhr sich durch die Haare.
«Tja, das tust du aber. Wenn du sie wirklich geliebt hättest, dann hättest du gehofft und nicht einfach aufgegeben», sie marschierte in die Küche und überliess David sich allein. Sie wusste nicht mehr, was sie als nächstes tun wollte, aber dann kam es ihr wieder in den Sinn. Grame wollte mit ihr reden. Sie rannte los, an David vorbei über den Dorfplatz in Richtung Wald. Sie würde endlich mehr erfahren.
«Nayara!», Thomas unterhielt sich mit Miss Wooler.
«Thomas!», sie umarmten sich und Nayara erzählte ihm von Grame und dass er ihr etwas erzählen wollte, er verstand jedoch nichts, da sie alles herunter gerattert hatte. Gemeinsam rannten sie weiter. Die Sonne stand hoch am Himmel und brannte auf ihren Nacken nieder. Es waren keine Wolken zu sehen, jedoch herrschte eine kalte Bise.
«Nayara kannst du mir nochmals erklären, was wir nun genau tun werden?», fragte Thomas und hielt sie am Arm fest, um sie zum Stehen zu bringen.

«Grame will mir mehr über Amorta erzählen. Ich kann nicht länger warten!», sie riss sich los und spurtete tiefer in den Wald hinein. Nach wenigen Augenblicken blieb sie stehen.
«Ich hab dich allein erwartet. Aber nun gut, wenigstens bist du hier», Grame, der alte, weise Zwerg ging im Kreis.
«Ich werde dir die Geschichte von Amorta zeigen», er lächelte und blieb stehen.
«Wird sie Thomas auch sehen?», fragte sie flehend.
«Gute Frage», antwortete er gelassen.
«Ich finde er hat ein Recht darauf. Seine Mutter wurde ermordet», Nayara sah den Zwerg an, der ohne weiteres einwilligte. Er ging mit seiner grossen Hand einmal sanft über die Stirn von Thomas. Er lächelte, sagte jedoch nichts.
«Er wird mich nicht sehen, jedoch hören. Er wird nur diese Geschichte sehen und nichts mehr», erklärte Grame kurz und schwang seinen Arm ein wenig in die Höhe, sodass danach ein leuchtendes Fenster erschien.
«Einer nach dem anderen», Nayara kletterte durch das Fenster und landete in einem hässlichen, kleinen Haus. Sie konnte sich selbst nicht sehen. Ihr ganzer Körper war unsichtbar.
«Wo sind wir hier?», fragte sie, als sie das Gefühl hatte, dass sie angekommen waren.
«Das, Nayara, ist das ehemalige Haus der Familie Ellipse», sagte er gemächlich.
«Wer waren die Ellipse?», wollte sie wissen und ein langsames Schlurfen verriet ihr, dass Thomas auch angekommen war. Grame lächelte und strich mit seiner

Hand durch die Luft. Danach standen drei Personen im Haus, ein alter Mann, eine Frau und ein Mädchen mit langen, schwarzen Haaren.
«Wisch den Boden sauber, na los!», fauchte die Frau und gab dem Mädchen einen Klaps. Der Mann sass in einem etwas unbequem aussehenden Schaukelstuhl und sah zu, wie das Mädchen den Boden wischte.
«Warum tun sie das?», flüsterte Nayara besorgt.
«Weil sie muss», antwortete Grame ruhig. Wieder wischte er mit der Hand durch die Luft und das Bild veränderte sich. Sie befanden sich ganz woanders, in einem gemütlichen Herrenhaus. Sie sahen unzählige Menschen mit schönen Kleidern und teuren Accessoires. Die Frauen hatten ihre Haare zu hohen Frisuren zusammengebunden und die Herren trugen edle Hüte.
«Wo sind wir hier?», meldete sich Thomas zum ersten Mal.
«Auf einem Ball in London», antwortete Grame und wippte leicht hin und her. In einer Ecke spielte ein Orchester Musik mit allen möglichen Instrumenten, die Nayara teilweise nicht einmal kannte. Die Menge tanzte wild herum, und plötzlich fiel Nayara das Mädchen mit den schwarzen Haaren wieder auf. Sie sass in einer Ecke und sah zu, wie sich die Leute amüsierten. Sie erkannte, dass sie keineswegs Glücklich war und eine Art von Hass ausstrahlte. Es dauerte nicht lange und ein Mann erschien. Er war ebenso edel gekleidet wie die anderen und sprach zu dem Mädchen.
«Verschwinde von hier. Niemand hat dir erlaubt hier zu sein», Nayara, Thomas und Grame schlichen nahe ran, um alles zu verstehen. Das Mädchen ballte die Hände zu

Fäusten und marschierte mit puterrotem Kopf aus dem Saal. Grame ging dem Mädchen gemütlich hinterher, Nayara und Thomas folgten ihm.
«Was tun wir jetzt?», fragte Thomas scheu, denn ihm war die Sache nicht mehr geheuer. Grame antwortet nicht, sondern ging schnurstracks weiter. Irgendwann, nachdem sie dem Mädchen durch einen dichten Garten voller Blumen und Bäume gefolgt waren, hielt sie inne. Sie stand vor einer einfachen Holzhütte, die Nayara stark an die in Hyperville erinnerte. Das schwarzhaarige Mädchen stand da und glotze an die Tür, so als würde etwas daran sein.
«Komm raus Leya, komm raus!», schrie sie und grinste gemein. Leya, ein gleichaltriges Mädchen mit schönen, langen, braunen Haaren, blauen Augen und einem niedlichen Gesicht erschien im Türrahmen. Sie lächelte dem anderen Mädchen zu.
«Was willst du, Amy?», fragte sie freundlich und hielt einen Waschlappen in der Hand.
«Nichts», murmelte Amy säuerlich und trat näher. Es war dunkel und Nayara konnte nicht sehr viel erkennen. Amy betrat den Türrahmen, dann ertönte ein lauter Schrei und sie war verschwunden. Nayara und Thomas schreckten zusammen, rannten zu Leya und sahen, dass sie tot dalag, der Waschlappen war ihr aus der Hand geflogen und aus ihrem Hals quoll dunkelrotes Blut.
«Warum hast du uns das gezeigt!?», flüsterte Nayara und fuhr sich durch die Haare.
«Es ist Vergangenheit, Nayara. Du wirst nur das sehen, was bereits geschah und es wird dir sicher nicht schaden. Anderen Menschen schon, deswegen hab ich Thomas

zurückgeschickt.» Nayara sah sich um und merkte erst jetzt, dass Thomas tatsächlich nicht mehr da war.
«Komm. Wir dürfen keine Zeit verlieren», Grame nahm Nayara an der Hand und schien anscheinend mitbekommen zu haben, wohin das schwarzhaarige Mädchen gegangen war. Es dauerte nicht lange und sie fanden sie lachend bei einem Baum.
«Endlich», flüsterte sie immer wieder. «Endlich.» Nayara sah sie entsetzt an. War sie etwa stolz darauf, jemanden ermordet zu haben? Dem Mädchen schien es tatsächlich so zu gehen. Sie sah das blutverschmierte Messer an, das sie immer noch in der Hand hielt. Grame bewegte sich nicht und Nayara fragte sich, was nun kommen mochte. Bald verstand sie, dass der Tod von Leya nicht unbemerkt blieb. Das Mädchen bekam mit, wie viele Leute aus dem Herrenhaus daher gerannt kamen und nach Spuren suchten. Sie überlegte nicht lange und spurtete los durch den Wald. Grame ging ihr hinterher, ohne zu zögern. Er hatte es leichter als Nayara, denn er konnte sich einfach in einen Stein zusammenrollen und ohne grosse Probleme den Hang runter rollen. Nayara stolperte über Steine und Wurzeln.
«Wohin gehen wir jetzt?», rief sie ihm nach, obwohl sie nicht wirklich wusste, wo er genau war. Unterhalb des Hügels stand das Mädchen, völlig ausser Atem und sie schien genauso wie Nayara gestolpert zu sein, denn ihre Knie waren blutverschmiert. Grame stand einige Meter abseits und pfiff sie sachte zu sich. Das Mädchen starrte hoch, anscheinend waren ihr die anderen nicht weiter gefolgt.

«Was nun?», flüsterte Nayara und sah dem Mädchen zu, wie sie hochstarrte.
«Sie wird sich hier unten verstecken. Allen war bekannt, dass Leya besser behandelt wurde als das Mädchen. Amy hasste sie, und so war es für viele das Logischste, dass sie die liebe Leya getötet haben musste, denn Leya verstand sich mit allen prächtig.» Nayara nickte und das Mädchen rührte sich immer noch nicht.
«Aber nur, weil sie weniger Achtsamkeit von den anderen bekam, ist das noch lange kein Grund, einen Mord zu begehen!», schrie Nayara empört und sah wutentbrannt in die Richtung, in der sie Grame vermutete.
«Selbstverständlich. Aber ihre Kindheit war dunkel, Nayara. Und das zeigte sich später…», er wischte mit seiner Hand durch die Luft. Das Mädchen schien keine Anstalten zu machen, zu verschwinden und Nayara sah noch für einen kurzen Moment, wie ihre Augen in Richtung Nayara huschten.
Die beiden tauchten in einem kleinen Dörfchen wieder auf. Es war alles andere als ein reiches Dorf und es schien, als würden eher ärmere Menschen hier leben. Nayara sah sich um. Die Häuser waren heruntergekommen und erinnerten sie stark an die Hütte, die sie mit ihrem Vater in Hyperville hatte. Es gab kaum Menschen draussen und es schien, als würden sie sich vor etwas fürchten.
«In welcher Zeit sind wir?», fragte Nayara und betrachtete die Menschen.

«Wir haben heute den 14. November, 1971», antwortet Grame und auf seinem Gesicht breitete sich ein Lächeln aus.

«Was ist so speziell an diesem Tag?», neugierig ging sie auf das Dorf zu. Grame folgte ihr.

«Dies ist der Tag, an dem sich das Leben für eine bestimmte Person für immer verändert hatte», geheimnisvoll schlich er an Nayara vorbei und hielt bei einem Haus inne, wo Kesseln und Pfannen gestapelt waren.

«Warte hier», sagte er und Nayara gehorchte. Da die beiden unsichtbar waren und für die Menschen, die dort lebten, überhaupt nicht existierten, war es für sie kein Problem, in das Haus einzutreten. Das Haus war einfach eingerichtet und Nayara konnte fast nicht unterscheiden, zwischen diesem Haus und ihrer Hütte.

Auf einem Bett neben einem Fenster sass ein kleiner Junge, Nayara schätzte ihn auf zehn oder elf. Seine Eltern waren nicht da und er beschäftigte sich mit einem Ball aus Garn.

«Wer ist er?», sie ging sachte zu ihm und starrte ihn genau an.

«Erkennst du ihn nicht?», wollte Grame wissen. Nayara zögerte. Er kam ihr unheimlich bekannt vor, aber sie konnte ihn nicht zuordnen.

«Das, Nayara, ist dein Vater mit zehn Jahren», half er ihr nach und berührte ihre Schulter.

«Mein Vater?», wiederholte sie, etwas beklommen.

«Er hat dir nie von seiner Kindheit erzählt, nicht wahr?», fragte er und schien die Antwort bereits zu kennen.

«Es war, als hätte er überhaupt keine gehabt», niedergeschlagen setzte sie sich neben ihn.
«Tja. Gewissermassen… war es auch so.», Nayara sah ihn an und wollte ihn soeben fragen, was er damit meinte, als eine hübsche Frau mit langen braunen Haaren das Haus betrat. Dicht hinter ihr erschien ein Mann, der Nayaras Vater unheimlich ähnlich war.
«Arnold», sagte Nayara mit zittriger Stimme. Der Mann sah nach draussen und Nayara folgte seinem Blick. Es war stockdunkel.
«Du musst weglaufen. Soweit du kannst», fuhr die Frau fort und hielt die Schultern des kleinen Jungen.
«Warum?», fragte er glücklich und Nayara wirbelte herum, denn sie wollte dies nicht mit ansehen müssen.
«Wir haben keine Zeit mehr, Lucienne!», rief der Mann, der offenbar ihr Gatte war.
«Hör mir zu, Arnold», Lucienne sah ihrem Sohn tief in die Augen und Nayara spürte, wie Tränen ihre Wangen hinunter strömten.
«Mum und Dad werden nicht mit dir kommen. Geh, solange du noch kannst und bring dich in Sicherheit. Versprich mir, dass du auf dich aufpassen wirst», sie strich ihm über die Wange und auch ihr flossen Tränen die Wangen hinunter.
«Was ist los? Wohin geht ihr denn?», Nayaras Vater klang nicht mehr so glücklich wie zuvor. Er sah seine weinende Mutter an und seinen verzweifelten Vater, der andauernd flüchtige Blicke nach draussen warf. Lucienne öffnete das Fenster und half ihrem Sohn, hinauszuklettern.

«Geh, Arnold, und bring dich in Sicherheit!», sie sah ihm nach, wie er davonrannte und schrie stumm vor sich hin.
Arnold rannte so schnell er konnte und versteckte sich im Wald, der mehrere Meter von ihrem Haus entfernt war. Er sah zu, wie seine Mutter das Fenster schloss und ihren Mann umarmte.
«Wie lange wird es dauern, Franclin?», fragte sie mit zittriger Stimme.
«Ich weiss es nicht… Ich weiss es nicht», er umarmte seine Frau fest, danach dauerte es nicht mehr lange und die Dunkelheit, die sich im Dorf breitmachte, legte sich auch über das Haus. Ein lauter Schrei war zu hören und es wurde wieder etwas heller. Lucienne und Franclin waren tot.
Nayara war mittlerweile auf die Knie zusammengesackt und hielt ihr Gesicht in den Händen vergraben. Durch ihre zittrigen Finger erhaschte sie einen kurzen Blick auf Arnold, der genauso weinend da sass, wie Nayara.

Die erschreckende Botschaft

Sie waren wieder zuhause angekommen. Nayara hatte den bekannten Wald vor sich, die smaragdgrünen Blätter und die kastanienbraunen Stämme.
«Wieso – », begann sie, ihre Augen immer noch durchnässt, «zur Hölle – hast du mir diese Geschichte gezeigt!», sie schien völlig erschöpft zu sein.
«Dies war ein winziger Teil der Geschichte des Mädchens, die dich heute töten möchte. Ich hätte dir gern mehr zeigen können. Doch ich fand es das Beste, nur den Anfang und eine weitere Szene zu zeigen», antwortete Grame, der wieder sichtbar wurde.
«Warum ausgerechnet die meines Vaters?», fragte sie, schon etwas ruhiger.
«Weil ich wusste, dass du seine Vergangenheit nie erfahren hättest und du auch nie erfahren hättest, dass er bereits wusste, was dir bevorstand», sagte er und lächelte.
«Ich verlasse dich nun. Was du mit den Bildern machst, die ich dir gegeben habe, bleibt dir überlassen. Vergiss nicht, dass du nie alleine bist.» Er war schon dabei, sich zusammenzurollen, als Nayara eine wichtige Frage einfiel.
«Wie besiege ich sie nun? Hat mir diese Geschichte irgendetwas gebracht?», sie sah hoffnungsvoll zu ihm hoch.
«Wie eben bereits erwähnt... was du mit den Bildern und Gedanken machst, bleibt dir überlassen», und danach verschwand er mit einem dumpfem *Pflosch*.
Nayara stand da und sah auf die Stelle, wo eben noch Grame gestanden hatte.

«So einfach kann es doch nicht sein», dachte sie laut nach und begab sich zurück zur Hütte. Sie wusste nicht recht, wie sie ihrem Vater nun entgegentreten sollte. Sie kannte nun eines seiner wahrscheinlich dunkelsten Geheimnisse und wollte die Tatsache, dass sie sich endlich gut mit ihm verstand, nicht dadurch zerstören lassen.
Sie war allein und dachte nach. Kurz vor dem Waldrand kam ihr ein Zwerg entgegen, der jedoch nicht Grame war.
«Dylan!», schrie Nayara und sah den kleinen Zwerg auf sie zukommen. Er trug eine orangerote Zipfelmütze, was der einzige Unterschied zu seinem Zwillingsbruder Bob war, der eine veilchenblaue Zipfelmütze trug.
«Was machst du hier?», fragte sie.
«Ich hab dich mit Grame auftauchen sehen. Wo wart ihr?», er sah sie streng an und Nayaras fröhliche Miene verflog.
«Wir waren weit reisen. Es lohnt sich nicht, dir alles zu erklären», meinte sie entschuldigend und zwinkerte ihm zu.
«Okay... ich werde ihn nun suchen. Meinem Bruder geht es gar nicht gut», fügte er hinzu, als er zwischen zwei dicken Bäumen nochmals kurz innehielt.
«Was ist mit ihm?», sie sah ihn besorgt an.
«Er erinnert sich.» Und danach war er auch schon verschwunden. Nayara wusste nicht, wo er hinging. Sie verspürte den Drang, nach ihm zu suchen und seinem Bruder zu helfen. Als sie ihn nicht finden konnte, blieb sie stehen und schob schliesslich den Gedanken, nach ihnen zu suchen aus dem Kopf. Sie eilte zurück Nachhause. Es war bereits wieder dunkel geworden und

Nayara fröstelte ein wenig. Sie war froh, dass sie endlich wieder zuhause sein konnte.

«Da bist du ja», sagte Arnold etwas besorgt, als Nayara die rostige Tür betrat.

«Ja», antwortete sie und sah sich um. Thomas, David und Alice waren auch da und schienen sich glücklich bei einer Tasse Tee zu unterhalten.

«Wie war es?», stürmte Thomas los und hielt ihr die Schulter.

«Es – «, begann Nayara, doch sie konnte einfach nicht erzählen, was geschehen war. Nicht vor ihrem Vater und den anderen.

«Komm mit», sagte sie schliesslich und führte Thomas nach draussen, da sie wusste, dass ihr Vater es nicht dulden würde, wenn sie nach oben gingen.

«Okay. Erzähl schon», forderte er sie gut gelaunt auf und Nayara machte ihm klar, dass es keine «gut gelaunte» Szene war. Sie schilderte, was sie gesehen und erlebt hatte. Thomas schien nach einer gewissen Zeit gar nicht mehr zuhören zu wollen.

«Das ist nicht dein Ernst», sagte er, als sie geendet hatte.

«Doch. Ich verstehe nicht, weshalb er mit das gezeigt hat. Ich meine, was bringt mir das jetzt? Ich wusste doch schon vorher, dass Amorta eine skrupellose Mörderin war, aber diese Erlebnisse werden mit doch noch lange nicht helfen, sie endlich zu stoppen», verzweifelt ging sie hin und her und atmete schwer.

«Wer hat gesagt, dass du sie stoppen musst?», Thomas sah sie fragend an.

«Nun… ich nehme an, dass es niemand anders sonst tun wird. Oder würdest du gern?», fragte sie und sah ihn an. Er lehnte mit einer Handbewegung hastig ab.
«Eben. Und das dümmste ist, ich weiss praktisch immer noch nichts über sie. Ich brauche mehr», sagte sie und fuhr sich durch die mittlerweile wieder fettigen Haare. «Ich war bei ihrem allerersten Mord auch dabei und den hat sie begangen, weil Leya besser war als sie. Vielleicht ist es eine ihrer Schwächen, wenn sie nicht beachtet wird», dachte er laut nach und rieb sich das Kinn. Nayara fieberte an diesem Gedanken herum, sagte jedoch erst nach einer Weile: «Möglich. Aber was ist mit den anderen Morden? Viele dieser Leute kannte sie vielleicht gar nicht, dann hätte sie einfach so getötet? Sie brauchte doch ein Motiv!», sie fühlte sich richtig gut dabei, so zu tun, als wäre sie eine Detektivin.
«Nicht unbedingt. Stell dir vor, wenn du jeden Tag Süssigkeiten isst, dann wirst du doch irgendwann abhängig davon», er zwinkerte und Nayara grübelte weiter.
«Du meinst –«, begann sie.
«Richtig. Sie bekam eine Vorliebe für das Morden und konnte nicht mehr aufhören.» Die beiden Schwiegen eine Weile, dann sauste Nayara zurück in die Hütte und schrieb die Möglichkeiten, die sie soeben mit Thomas besprochen hatte, auf.
«Kannst du mir einen Gefallen tun?», fragte sie ihn, während sie fleissig am Kritzeln war.
«Was denn?»
«Skizziere sie mal. Mit meinen Schilderungen aus den gezeigten Erlebnissen und deinen Erinnerungen.» Ohne

lange zu überlegen, wuselte Thomas zu einem Blatt und rief seine Erinnerungen auf, um sie zu skizzieren. Nayara beendete ihren Text und beobachtete Thomas, wie er viele Entwürfe wegschmiss.
«Du musst sie nicht perfekt zeichnen, es reicht, wenn wir uns irgendetwas darunter vorstellen können», erklärte sie ihm, als sie all seine Entwürfe vom Boden aufhob.
«Ja, schon.» Er schien sie anscheinend nicht richtig gehört zu haben, denn er zeichnete noch eine ganze Weile weiter, ohne ein zufriedenstellendes Resultat zu erzielen. Nayara verliess ihn für einen Augenblick und nutzte die Zeit, um mit ihrem Vater zu sprechen.
«Ist alles in Ordnung?», fragte er, als sie auf ihn zumarschiert kam.
«Ja», log sie, denn eigentlich war so ziemlich nichts in Ordnung.
«Gut», er setzte sich auf einen Stuhl und sah sie an.
«Weisst du», begann sie sanft und senkte den Kopf ein wenig nach links.
«Vielleicht ist deine Vergangenheit etwas, dass du nie jemandem erzählt willst –«, sie wusste nicht genau, was sie ihm eigentlich erzählen wollte, doch sie sprach einfach drauflos.
«Meine Vergangenheit?», wiederholte er und sah sie skeptisch an.
«Ja… kannst du mir etwas davon erzählen?», fragte sie freundlich und schien die Antwort bereits zu kennen.
«Warum sollte ich?», er stand auf und verschränkte die Arme vor seiner Brust.

«Nun... wenn wir nicht Vater und Tochter wären, wären wir uns eigentlich völlig fremd, nicht?», sie sah ihn an und widerstand dem Glühen in seinen Augen.
«Das bedeutet noch lange nicht, dass du etwas von mir wissen musst!», bellte er und humpelte aus dem Wohnzimmer.
«Ich kenn deine Geschichte bereits!», rief sie ihm hinterher doch sie bezweifelte, dass er es gehört hatte. Sie seufzte tief und ging zurück zu Thomas.
«Was wolltest du tun?», fragte er und zeichnete noch letzte Details an seiner Skizze.
«Ich wollte meinen Vater dazu bringen, mir von seiner Vergangenheit zu erzählen», sagte sie langsam.
«Bist du wahnsinnig geworden? Dieses Erlebnis war für ihn ein Schock fürs Leben! Es ist möglich, dass er sich davon nie mehr richtig erholen kann!», empört stand er auf und verschränkte seine Arme genauso wie Nayaras Vater.
«Ja, schon gut. Hab's kapiert», sie ging in die Knie und begutachtete die fertige Skizze.
«Perfekt», sagte sie und ein breites Lächeln war zu sehen. Auf der Skizze war eine schwarze Gestalt zu sehen mit blasser Haut und rabenschwarzen Augen. Die Hände waren knochenartig dahin gesudelt und die Beine waren unter einem langen, zerlumpten Umhang verborgen.
«So sah sie, oder sieht sie aus?», fragte sie, als sie die Zeichnung mehrere Male von oben bis unten betrachtete.
«So hab ich sie jedenfalls in Erinnerung und so wie du das Geschehene beschrieben hast, war es ziemlich dunkel.» Nayara lächelte. Sie konnte sich zuvor nie wirklich vorstellen, wie eine solche Frau aussehen

mochte, doch nun, dank dieser raschen Skizze von Thomas, konnte sie sich einigermassen etwas darunter vorstellen.

«Wenn sie das Mädchen mit den schwarzen Haaren war, hat sie sich ziemlich krass verändert», bemerkte Thomas und sah seine eigene Zeichnung an.

«Richtig. Ich nehme an, durch die vielen Morde hat sie eine andere Gestalt angenommen», sie klang ziemlich überzeugt.

«Glaubst du?», Thomas sah sie misstrauisch an, denn er glaubte nicht wirklich daran, dass man seine Gestalt verändern konnte.

«Ja, ich schon. Ich meine, hast du eine andere Erklärung dafür, weshalb sie zu solch einem Monster geworden ist?», Thomas sagte nichts. Anscheinend blieb ihm nichts anderes übrig, als Nayaras Theorie zu glauben.

«Ich glaube, wir haben genug für heute», sagte er schliesslich und setzte einen tiefen Gähner hinzu.

«Du hast Recht. Möchtest du hier übernachten?», fragte Nayara und gähnte ebenfalls. Ihr kam plötzlich wieder in den Sinn, dass sie schon lange nicht mehr richtig geschlafen hatte.

«Ja. Wäre nett.» Die beiden gingen ohne ein weiteres Wort und machten es sich auf den verfügbaren Schlafmöglichkeiten bequem. Es dauerte kaum eine Minute und Nayara wäre schon beinahe eingeschlafen, als ein lautes Scheppern sie wieder aufschreckte. Arnold machte sich keine Mühe, leise zu sein. Er trampelte durch das Wohnzimmer in die Küche und wieder zurück, dann endlich hielt er inne.

«Was zur Hölle marschierst du hier so rum!», rief
Nayara. Thomas schien sich nicht daran zu stören.
«Wusste nicht, dass du hier schläfst», antwortete Arnold
etwas verlegen.
«Warum können wir nicht nach oben? In ein richtiges
Zimmer», gähnte sie und klang ziemlich verärgert, da sie
sich doch so sehnlichst ein richtiges Bett wünschte.
«Einsturzgefahr», sagte er, ohne eine Miene zu verziehen.
«Glaubst du doch selbst nicht», sie hockte auf und blickte
zu ihrem Vater hoch.
«Du warst auch schon oben», bemerkte sie und lächelte
breit. Darauf antwortete Arnold nicht und seufzte.
«Ich gebe dir ein Zimmer, in dem zwei Betten stehen.
Mehr bekommst du nicht. Die anderen Zimmer bleiben
verschlossen und es gibt keine Diskussion», er
marschierte nach oben und sagte kein weiteres Wort
mehr. Nayara weckte Thomas sanft und gemeinsam
gingen sie die knarrende Treppe hoch.
Arnold schloss soeben das hinterste und letzte Zimmer
auf. Nayara war nicht sehr wohl dabei, doch sie war froh,
endlich ein richtiges Zimmer zu haben und nicht immer
alles in der Küche oder im Wohnzimmer erledigen zu
müssen. Im Zimmer war es kaum besser eingerichtet als
unten. Es hatte zwei kleine, nicht sehr stabil aussehende
Betten, ein Nachttischen mit einer Lampe, die zu Nayaras
Verwunderung noch schwach brannte. Neben dem
grossen Fenster stand ein dunkler Schrank, in dem wohl
kaum Klamotten waren.
«Das ist das beste Zimmer. Aber wenn wir das Haus erst
mal renoviert haben, wird das sicher ganz nett hier.»
Nayara freute sich riesig auf die Renovierung. Vielleicht

konnte dann sogar Thomas mit ihnen leben, da er ja eigentlich ein Waisenkind war.
Ohne lange zu überlegen schlüpften die beiden in die Betten. Es knarrte und knackte ein bisschen, doch das war ihnen egal. Sie waren müde und freuten sich, endlich in Ruhe schlafen zu können.

Am nächsten Morgen stürmte es. Regen peitschte gegen das Fenster und der Wind heulte durch die dünne Holzwand. Arnold schien bereits auf den Beinen zu sein, denn Nayara konnte den alten Wasserkocher hören.
«Thomas?», rief sie laut, da der Sturm einen Höllenlärm verursachte.
«Bin schon seit einer Ewigkeit wach. Dieser Sturm hat bereits gestern Nacht begonnen», er sah nicht sehr ausgeschlafen aus.
«Gehen wir nach unten und essen etwas», schlug Nayara vor und das schien ihn ein wenig aufzuheitern. Unten war es schön warm, denn Arnold hatte den Kamin eingefeuert.
«Guten Morgen», sagte er etwas launisch und Nayara befürchtete, er war immer noch sauer wegen dem Gespräch von gestern Abend.
«Ich hab uns Milch und frisches Brote besorgt. Keine Sorge Thomas, Miss Wooler wird keinen Ärger bekommen», fügte er grinsend hinzu, als er Thomas besorgte Miene sah.
Sie assen ihm Wohnzimmer, da der einzige noch ganze Stuhl in der Küche kaum für drei Personen reichte. Das Sofa war genug bequem und mit dem Feuer war es schön gemütlich.

«Wo sind eigentlich Alice und David?», fragte Nayara und sah sich um.

«Sie sind nochmals zu Ervos gegangen, da David befürchtete, dass immer noch etwas mit Alice nicht in Ordnung sei. Was ich stark bezweifle, denn sie ist einfach nicht die Art von Person, die so leben kann», Arnold schlang ein Brot hinunter und trank einen kräftigen Schluck Milch. Nayara nickte und ass langsam.

«Wir waren nicht an der Beerdigung», bemerkte sie matt und legte ihr Brot wieder hin.

«Ich schon», antwortete Arnold und schien ein wenig enttäuscht von Nayara zu sein.

«Wo warst du in dieser Zeit? Ich dachte, es liege dir viel daran, an der Beerdigung dabei zu sein», er sah sie streng an und Thomas traute sich nicht wirklich, eine Bemerkung zu machen.

«Ich war beschäftigt», sagte sie kalt.

«Dir sind also irgendwelche andere Dinge wichtiger als deine verstorbene Mutter?», fragte er und erhob sich.

«Nein! Aber ich versuche herauszufinden, wer die Person war, die sie getötet hat!», sie stand ebenfalls auf und die beiden starrten sich mit zusammengekniffenen Augen an.

«Da hat sie Recht. Ich war dabei, als sie Informationen gesucht hat», meldete sich Thomas mit einer hohen Stimme.

«Sei's drum. Aber ihr könnt die Person, die sie getötet hat, nicht aufhalten», sagte Arnold und füllte sein Glas neu auf.

«Nur, weil du es nicht gekonnt hast, heisst das nicht, dass wir es auch nicht können», sagte sie barsch. Darauf antwortete niemand. Thomas, und schliesslich auch

Nayara bemerkten, dass sie zu weit gegangen waren. Arnold erhob sich erneut und marschierte hinaus. Es regnete immer noch stark und beide erwarteten, ihn nach wenigen Minuten wiederzusehen, doch er kam nicht.
«Tut mir leid», flüsterte sie beklommen.
«Wann lernst du endlich, dich zusammenzureissen?», fragte Thomas und räumte seinen Teller weg. Nayara sass allein im geheizten Wohnzimmer und atmete schwer. Thomas hatte Recht. Sie musste lernen, sich zusammenzureissen und nicht immer gleich auszurasten.
«Thomas?», fragte sie, als er nach fünfzehn Minuten noch nicht zurückgekehrt war. Sie ging vorsichtig in die Küche doch er war nicht da.
«Suchst du jemanden?», eine rauchige, kratzende Stimme erfüllte die Stille. Nayara drehte sich blitzschnell um und erkannte Lucia Santa, die Teufelswandlerin.
«Lucia?», sie blieb entsetzt stehen, denn Thomas war bei ihr.
«Ja...», sagte sie mit einem gemeinen Lächeln.
«Wirklich jammerschade, dass ich ihn nicht töten darf», sie seufzte künstlich und tat, als hätte sie Mitleid mit ihm.
«Was willst du», Nayara verschränkte die Arme und sah sie wütend an.
«Eigentlich will ich dich töten, um ehrlich zu sein», nachdenklich rieb sie ihr Kinn und sah dann wieder hoch.
«Aber sie möchte das lieber selbst in die Hand nehmen.»
Nayara wartete auf noch mehr, doch sie lachte nur leise vor sich hin.
«Sag schon. Was machst du hier?», immer noch zornig stand sie da, den Blick abwechselnd auf Thomas und Lucia gerichtet.

«Ich überbringe dir etwas», sie ging mit ihren zerbrechlichen Beinen vor und hielt sich an der Wand fest, um nicht umzufallen. Als sie bei Nayara ankam, packte sie ihren Hals und flüsterte ihr direkt ins Ohr: *«Wage es ja nicht, sie auch nur anzufassen. Sie wird kommen und euch alle vernichten. Es gibt nur einen einzigen Ausweg für euch, aber wir sind uns sicher, dass dieser Ausweg nicht von euch gewählt wird. Jedenfalls... wir wünschen euch ganz viel Glück beim Versuch zu überleben.»* Sie sah auf und streckte ihre hässliche, schwarze Zunge raus. Dann wurde sie immer kleiner und kleiner und war schliesslich ganz verschwunden.
«Was hat sie dir gesagt?», fragte Thomas, nachdem er wieder gehen konnte.
«Dass sie kommen wird und wir keine Überlebenschance haben», niedergeschlagen starrte Nayara auf die Stelle, an der Lucia verschwunden war.
«Sie lügt –«, begann Thomas, doch Nayara hob die Hand, um ihn zum Schweigen zu bringen.
«Sie hat Recht. Wir werden sterben», schlapp liess sie sich auf den Sessel hinter ihr fallen.
«Wie kannst du das behaupten?», verärgert setzte sich Thomas ebenfalls und sah Nayara mit aufgeblähten Nasenlöcher an.
«Überleg doch mal! Wir haben keine Taktik, keinen Plan oder auch nur eine Ahnung, wie wir sie überhaupt erledigen *könnten!* Und wenn wir eine Ahnung hätten, wüssten wir nicht, ob es schlussendlich *funktioniert!*»
Damit hatte sie definitiv recht und Thomas musste einsehen, dass das vielleicht wirklich das Ende war.

«Warum hat sie dich nicht schon früher getötet?», er wollte ebenfalls Nachdraussen gehen doch Nayara hielt ihn am Arm zurück.
«Sie konnte nicht. Alice und David hassten mich, doch sie mussten aufpassen, dass mir nichts geschieht, weil ich sonst gestorben wäre. Als meine Eltern gefangen genommen wurden, brachte man mich direkt zum Cousin meines Vaters. Sie konnte mich zu dieser Zeit nicht töten, weil Mr. Tondus an erster Stelle stand, denn er hatte sie verraten. Als ich hier war, da konnte ich den Bann mit meinen Eltern wiederherstellen und so war es ausgeschlossen, dass sie mich tötete und jetzt… ist meine Mutter tot. Der Bann ist kaputt und ist nicht mehr zu reparieren. Sie hätte mich schon lange töten können, aber warum tut sie es nicht?», sie sah Thomas an, der auf seine Frage eine wütende Reaktion von Nayara, und keine klare Erklärung erwartet hatte.
«Du bist stark», sagte er langsam. «Vielleicht wurde ihr bewusst, wie stark du bist und es war unmöglich für sie, diese Stärke auszuhalten.» Nayara nickte.
«Du meinst also, sie ist schwach?»
Der Regen legte sich ein wenig und Arnold war noch immer nicht zurück.
«Selbstverständlich ist sie schwach. Ich konnte ihren ersten Mord miterleben und den hat sie nur begangen, weil Leya mehr Achtsamkeit bekam. Ist das keine Schwäche?», fragte er etwas unsicher.

Der Entscheid

«Gut möglich.» Nayara hatte die Hoffnung aufgeben und hatte auch keine Lust mehr, weiter mit Thomas darüber zu diskutieren. Irgendwann schien er das begriffen zu haben und verstummte. Die beiden sassen also da und schwiegen sich an, bis schliesslich David und Alice herein kamen. Nayara war das recht, denn die Stille wurde allmählich lästig.
«Und?», fragte sie und sah hoch. An ihrem Kinn waren dunkelrote Abdrücke von ihren Handballen zu erkennen.
«Sie ist wieder gesund. Das heisst, sie war noch nie krank. Arnold hatte Recht und sie wird sich wahrscheinlich nie daran gewöhnen können», murmelte er und klang ziemlich erschöpft.
«Aber die Renovierung wird schon durchgeführt, oder?», fragte sie mit etwas besorgter Miene, denn sie befürchtete, dass Alice David davon überzeugen konnte, das Haus nicht zu renovieren.
«Selbstverständlich. Zum Wohl deiner Mutter.» Er zwinkerte ihr zu und sie zwang sich zu einem Lächeln. Sie war sich immer weniger sicher, ob sie überhaupt noch in Hyperville bleiben sollte, oder nicht einfach mit Alice und David zurück nach Paris gehen wollte. Hier waren einige ihrer engsten Freunde und ihre Mutter gestorben und sie wollte nicht, dass noch mehr wegen ihr sterben mussten.
«Ich geh und besuch Miss Wooler. Sie hatte bestimmt schon lange keinen Besuch mehr», Thomas log und das wusste Nayara, denn er war erst neulich bei ihr. Sie nahm

an, dass er einfach keine Lust mehr hatte, hier bei ihr zu sein.

«Was ist los?», fragte David ernst, als die Tür ins Schloss fiel.

«Gar nichts», gab Nayara zurück und merkte selber, dass es nicht sehr überzeugt klang.

«Erzähl schon», forderte Alice sie auf und Nayara schnappte nach Luft, als wäre sie fünfzehn Minuten unter Wasser gewesen.

«Was wäre, wenn ich zurück nach Paris wollen würde?», fragte sie.

«Bitte?», David schien schockiert, auf Alices Gesicht breitete sich jedoch ein strahlendes Lächeln aus.

«Das wäre super, ich hab nichts dagegen. Wir können von mir aus schon heute Abend nachhause reisen. Ich hab nachgesehen, wann die Flüge nach Frankreich gehen. Heute Abend um zehn wäre der letzte, hab's mir aufgeschrieben», sie sprudelte drauflos und suchte irgendwo im Zimmer nach dem Zettel mit den Flügen drauf. David starrte sie eine Weile an, widmete sich dann wieder Nayara zu.

«Warum willst du wieder nachhause? Gefällt es dir hier nicht mehr?», fragte er und sah sie mit einem flehenden Blick an.

«Doch, es gefällt mir eigentlich schon. Aber ich befürchte, es wird nicht besser werden und wenn ich jedes Mal daran denken muss, wie meine Mum die Renovierung gewünscht hatte und ich dann in dem Haus lebe. Verstehst du? Hier ist einfach so viel Tragisches passiert, dass ich weitere schreckliche Dinge nicht mehr

verkraften könnte», am Schluss war ihre Stimme nur noch ein Murmeln.
«Hör zu», begann David in einer angenehmen Tonlage, «hier wird nichts Tragisches mehr passieren und in Paris ist es doch viel zu laut und dir hat die Schule dort sowieso nie gefallen. Wieso also möchtest du wieder zurück?», er lächelte aber Nayara erwiderte sein Lächeln nicht.
«Du hast deiner Frau das Herz gebrochen. Nun willst du mich davon überzeugen hierzubleiben. Ich wollte zu Beginn nicht nach Irland gehen, weil ich keine Lust hatte, den Wald neben unserem Dorf zu verlassen, aber ich musste ja mit, weil ich sonst getötet worden wäre. Bring das mit Alice wieder in Ordnung. Da fällt mir ein, wie hast du sie eigentlich dazu gebracht, zu Ervos zu gehen?», fügte sie hinzu und sah ihn an.
«Naja, eigentlich wollte sie von allein dahin und ich fragte, ob ich sie begleiten darf und sie meinte ja.»
Eigentlich war Nayara nicht wirklich daran interessiert, aber sie wollte nicht, dass David irgendwelche Einwände gegen ihre Meinung hatte.
«Und?», fragte Alice und sah ihren Mann hoffnungsvoll an. Er wechselte den Blick von Alice zu Nayara und wieder zurück.
«Gut», sagte er nach einer Weile.
«Wir gehen also?», Alice erhob sich und umarmte David.
«Wir werden gehen, aber noch nicht jetzt», er löste die Umarmung und liess einen leisen Seufzer hören.
«Die Renovierung wird noch stattfinden und wir werden erst abreisen, wenn das Haus fertig ist. Vielleicht gefällt es dir ja dann doch.» Er marschierte in die Küche und

kurz danach ertönte schnelles Plätschern von Wasser, das in ein kaputtes Becken floss.
«Das kannst du nicht machen! Dieses Haus braucht JAHRE um renoviert zu werden!», schrie sie, obwohl es nicht nötig gewesen wäre, denn zwischen Wohnzimmer und Küche gab es keine Tür.
«Nicht, wenn wir bald beginnen», warf Nayara ein und hatte die Arme verschränkt.
«Gut. Dann beginn», forderte sie Nayara auf und ging zu David in die Küche. Nayara folgte ihr.
«Dir ist bewusst, dass ich nicht beginnen kann, wenn David nicht bezahlt», sagte Nayara und grinste, denn sie wusste genau, dass Alice es hasste, denn schliesslich ging es um ihr Geld.
«David wir müssen beginnen. Ich werde noch sterben, wenn dieses Haus nicht bald eine ordentliche Badewanne bekommt», sie marschierte wieder hinaus, nahm die beiden Hunde und ging mit ihnen spazieren.
«Was müssen wir tun, um das Haus zu renovieren?», fragte Nayara und sah ihren Pflegevater interessiert an.
«Nun ich glaube, als erstes werden wir eine Baufirma anrufen, die dann vorbeikommt und alles genau mit uns bespricht», schlug er vor und Nayara nickte. Sie hatte noch nie ein Haus renoviert und deshalb auch keine Ahnung.
Sie liess ihn allein und machte sich auf die Suche nach Thomas, denn sie wollte wissen, weshalb er einfach so weggegangen war. Nayara fand ihn schliesslich unten am See, wo er das Wasser mit dichten Handschuhen und Schutzbrille analysierte.

«Hey Thomas», sagte sie und er erschrak so sehr, dass er beinahe in den See gefallen wäre.
«'tschuldigung», sie musste ein Lachen unterdrücken und half ihm wieder auf die Beine.
«Was willst du?», fragte er ernst.
«Dich fragen, weshalb du vorhin einfach abgehauen bist», sie nahm den Erlenmeyerkolben und begutachtete die schlammgrüne Substanz die darin brodelte.
«Weil ich keine Lust hatte, über das Geschehen mit deiner Familie zu plaudern», sagte er und nahm ihr den Erlenmeyerkolben aus der Hand.
«Du weisst, dass dieses Wasser tödlich ist. Also lass den Erlenmeyerkolben lieber liegen.» Er war schlecht gelaunt und das war nicht zu übersehen. Nayara war bombensicher, dass es noch einen Grund gab, weshalb er so abweisend war.
«Soll ich gehen?», fragte sie etwas enttäuscht.
«Ja. Wär vielleicht besser. Wie du siehst, bin ich sehr beschäftigt», er drehte ihr den Rücken zu und widmete sich seinem Chemiekasten, den er neben dem Ufer platziert hatte. Sie sah ihm noch eine Weile über den Rücken zu und beobachtete, wie er die schlammgrüne Substanz in ein anderes Gefäss schüttete, bevor sie sich dann in Luft auflöste.

Zurück in der Hütte von ihrem Vater sassen David und Alice im Wohnzimmer und unterhielten sich.
«Hat's geklappt?», fragte Nayara als sie hineinkam.
«Ja. In einer Woche werden die Leute kommen und mit der Renovierung beginnen», antwortete David und richtete sich auf.

«Eine Woche?», wiederholte Nayara ungläubig.
«Eigentlich wollten sie gar nicht kommen. Hier im Dorf gibt es ja keine Baufirma», er lachte kurz auf und verstummte dann. Nayara ging ein Licht auf und ihr wurde langsam übel. Hyperville wurde nie zuvor von anderen Menschen betreten, abgesehen von Judy, aber sie war die Schwester von Timela und deswegen konnte sie wahrscheinlich rein. Wenn aber eine ganze Baufirma hierherkam mit Bagger und allem Drumherum, gab das bestimmt einen riesen Aufstand.
«Wir müssen absagen», sagte sie entschlossen und wirbelte herum, auf der Suche nach einem brauchbaren Telefon.
«Was? Wieso?», fragte David und klang nicht sehr begeistert von Nayaras Plan.
«Weil in Hyperville noch nie eine Baufirma war und es bestimmt ein Rieses Tohuwabohu gibt, wenn diese Leute hier eintreffen!», schrie sie und fuhr sich wild durch die Haare.
«Dann gibt es eben ein Tohuwabohu. Wir können es nicht ändern. Die Baufirma erscheint in einer Woche und möchte dann mit der Renovierung beginnen können», er ging nach Draussen. Mittlerweile regnete es wieder und die Sonne war nicht mehr zu sehen.
«Ich geh spazieren», sagte Nayara zu Alice und sie nickte schwach.
Sie war es langsam aber sicher leid zu warten. Sie wusste nicht, wie es ihren noch lebenden Freunden ging und das wollte sie nun herausfinden. Sie marschierte einen schmalen Feldweg entlang, der zum Wald führte. Nayara wusste nicht wie spät es war, aber sie vermutete, dass es

bald Abend wurde. Im Wald war es still und das war
Etwas, das sie nicht sonderlich mochte. Normalerweise
zwitscherten Vögel und die Blätter rauschten im Wind,
aber so war es diesmal nicht. Die Bäume sahen erschöpft
und gebraucht aus. Ihre Äste baumelten runter und die
daran hängenden Blätter flogen hinunter auf den braunen
Waldboden. Nayara strich mit ihrer zarten Hand sanft
über die raue Rinde und begutachtete die halb zerstörten
Bäume.
«Was ist hier passiert?», fragte sie sich und bemerkte,
dass die Blätter, die einst smaragdgrün im goldenen
Sonnenlicht schimmerten, braun und einsam dalagen.
«Nayara», eine helle, piepsende Stimme erfüllte die
Stille. Es war Lillian, die kleine Wichtelin. Sie trug ein
samtrotes Sommerkleidchen und sah wesentlich besser
aus, als mit dem honiggelben.
«Was ist hier passiert?», fragte Nayara und sie hatte keine
Zeit, auf sie sauer zu sein, denn sie bemerkte, dass in
Lillians Stimme ein Hauch von Angst lag.
«Ich weiss es nicht, aber du sollst mitkommen», sie
humpelte los und schien sich am Bein verletzt zu haben.
Ihren Kopf hielt sie gesenkt und ihre Ohren wackelten auf
und ab.
«Wohin gehen wir?», Nayara musste ziemlich langsam
gehen, da sich Lillian noch langsamer bewegte als sonst.
«Darrs will dich sehen», nuschelte sie und schien nicht
sehr begeistert.
«Geht es ihm gut?», fragte Nayara und musste an
Penelope denken, das schneeweisse Einhorn mit den
königsblauen Augen, das immer an ihrer Seite gestanden
hatte und ihr so gut wie es ging geholfen hatte.

«Nein. Ich glaube nicht», sie schluchzte einmal laut auf und schnappte dann nach Luft.
«Was ist passiert?», schrie sie besorgt. Sie hatte Geduld, ruhig zu bleiben. Sie wusste nicht, wie sie es verkraften sollte, wenn noch jemand starb.
«Es ging ihm eine ganze Weile sehr gut. Doch dann überkam ihn eine Art Zitteranfall und er atmete nicht mehr. Grame hat versucht ihm zu helfen, aber nun liegt er mit sehr schwachem Puls da und hat nach dir gefragt», erklärte sie traurig und Nayara überkam ebenfalls Trauer. Die beiden gingen stumm durch den Wald. Nayara wurde es immer übler. Je tiefer sie in den Wald eindrangen, desto kranker und kaputter wirkten die Bäume.
«Was ist mit dem schönen Wald passiert?», fragte Nayara nach einer langen Schweigepause.
«Wir vermuten, dass er verseucht wird», Lillian schien den Wald genauso zu mögen wie Nayara, denn sie strich über einen Busch, dem das letzte Blatt zu Boden gefallen war. Es dauerte nicht mehr lange und sie erreichten eine Höhle. Sie war ziemlich niedrig und von einst grünem Gestrüpp verdeckt. In der Höhle befanden sich Bob und Dylan, Elfen in allen Formen und Farben, Grame und viele andere Zwerge und Wichtel. Auch Dolce, der Zentaur war dabei und verneigte sich kurz vor Nayara, als sie eintrat. Darrs lag hinten in einer Ecke. Die Elfen schwirrten um seinen Kopf, um ihn zu beleuchten. Bob und Dylan sassen mit hängenden Köpfen neben ihm.
«Lebt er noch?», sagte Nayara und spurtete zu ihm hinüber.
«Ja», antwortete einer der Zwerge, der eine kanariengelbe Zipfelmütze trug. «Aber vielleicht nicht mehr lange.

Grame kann es uns nicht sagen.» Bei dieser Feststellung schienen alle sehr bedrückt zu sein, da man eigentlich dachte, dass Grame, der weiseste und klügste Zwerg von allen, alles wusste.
Nayara kniete zu Darrs hinunter und hielt seine kleine Hand. Sie war ziemlich kalt aber er atmete noch. Seine Augen waren geschlossen und er öffnete sie leicht, als Nayara beide Hände um seine schlug.
«Nayara», flüsterte er und lächelte mit viel Anstrengung.
«Sprich nicht», befahl sie ihm und er lächelte weiter.
«Du musst etwas wissen», fuhr er fort, ohne auf sie zu hören. «Ich weiss, was die einzige Möglichkeit ist.» Er schnappte nach Luft und begann schwach zu atmen.
«Wovon redest du?», fragte sie und inzwischen waren alle anderen ruhig und horchten dem Gespräch zwischen Darrs und Nayara.
«Lucia. Ihre Botschaft. Ich weiss, welcher Ausweg sie meinte», er atmete noch schwerer und begann langsam zu zittern.
«Sprich nicht weiter!», sie war verzweifelt, denn sie war sich bombensicher, dass er es nicht mehr lange machen würde. Sie hatte geglaubt, er käme wieder auf die Beine, aber sie hatte sich geirrt. Dicke Tränen flossen langsam ihre Wangen hinunter und liessen sich Zeit, auf den Boden zu fallen.
«Du», flüsterte er und schloss die Augen wieder. «Wenn du gehst, wird es aufhören.» Er atmete noch drei Mal, dann sackte die kleine Hand, die in Nayaras Händen Wärme gefunden hatte dumpf auf den Höhlenboden. Sie liess ihren Kopf auf den kleinen Wicht nieder und weinte vor sich hin. Die letzten Worte sprach er so leise, dass

Nayara vermutete, die anderen hätten sie nicht mitbekommen. Ausser Grame, der sie danach direkt aus der Höhle nahm.

«Du wirst diese Entscheidung nicht treffen. Wir werden eine andere Lösung finden», sagte er und schien auch traurig zu sein.

«Du brauchst mir nicht zu sagen, was ich zu tun habe», flüsterte Nayara und ihr Shirt war nass. Sie schämte sich nicht mehr, vor anderen zu weinen, denn langsam wurde es alltäglich.

«Hör mir gut zu; du bist ein starkes Mädchen, dass nicht einfach so aufgibt. Es wird alles gut», er legte seine Hand auf ihr Knie, da er ja nicht bis zur Schulter kam.

«Das glaubst du selber nicht.» Sie hatte Recht. Grame glaubte nicht, dass alles gut wurde. Er wusste, dass es nur einen Ausweg gab.

«Du hast es schon lange gewusst, nicht wahr?», flüsterte sie weiter und ihre Augen waren rot.

«Ja, ich hab es gewusst. Ich weiss, dass es die einzige Möglichkeit ist, aber ich werde versuchen, eine andere zu finden. Wir müssen verhandeln können –«, Nayara hob die Hand, wie er es einst getan hatte.

«Wir brauchen nicht – zu verhandeln. Wir werden der Wahrheit ins Auge sehen und ich werde diese Entscheidung treffen.» Wieder flossen Tränen ihre Wangen hinunter. Sie dachte an alle, die sie liebte. An alle, die sie kannte und an alle, die ihr beigestanden hatten. An ihre Mutter, die starb, an Penelope, die starb und an Darrs, der auch starb. Sie hasste sich dafür, dass all diese wunderbaren Freunde wegen ihr gestorben

waren. Sie konnte nicht zulassen, dass noch weitere wegen ihr sterben mussten.
«Du musst das nicht tun», sagte Grame, als Nayara die Hand senkte.
«Doch. Das muss ich. Und niemand wird mich davon abhalten.» Sie trottete los. Ihre Beine fühlten sich schwer und lästig an. Sie war müde und einfach nur erschöpft. Thomas, ihr Vater, David und Alice wussten noch nichts von ihrer Entscheidung. Sie dachten vielleicht, dass Nayara wieder fröhlich und gut gelaunt von ihrem Spaziergang zurückkommen würde, aber so würde es nicht sein.

Es kam ihr vor, als wäre sie Stunden durch den Wald gelaufen, bis sie endlich an der Holzhütte ankam. Sie sah durch das Fenster alle dasitzen und zu ihrer Überraschung war Thomas auch da. Sie lächelte und weinte zugleich. Sie betrat die Tür und alle sahen sie mit aufgerissenen Mäulern an.
«Was ist passiert?», fragten sie, aber sie antwortete nicht. Thomas stürmte zu ihr und legte ihr sachte die Hand auf die Schulter. Ihre Augen waren blutunterlaufen und sie sah miserabel aus.
«Können wir alle nach draussen?», fragte sie und die Sterne erschienen am Himmel.
«Was willst du draussen?», wollte Alice wissen und sie schien alle ihre Sorgen vergessen zu haben.
«Können wir einfach?», fragte sie mit hohler Stimme noch einmal. Ohne zu zögern bewegten sich alle nacheinander hinaus und jetzt weinte sie noch heftiger als

zuvor. Thomas wartete, sie sagte nichts und so ging auch er. Nayara kam als Letzte und atmete schwer.

«Dad?», begann sie und sie hatte das Gefühl, als würde sich bald eine Pfütze um ihre Füsse bilden.

«Ja?», er war auch traurig und alle anderen schienen auch nicht wirklich glücklich zu sein.

«Ich liebe dich. Genauso wie dich Mum geliebt hat», sie brach kurz ab und zitterte beim Luftholen.

«Ich kenne deine Vergangenheit», fuhr sie dann fort und lächelte ihn kurz an.

«Ich weiss, wie deine Eltern gestorben sind. Es ist nicht wichtig, wie ich es erfahren habe», sie wendete kurz den Blick von der Runde ab. Thomas murmelte etwas aber Nayara liess sich nicht unterbrechen.

«Ich weiss, wer dafür verantwortlich ist und ich weiss, was zu tun ist, um diese Person zu stoppen.» Alles war ruhig und sie wartete kurz. Sie fühlte sich unglaublich leer und sie wollte nur noch alles erklären.

«Diese Person, die all die Morde begangen hat, die Person, die Milad Miller getötet hat und dich und Mum ins Gefängnis gebracht hat, diese Person wollte nur immer jemanden Bestimmtes. Und das bin ich. Sie weiss, wie viel Kraft ich habe und welche Fähigkeit ich habe. Sie hat auch deine Mutter getötet, Thomas», sie sah ihn kurz an, er senkte den Kopf. Nayara wusste, dass er es niemandem erzählen wollte, aber sie musste.

«Sie besass dieselbe Fähigkeit wie ich, aber sie tötete dich nicht, weil sie erkannte, dass du nicht wertvoll für sie warst. Sie tötete meine Mutter und meine Freunde. Sie dachte, sie könnte mich schwächen und das hat sie geschafft. Ich wurde schwach. Ich hab aufgegeben. Es

wird mehr Tote geben, wenn diesem Spiel nicht bald ein Ende gesetzt wird. Es wäre möglich, dass einer von euch sterben muss, nur damit ich überlebe und das bin ich nicht wert.» Wieder holte sie Luft. Die anderen standen mittlerweile so nah bei ihr, dass sie flüstern konnte und sie trotzdem verstanden.
«Nayara rede keinen Unsinn», sagte David und sah sie mit wässrigen Augen an.
«Ich habe meine Entscheidung getroffen. Es gibt keine andere Lösung. Ich kann nicht damit leben. So vielen Menschen kostete es das Leben, nur wegen mir. Es muss aufhören und das wird es heute», sie weinte weiter und legte eine lange Schweigepause ein. Sie erkannte, dass sogar Alice leise vor sich hin weinte. Thomas und ihr Vater weinten am stärksten.
«Nayara… deine Mutter hätte das nicht gewollt…», murmelte er und versuchte so normal wie möglich zu klingen, aber es gelang ihm nicht und es war auch egal.
«Meine Mutter… starb wegen mir. Penelope starb wegen mir, Darrs starb wegen mir und Mr. Tondus starb wegen mir, der doch eigentlich mein Leben gerettet hatte. Schlussendlich starben all die Menschen weltweit wegen mir, weil sie von *ihr* getötet wurden. Sie wollte immer nur jemanden und das war ich. Die ganze Zeit, seit ich lebe. Es war niemandem bewusst und man vermutete einfach plötzliche Tode aber du, Dad, du wusstest, dass es keine plötzlichen Herzstillstände oder andere Todesursachen waren. Du hast es am selben Leibe miterlebt und ich kann es einfach nicht zulassen, dass in Gottes Namen noch jemand wegen mir sterben muss.»
Niemand sagte etwas. David und Alice schienen auch

begriffen zu haben, dass es wohl kaum eine andere Lösung gab.
«Das kannst du nicht machen!», flüsterte Thomas und nahm die Hände von seinem Mund weg.
«Du brauchst nicht traurig zu sein, dass ich gehe, Thomas. Wenn du wüsstest, wie schön ich es haben werde, würdest du dich für mich freuen», sie lächelte ihm zu und wischte sich kurz die Tränen von den Augen, doch das hielt nicht lange an, denn die nächsten folgten bereits in raschem Tempo.
«Bist du blöd? Niemand wird sich darüber freuen!», er schrie und Nayara nahm ihm das nicht übel.
«Doch. Ihr werdet alle dankbar sein, wenn es vorbei ist», sie legte ihm ihre Hand auf die Schulter und er schluchzte.
«Woher...», meldete sich David zu Wort, «kannst du sicher sein, dass es vorbei sein wird?», seine Stimme war brüchig und er wischte sich ebenfalls Tränen vom Gesicht.
«Weil meine Stärke ihre Schwäche übertrifft und sie zerstören wird», erklärte sie und atmete tief ein.
«Aber das kann man bestimmt anders lösen, oder nicht?», fragte Alice und sie gab sich nun auch keine Mühe mehr, die Tränen zu verstecken.
«Nein, Alice. Das kann man nicht. Es wird vorbei sein und ihr werdet mir dankbar sein», sie ging auf sie zu und umarmte sie. Sie heulte in ihre Schulter und liess sie kaum mehr los. Dann ging sie zu David.
«Du warst ein wundervolles Mädchen, Nayara Lynch», sagte er und bohrte sein Kinn tief in ihre Schulter. Bei

ihrem Vater hielt sie kurz an, dann schlang sie die Arme
so fest um ihn wie sie konnte.
«Zuerst meine Frau, dann meine Tochter. Womit habe ich
das nur verdient? Womit?», er tat Nayara richtig leid. Sie
konnte den Schmerz, ihren Vater leiden zu sehen, nicht
ertragen. Er hatte seine Eltern verloren, seine Frau und
nun wird er auch seine Tochter verlieren.
«Wir werden uns wiedersehen. Versprochen.» Nayara
löste langsam die Umarmung und er zog sie nochmals zu
sich und drückte seinen Mund so fest er konnte auf ihre
Stirn. Sie schrie innerlich so laut sie konnte, denn dieses
Gefühl von Liebe, die sie von ihrem Vater bekam, war
unbeschreiblich schön.
Dann wendete sie sich an Thomas. Er sah mittlerweile
genauso aus wie Nayara.
«Das kannst du mir nicht antun», flüsterte er in ihren
Nacken und durchnässte ihren Rücken.
«Auch wir werden uns wiedersehen Thomas. Und du
vergisst etwas unglaublich Wichtiges, nämlich dass ich
immer bei dir sein werde. Ich werde euch alle nie
verlassen und ich werde immer bei euch sein.» Sie sah
ihren Vater nochmals an. Hinter ihm erschien eine
Gestalt, die sehr klein war. Es war Grame und Nayara
bedankte sich beim Himmel, dass er noch gekommen
war.
«Du musst mir versprechen», begann sie und sah Grame
an. Auch die anderen drehten sich um und erkannten ihn,
als sie hinter ihren Vater starrten.
«Dass du sie sehen lässt, was ich gesehen habe. Dass du
ihnen die Chance gibst, das zu erleben, was ich erlebt
habe und dass Thomas im Winter mit Bob und Dylan

Schneemänner bauen kann», sie lachte kurz und Grame nickte. Sie kniete zu ihm nieder und umarmte den Zwerg. Nicht einmal Alice wich vor ihm zurück und das machte Nayara glücklich.
«Ich verspreche es dir», zum ersten Mal sah sie, dass Grame nicht nur aus Stein war. Aus seinen Augen kullerten Tränen.
«Wir werden uns alle bald wiedersehen», sagte sie noch einmal und löste die Umarmung. Sie ging rückwärts von ihrer Familie davon und Alice weinte in die Schulter von David.
«Ich bin bereit», flüsterte sie und wartete.
«Nayara!», schrie Thomas, rannte zu ihr und küsste sie auf den Mund. Er presste seinen Mund auf ihren und hielt ihr Gesicht mit seinen Händen. Glücksgefühle durchströmten ihren Körper von Kopf bis Fuss und sie hätte alles erwartet, aber niemals das. Irgendwann löste er den Kuss und umarmte sie.
«Ich werde dich nicht loslassen», sagte er und hielt sie fest. Auch Nayaras Vater kam herbei und umarmte sie über die Schulter und nickte Thomas zu. David und Alice schlossen den Kreis und so war sie von einer dicken Umarmung all ihrer Lieblingsmenschen umgeben. Es dauerte nicht mehr lange und es wurde rabenschwarz um sie alle. Nayara erkannte eine dunkle Gestalt mit bleichem Gesicht und dünnen, zerbrechlichen Fingern. Ihre Augen waren dunkler als alles, was Nayara je gesehen hatte und dennoch erkannte sie, wie sich in den Augen verschiedene Szenen widerspiegelten. Szenen von einem kleinen Mädchen mit schwarzen Haaren und Nayara wusste, dass es nur ihre Kindheit sein konnte.

Sie schloss die Augen und ganz langsam fühlte sie sich immer leichter. Es war immer noch dunkel, aber sie hatte das Gefühl, als ob sie schweben würde. Thomas, ihr Vater, David und Alice schlossen immer noch einen festen Kreis um Nayaras Körper. Sie war gegangen. Sie sah zu, wie ihr Körper leer zu Boden fiel und alle schreiend versuchten, sie wachzurütteln. Ein heller Punkt erschien, der von Sekunde zu Sekunde immer grösser wurde und dann, urplötzlich befand sie sich in einem leeren, weissblendenden Raum, der weder Wand noch Boden hatte. Sie sah niemanden weit und breit doch sie wusste, dass sie angekommen war. Nayara sah sich neugierig um und ging einige Schritte. Dann erkannte sie eine Gestalt, die in einem weissen Kleid auf sie zu kam. Sie ging in langsamen und gemächlichen Schritten und hatte ein freundliches Lächeln im Gesicht.
«Willkommen Zuhause», sagte die Gestalt freundlich und umarmte Nayara.
«Mum», erschöpft liess sie sich in die Umarmung fallen.
«Ich hoffe, ich habe das Richtige getan», murmelte sie und ihre Mutter streichelte über ihre langen, goldbraunen Haare.
«Ja, Nayara, das hast du. Sie alle werden es irgendwann verstehen», sie lächelte immer noch.
«Du bist wegen mir gestorben Mum», sagte sie verzweifelt und sah ihrer Mutter ins Gesicht.
«Wir alle werden sterben, früher oder später. Aber hier geht es weiter. Es ist nicht vorbei», sie nahm Nayara bei der Schulter und schlenderte los.
«Wohin gehen wir», fragte Nayara und liess sich führen. Ihre Mutter antwortete nicht. Am Horizont erschien ein

goldenes Licht, das noch mehr blendete als das Weisse.
Die beiden schlenderten gemütlich darauf zu und
entfernten sich immer weiter. Irgendwann waren sie so
weit weg, dass sie nicht mehr zu sehen waren und das
goldene Licht verblasste langsam. Nayara war
angekommen und Amorta... ja die war nicht mehr. Ihre
Dunkelheit zerstreute sich in alle Himmelsrichtungen.
Nayara opferte sich und hat den ewigen Morden ein
definitives Ende gesetzt.

Über die Autorin:

Mara L. Bähler, geboren 2002 in Winterthur, besucht die Oberstufenschule Elgg und beschäftigt sich in ihrer Freizeit gerne mit Fantasiewelten. Sie liebt Geschichten jeglicher Art und zeichnet gerne und ist kreativ. Ihr Vorbild ist J.K Rowling.

Herstellung und Verlag:
BoD - Books on Demand, Norderstedt
ISBN 978-3-7431-5932-7